Diogenes Taschenbuch 21449

Robert Louis Stevenson

# *Der gefährliche Archipel*

## *In der Südsee I*

*Roman*

*Aus dem Englischen von Marguerite Thesing*

Diogenes

Titel der englischen Originalausgabe
›The South Seas‹, 1890
Dieser Band geht zurück
auf die zwölfbändige Ausgabe
›Gesammelte Werke‹, herausgegeben von
Marguerite und Curt Thesing,
München, 1924–1927
Umschlag: *Drei Tahitier*
von Paul Gauguin, 1897
(Ausschnitt)

Der zweite Teil dieses Romans mit dem Titel
*Der Palast der vielen Frauen*
ist als Diogenes Taschenbuch 21450 lieferbar


60/86/8/1
ISBN 3 257 21449 9

# INHALT

# DIE MARQUESAS

*

ERSTES KAPITEL

## *Eine Landung auf den Inſeln*

*

FAST ZEHN JAHRE LANG WAR ES MIT MEINER Geſundheit ſtändig bergab gegangen; längere Zeit vor Antritt meiner Reiſe glaubte ich, daß es zu dem letzten Abſchnitt meines Lebens gekommen wäre, und daß nur noch Krankenſchweſter und Leichenbeſtatter meiner harrten. Man ſchlug mir vor, ich ſollte es mit der Südſee verſuchen, und ich war nicht abgeneigt, geſpenſtergleich und unheilverkündend die Stätten aufzuſuchen, die mich ſchon in Jugendkraft und Geſundheit gelockt hatten. So charterte ich denn Dr. Merrits Schoner-Yacht, die »Casco«, ein Schiff von vierundſiebzig Tonnen, ſegelte Ende Juni 1888 von San Francisco ab, beſuchte die öſtlichen Inſeln und landete zu Anfang des folgenden Jahres in Honolulu. Von dort brach ich, da es mir an Mut fehlte, zu meinem früheren Stubenhocker- und Krankenzimmerleben zurückzukehren, mit der »Äquator«, einem Handelsſchoner von wenig mehr als ſiebzig Tonnen, nach leewärts auf, verbrachte vier Monate auf den Atollen (niedrigen Koralleninſeln) der Gilbertgruppe und erreichte gegen Ende 1889 Samoa. Dankbarkeit und Gewohnheit hatten inzwiſchen angefangen, mich an die Inſeln zu feſſeln; ich hatte friſchen Kraftvorrat aufgeſpeichert, hatte Freundſchaften geſchloſſen und neue Intereſſen gewonnen: meine Reiſezeit war mir wie ein Aufenthalt im Feenlande verſtrichen, und ich beſchloß, zu bleiben. Die Vorbereitungen zu dieſen Seiten begann ich auf einer dritten Kreuzerfahrt mit dem Handelsſchiff, der »Janet Nicoll«, auf See. Werden mir noch weitere Tage gewährt, ſo werde ich ſie dort zubringen, wo ich das Leben am angenehmſten und intereſſanteſten gefunden habe. Die Äxte meiner ſchwarzen Jungen ſind bereits am Werk, mir den Grundriß meines künftigen Hauſes freizulegen, und ich muß lernen, von jenſeits der äußerſten Teile des Weltmeeres zu meinen Leſern zu ſprechen.

Daß ich alſo den Wahlſpruch von Lord Tennyſons Helden auf den Kopf geſtellt habe, iſt minder exzentriſch, als es auf den erſten Blick erſcheinen mag. Nur wenige Menſchen, die dieſe Inſeln beſuchen, verlaſſen ſie je wieder; ſie werden grau dort, wo ſie ihren Fuß an Land ſetzten. Die Palmen beſchatten und die Paſſatwinde umfächeln ſie bis zu ihrem Tode. Vielleicht nähren ſie bis ans Ende den Traum eines Beſuches in der Heimat; aber nur ſelten wird er ausgeführt, noch ſeltener genoſſen und am allerſeltenſten wiederholt. Kein anderer Erdteil übt einen ähnlichen Zauber auf den Beſucher aus, und die Aufgabe, die vor mir liegt, beſteht darin, den Reiſenden am ſtillen Herdfeuer einen Begriff von dieſem Reize zu vermitteln, ſowie das Leben an Land und auf der See von vielen Hunderttauſenden von Menſchen zu ſchildern, die zum Teil unſeren Blutes und unſerer Sprache, alle aber unſere Zeitgenoſſen ſind, uns jedoch an Denken und Gewohnheit ſo fremd anmuten wie Rob Roy oder Barbaroſſa, die Apoſtel oder die Cäſaren.

Eine erste Erfahrung kann niemals wiederholt werden. Die erste Liebe, der erste Sonnenaufgang, die erste Südseeinsel sind einzigartige Erlebnisse, die an eine jungfräuliche Empfindungswelt rühren. Am 28. Juli 1888 war der Mond um vier Uhr morgens bereits eine Stunde untergegangen. Im Osten verkündete eine nach allen Seiten ausstrahlende Helligkeit den Tag, und darunter, am Horizont, baute sich bereits die morgendliche, tintenschwarze Wolkenmauer auf. Alle haben schon von der Schnelligkeit des Tages- und Nachtanbruchs in den niedrigen Breitengraden gelesen, eine Tatsache, über die sowohl der sentimentale wie der wissenschaftliche Reisende sich einig sind, und die einige geschmackvolle Gedichte gezeitigt hat. Zweifellos verschiebt sich der Augenblick mit den Jahreszeiten, hier haben wir indes einen Fall, der genau notiert wurde. Obwohl die Morgendämmerung bereits um vier Uhr anhub, ging die Sonne doch erst um sechs auf, und es war halb sechs, ehe wir die von uns erstrebte Insel von den Wolken am Horizont unterscheiden konnten. Acht Grad südlich und ein Sonnenaufgang von zwei Stunden! Die Zwischenzeit wurde an Deck in schweigender Erwartung verbracht, die gewohnte Aufregung des »Land in Sicht!« noch erhöht durch die Fremdartigkeit der Ufer, der wir uns näherten. Langsam gewannen sie in der schwindenden Dunkelheit Gestalt. Ua-huma türmte sich zu einem stumpfen Gipfel vor uns auf und erschien als erstes auf der Steuerbordseite: fast rechtwinklig dazu erhob sich unser Ziel, Nuka-hiva, in Wolken gehüllt, und dazwischen, südwärts, beleuchteten die ersten Sonnenſtrahlen die Nadeln von Ua-pu. Dort ragten ſie wie die Türme einer monſtröſen, dekorativen Kirche und durchſtachen den Horizont, und in dem funkelnden Morgenlicht waren ſie wie paſſende Wegweiſer zu einer Wunderwelt.

Keine Seele an Bord der »Casco« hatte jemals Fuß auf die Inſeln geſetzt und niemand, außer durch Zufall, kannte ein Wort von irgendeiner der Inſelſprachen. So näherten wir uns denn mit einem Gefühl, das der beſorgten Spannung von Forſchungsreiſenden glich, dieſen problematiſchen Küſten. Das Land wellte ſich in Gipfeln und aufſteigenden Tälern; es ſtürzte jäh ab in Klippen und Felsvorſprüngen. Seine Farben durchliefen fünfzig Modulationen von Perlmutter, Roſenrot und Oliv, und das Ganze krönten opaliſierende Wolken. Das Ineinanderfließen zarteſter Töne täuſchte das Auge; die Schatten der Wolken verſchmolzen mit der Gliederung der Berge, und die Inſel und ihr ätheriſcher Baldachin ſchimmerten vor unſeren Augen wie eine einzige, einheitliche Maſſe. Ein Signal gab es nicht, Rauch von Städten und arbeitſame Piloten waren nicht zu erwarten. Irgendwo in jener blaſſen Phantasmagorie von Klippen und Wolken war unſer Hafen verborgen, und irgendwo öſtlich davon lag – als einzig gegebener Punkt auf der Karte – ein gewiſſes Vorgebirge, bekannt als irgendein Kap Adam oder Eva, Hans oder Gretchen, und durch zwei Koloſſalfiguren, grobe Bildwerke der Natur, ausgezeichnet. Dieſe ſollten wir finden, nach dieſen reckten wir uns die Hälſe und hielten wir Ausſchau, ſuchten wir mit unſeren Gläſern und forſchten wir, hin und her disputierend, auf den Karten; aber die Sonne ſtand über unſerem Scheitel, und das Land lag dicht vor uns, bevor wir ſie entdeckten. Für ein ſich von Norden näherndes Schiff wie die »Casco« waren ſie indes – das ſtellte ſich nachher heraus – die wenigſt auffallenden Merkmale an jener ſo erſtaunlichen Küſte. Steil ſprang der Giſcht an ihrem Fuße empor, ſeltſame, ſtrenge und gefiederte Berge ragten im Hintergrund; und Hans und Gretchen, Adam und Eva, hingen wie zwei Warzen über den Wellen. Von dort fuhren wir am Ufer entlang. Backbord hörten wir das Donnern der Brandung; ein paar Vögel flatterten fiſchend am Bug; kein Laut ſonſt, noch Anzeichen des Lebens von Menſch oder Tier auf jenem ganzen Teil der Inſel. Von ihrem eigenen Impetus und der ſterbenden Briſe beflügelt, ſchoß die »Casco« unter den Klippen hin, erſchloß uns eine Bucht mit einem Strand und einigen grünen Bäumen und huſchte weiter, in der Dünung ſich wiegend. Die Bäume wirkten von uns aus geſehen wie Haſelnußſträucher, der Strand hätte irgendwo in Europa liegen, die Bergformen in kleinerem Maßſtabe den Alpen nachgebildet ſein können, und der an ihren Hängen geſchmiegte Wald ſah nicht viel größer aus als unſer ſchottiſches Haidekraut. Wieder gähnten die Felſen, diesmal aber mit einer tieferen Einbuchtung, und die »Casco« begann, unter Wind in die Bucht von Anaho zu gleiten. Die Kokospalmen, jene Giraffen unter den Pflanzen, die ſo anmutig und ungelenk zugleich und europäiſchen Augen ſo fremdartig erſcheinen, konnten wir am Strande ſich drängen und die ſteilen Berghänge hinaufklettern und umſäumen ſehen. Rauhe, nackte Hügel umſchloſſen von beiden Seiten die Einfahrt; landeinwärts ſperrte ſie ein zerklüftetes Bergmaſſiv. In jeden Spalt jener Mauer hatte ſich der Wald gezwängt, niſtend und horſtend wie Vögel in einer Ruine, und hoch droben umgrünte und umſtrickte er die meſſerſcharfe Klinge der Gipfel. Im Schutze der Oſtküſte ſchlich unſer jetzt allen Windes barer Schoner weiter, langſam dem Lande zu; das flotte Fahrzeug ſchien, wenn erſt einmal in Fahrt gebracht, aus ſich die Bewegung zu erzeugen. Vom nahen Ufer her erklang das Blöken junger Lämmer; ein Vogel ſang in den Bergen; der Duft des Landes und von hunderten von Früchten oder Blumen ſtrömte uns als Willkommensgruß entgegen, und ſchließlich tauchten, erhöht am Fuße der Hügel gelegen, ein, zwei Häuſer auf, von denen das eine anſcheinend ſogar von einer Art Garten umſäumt war. Dieſe ſeltenen Behauſungen, Flecken von Kultur, waren – hätten wir es nur gewußt – Spuren des vorübergehenden Aufenthalts des Weißen Mannes. Hunderte von Inſeln hätten wir anlaufen können, ohne auf ihresgleichen zu ſtoßen. Es dauerte noch eine Weile, ehe wir das Eingeborenendorf erſpähten, das (nach allgemeiner Sitte) hart an einer Ausbuchtung des Strandes lag. Vor ihm, über einem konkaven Bogen von Korallenriffen, heulte und ſchäumte das Meer. Denn beide, Kokos und Inſulaner, lieben die Brandung und ſuchen ihre Nähe. »Die Koralle mehrt ſich, die Palme wächſt, aber der Menſch vergeht«, ſagt das traurige tahitiſche Sprichwort, allein, ſolange ſie leben, ſind ſie alle drei am Strande Geſellen. Der Ankerplatz war durch ein Zugloch in den Felſen, dicht am ſüdöſtlichen Rande der Bucht gekennzeichnet. Pünktlich zu unserem Gebrauch spie das Zugloch das Wasser aus, der Schoner drehte bei, der Anker fiel. Es war nur eine kleine Handlung, aber ein großes Ereignis; meine Seele versank mit dieser Vertäuung dorthin, von wo kein Ankerspill sie losreißen und kein Taucher sie je wieder heben sollte, und ich wie ein Teil meiner Schiffsgesellschaft waren von nun ab Hörige der Inseln Viviens.

Noch ehe der Anker losgelassen wurde, ruderte bereits ein Kanoe vom Dorfe her auf uns zu. Es trug zwei Männer: einen Weißen und einen Braunen, letzterer im Gesicht mit blauen Streifen tätowiert, beide in schneeweißer europäischer Kleidung: es waren der hier ansässige Händler, Mr. Regler, und der Eingeborenenhäuptling, Taipi-Kikino. »Kapitän, ist es gestattet an Bord zu kommen«: so lauteten die ersten Worte, die wir auf den Inseln zu hören bekamen. Kanoe folgte auf Kanoe, bis das Schiff von stämmigen, sechs Fuß hohen Männern in jedem Stadium mangelhafter Bekleidung wimmelte, einige im Hemd, andere nur mit Lendenschurz, der eine sogar lediglich mit einem ungeschickt angebrachten Taschentuch umwickelt. Einige von ihnen, und zwar die bedeutendsten, waren von Kopf bis zu Fuß in scheußlichen Mustern tätowiert; andere sahen barbarisch aus und trugen Messer. Einer, der als bestialisch in meiner Erinnerung haftet, hatte sich im Kanoe hingekauert und sog an einer Orange, wobei er mit affengleicher Geschwindigkeit abwechselnd nach rechts und links spuckte. Alle aber schwatzten unaufhörlich, und wir konnten kein Wort verstehen! Alle versuchten mit uns zu handeln, die wir gar nicht an Handeln dachten, oder boten uns Andenken zu lächerlich hohen Preisen an. Kein Wort des Willkommens oder der Höflichkeit; keine Hand, ausgenommen diejenige Mr. Reglers und des Häuptlings, die sich uns entgegenstreckten. Noch während wir die uns angebotenen Artikel ablehnten, begannen sie sich grob und deutlich zu beklagen, und einer, offenbar der Witzbold der Gesellschaft, verspottete unter höhnischem Gelächter unseren Geiz. Unter anderen zornigen Scherzen meinte er: »Ein schönes Schiff, das kein Geld an Bord hat!« Ich muß gestehen, daß ich beträchtlichen Widerwillen, ja sogar Besorgnis spürte. Das Schiff war offensichtlich in ihrer Gewalt; wir hatten Frauen an Bord. Von meinen Gästen wußte ich nichts, außer daß sie Kannibalen waren; unser Leitfaden (mein einziger Führer) war voll ängstlicher Warnungen, und was den Händler betraf, dessen Gegenwart mich anderenfalls hätte beruhigen sollen – waren nicht die Weißen im Pacifik die Anstifter und Mithelfer bei den Gewalttaten der Einheimischen? Mag unser gütiger Freund, Mr. Regler, lächeln, wenn er dies liest.

Als ich später am Tage an meinem Tagebuch schrieb, war die Kabine von einem Ende bis zum anderen mit Marquesanern angefüllt: drei braunhäutige Generationen hockten mit gekreuzten Beinen auf dem Fußboden und starrten mich in peinlichem Schweigen an. Die Augen aller Polynesier sind groß, leuchtend und schmachtend, sie gleichen den Augen von Tieren oder mancher Italiener. Eine Art Verzweiflung bemächtigte sich meiner, der ich hier so hilflos unter diesen gaffenden Blicken saß, von einer stummen Menge in einem Winkel meiner Kabine blockiert: und bei dem Gedanken, daß ſie alle außerhalb der Möglichkeit einer artikulierten Verſtändigung ſtanden, wie behaarte Tiere oder Taubgeborene oder Bewohner eines fremden Planeten, packte mich eine Wut.

Eine Fahrt über den Kanal bedeutet für einen zwölfjährigen Knaben, einen ihm altbekannten Himmel gegen einen fremden eintauſchen, während der vierundzwanzigjährige Mann, wenn er über den Atlantik fährt, kaum ſeinen Speiſezettel zu ändern braucht. Ich aber war jetzt dem Schatten des Römiſchen Reiches entflohen, unter deſſen ragenden Denkmälern unſere Wiege ſtand, und deſſen Buchſtaben und Geſetze uns auf allen Seiten einengen und behindern. Ich ſollte jetzt erfahren, wie Männer beſchaffen ſind, deren Väter niemals Virgil ſtudiert haben, die nie von Cäſar überwunden und von der Weisheit eines Gajus oder Pompejus regiert wurden. Der gleiche Schritt hatte mich aus der behaglichen Zone verwandter Sprachen, wo der Fluch Babels ſich ſo leicht löſen läßt, fortgeführt, und meine Mitmenſchen ſaßen wie ſtumme Götzenbilder vor mir. Schien es mir doch, als wenn auf meinen Reiſen alle menſchlichen Beziehungen ausgeſchaltet wären und ich bei meiner Rückkehr (denn in jenen Tagen dachte ich noch an ein Nachhauſekommen) entdecken würde, daß ich ein Bilderbuch ohne Text aufgeſchlagen hatte. Ja, ich fragte mich ſogar, ob ich meine Reiſe wohl fortſetzen ſollte; vielleicht war ihr ein raſches Ende beſtimmt; vielleicht würde mein nachmaliger Freund, Kauanui, den ich dort ſchweigend unter den anderen ſitzen ſah, der mir aber als ein Mann von einiger Autorität auffiel, plötzlich mit einem ohrenzerreißenden Signal aus ſeiner Hockſtellung aufſpringen, das Schiff im Sturm erobern und die Schiffsgeſellſchaft für ſeine Tafel niedermetzeln.

Nichts konnte natürlicher und zugleich unbegründeter sein als dieſe Befürchtungen. In meinen ganzen nachmaligen Erfahrungen auf den Inſeln hatte ich niemals wieder einen ſo drohenden Empfang; ſtieße ich heute auf etwas Derartiges, ich wäre weit erſchrockener und zehnmal überraſchter. Die meiſten Polyneſier ſind zugängliche Menſchen, offen, begierig die Aufmerkſamkeit auf ſich zu lenken, hungrig nach der geringſten Zärtlichkeit, wie liebenswürdige, anhängliche Hunde, und ſelbſt die erſt ſo kurze Zeit und ſo unvollkommen der blutrünſtigſten Barbarei entriſſenen Marqueſaner ſollten alle unſere engſten Genoſſen werden, und einer zum mindeſten betrauerte ehrlich unſere Abreiſe.

*

## ZWEITES KAPITEL

### *Wir ſchließen Freundſchaft*

*

BESONDERS DAS HINDERNIS DER SPRACHEN wurde von mir überſchätzt. Die Dialekte Polyneſiens ſind leicht zu radebrechen, wenn auch ſchwer, mit Eleganz zu ſprechen. Und ſie ſind ſich alle außerordentlich ähnlich, ſo daß, wer einen Begriff von ein oder zwei Dialekten hat, nicht ohne Hoffnung wagen darf, ſich in den übrigen zu verſuchen.

Wiederum iſt das Polyneſiſche nicht nur leicht zu erlernen, ſondern es wimmelt auch von Dolmetſchern. Miſſionare, Händler und deklaſſierte Weiße, die von den Almoſen der Einheimiſchen leben, ſind faſt auf jeder Inſel und in jedem Dorfe zu finden; und ſelbſt wo dieſe nicht bei der Hand ſind, haben die Eingeborenen häufig ein wenig Engliſch zuſammengekratzt, und in der franzöſiſchen Zone ſtößt man (wenn auch weit weniger häufig) auf etwas Franzöſiſch-Engliſch oder ein wirkſames Pidgin, dem ſogenannten »Beach-la-Mar«, das den Polyneſiern leicht fällt. Es wird außerdem jetzt in den Schulen von Hawaii gelehrt, und dank dem Übergewicht der britiſchen Schiffe ſowie der Nachbarſchaft der Vereinigten Staaten auf der einen, und der Kolonien auf der anderen Seite kann man es die Sprache des Pacifik nennen, die es mit Sicherheit zu werden beſtimmt iſt. Ich führe einige Beiſpiele an. In Majurco auf den Marſchallinſeln begegnete ich einem Jungen, der ausgezeichnet Engliſch ſprach: er hatte es bei einer deutſchen Firma in Jaluit gelernt, konnte aber kein Wort Deutſch. Von dem Gendarmen, der in der Schule in Rapa-iti unterrichtet hatte, hörte ich, daß die Kinder, obwohl ſie mit größter Schwierigkeit und Abneigung Franzöſiſch lernten, ſich das Engliſche auf der Straße und wie durch Zufall aneigneten. Auf einem der entlegenſten Atollen in den Karolinen entdeckte mein Freund, Mr. Benjamin Hird, zu ſeiner größten Überraſchung, daß die Buben am Strande Cricket ſpielten und ſich Engliſch unterhielten; und Engliſch war die Sprache, in der ſich die Beſatzung der »Janet Nicoll«, eine Bande ſchwarzer Jungen von den verſchiedenſten Melaneſiſchen Inſeln, auf der ganzen Fahrt mit den übrigen Eingeborenen verſtändigten, Befehle übermittelten und mitunter auf dem Vorderdeck miteinander ſcherzten. Was mir jedoch am meiſten auffiel, war ein Wort, das ich auf der Veranda des Gerichts in Noumea hörte. Man hatte ſoeben einen Fall vernommen – eine Strafſache wegen Kindesmords gegen eine affenähnliche Inſulanerin, und die Zuſchauer rauchten Zigaretten, während ſie auf das Urteil warteten. Eine beſorgte, liebenswürdige Franzöſin, die mit Tränen kämpfte, war ganz für den Freiſpruch und erklärte, ſie würde die Gefangene als Wärterin für ihre Kinder engagieren. Bei dieſem Gedanken ſchlugen die Zuhörer die Hände über den Köpfen zuſammen; das Weib ſei ja eine Wilde und ſpreche keine Sprache. »Mais, vous savez«, proteſtierte die ſchöne Sentimentale, »ils apprennent si vite l'anglais!«

Aber mit den Menſchen reden zu können, genügt nicht. Anfänglich kamen mir in meinem Verkehr mit den

Eingeborenen zwei Dinge zu ſtatten. Allem voran: ich war der Beſitzer einer Sehenswürdigkeit, der »Casco«. Das Schiff mit ſeiner ſchnittigen Form, den hohen Maſten und ſpiegelblanken Decks, die rote Polſterung des Speiſezimmers, ſowie das Weiß und Gold und die zahlreichen Spiegel der winzigen Kabine zogen Hunderte von Beſuchern an. Die Männer maßen die Dimenſionen an ihren Armen ab, ſo wie ihre Vorväter die Schiffe Cooks ausgemeſſen hatten; die Frauen erklärten die Kabine für herrlicher als eine Kirche. Stattliche Junos wurden niemals müde, in einen Stuhl zurückgelehnt, ihre eigenen lächelnden Geſichter im Spiegel zu betrachten, und ich ſah eine dieſer Damen ihr Kleid aufheben und unter Ausrufen des Entzückens die nackten Beine an den ſamtenen Kiſſen reiben. Cakes, Marmelade und Sirup waren die Erfriſchungen, und, wie in einem europäiſchen Salon, wanderte ein Photographiealbum von Hand zu Hand. Dieſe nüchterne Galerie von Köpfen, ihre Allerweltskoſtüme und Phyſiognomien waren durch drei Wochen Fahrt in etwas Wunderbares, Koſtbares und Neuartiges verwandelt worden. Fremdländiſche Geſichter, barbariſche Kleidung wurden hier in der ſummenden Kabine mit unſchuldiger Aufregung und Verwunderung angeſtaunt und betaſtet. Ihre Majeſtät wurde oft erkannt, und ich habe franzöſiſche Untertanen ihr Bild küſſen ſehen. Hauptmann Speedy in einer abeſſiniſchen Kriegerausrüſtung, die man für die Uniform der britiſchen Armee hielt, wurde wohlwollend aufgenommen.

Noch wichtiger war indes vielleicht, daß ich in meiner Jugend mit unſerer ſchottiſchen Hochlands- und Inſelbevölkerung vertraut geworden war. Viel mehr als ein Jahrhundert iſt nicht vergangen, ſeitdem dieſe ſich in einer ähnlich konvulſiviſchen Übergangszeit befand wie jetzt die Marqueſaner. In beiden Fällen eine aufgezwungene Fremdherrſchaft, die Clans entwaffnet, die Häuplinge abgeſetzt, neue Sitten eingeführt, hauptſächlich jener Brauch, Geld als Mittel und Zweck des Daſeins zu betrachten. Das kommerzielle Zeitalter folgte hier wie dort urplötzlich auf Jahrhunderte des Krieges in Überſee und der patriarchaliſchen Gemeinſchaft daheim. In dem einen Fall wurde der ſo teuere Brauch des Tätowierens, in dem anderen die geliebte Hochlandstracht verboten. Hier wie dort raubte man dem Primitiven ſeine geſchätzteſte Delikateſſe: verſagte dem fleiſchliebenden Hochländer den Rindsbraten, den er ſich in dunklen Nächten von einer Niederlandsweide holte, und dem antropophagiſchen Kanaken das aus dem Nachbardorfe geraubte »Langſchwein« (Menſchenfleiſch). Das Murren, die geheime Gärung, Furcht und Haß, der Schrecken und die plötzlichen Beratungen der Marqueſaniſchen Häuptlinge erinnerten mich fortwährend an die Tage Altſchottlands. Gaſtfreiheit, Takt, angeborene Vornehmheit der Manieren und ein überaus heikles Empfinden für Etikette ſind beiden Raſſen eigen, ſowie beiden Sprachen das Fallenlaſſen mittlerer Konſonannten. Hier folgt eine Überſicht über zwei weitverbreitete polyneſiſche Worte:

| | Haus. | Liebe. |
|---|---|---|
| Tahiti | Fare | Aroha |
| Neuſeeland | Whare | |

| | Haus. | Liebe. |
|---|---|---|
| Samoa | Fale | Talofa |
| Manihiki | Fale | Aloha |
| Hawaii | Hale | Aloha |
| Marqueſas | Ha'e | Kaoha |

Das in dieſen Beiſpielen von den Marqueſas ſo auffallende Weglaſſen der mittleren Konſonanten kommt ſowohl im Gäliſchen wie im Dialekt der ſchottiſchen Niederlande nicht weniger häufig vor. Seltſamer noch iſt, daß der für das Polyneſiſche charakteriſtiſchſte Laut, der durch einen Apoſtroph markierte Hiatus, welcher häufig oder immer der Grabſtein eines geſchwundenen Konſonanten iſt, auch heute noch in Schottland lebt. Spricht ein Schotte die Worte »Water, better« oder »bottle« (Waſſer, beſſer, Flaſche) aus, ſo ſagt er, »wa'er, be'er« oder »bo'le« – der Laut gleicht aufs Haar dem Hiatus. Auf den Marqueſas neigt man ſogar dazu, gegen die Konſonanten, zum mindeſten gegen den ſehr gebräuchlichen Buchſtaben L., einen förmlichen Vernichtungskrieg zu führen. Jedem polyneſiſchen Ohr klingt der Hiatus angenehm, und ſelbſt der Fremde gewöhnt ſich raſch an die barbariſche Lücke, aber einzig auf den Marqueſas findet man ſolche Namen wie Haaii und Paaaeua, bei denen jeder einzelne Vokal auch einzeln ausgeſprochen werden muß.

Das Dorf Anaho liegt am Rande eines flachen Landſtreifens zwiſchen dem weſtlichen Strande und der Wiege der überhängenden Berge. Ein Palmenhain, der unausgeſetzt ſeine grünen Wedel ſchwingt, beſtreut es, wie im Triumph, mit einem Teppich gefallener Blätter und beſchattet es wie eine Laube. Von einem Ende bis zum anderen durchſchneidet ein Weg, der zwiſchen Blumenbeeten, dem Putzmacherladen der Gemeinde, hinführt, dies geſchützte Neſt; und hier und dort, verſtreut in dem wohligen Dämmerlicht, in einer mit mannigfachſten Düften geſchwängerten Luft und immer noch in Hörweite der Brandung an den Riffen, liegen die Häuſer der Eingeborenen. Faſt das gleiche Wort bezeichnet, wie wir geſehen haben, in zahlreichen polyneſiſchen Dialekten, die menſchliche Behauſung. Während jedoch das Wort ſich gleich bleibt, iſt der Bau ſelbſt überall verſchieden; und der Marqueſaner, wenn auch einer der rückſtändigſten und barbariſchſten von allen Inſulanern, beſitzt doch das bequemſte Haus. Die Grashütten Hawaiis, die Vogelkäfighäuſer Tahitis oder der offene Schuppen mit den wackeligen Jalouſien des beſſeren Samoaners können ſich alle nicht mit der Paepae-hae oder Wohnplattform des Marqueſaners vergleichen. Die Paepae iſt eine ovale Terraſſe, die ohne Zement aus vulkaniſchem ſchwarzen Geſtein aufgebaut und zwanzig bis fünfzig Fuß lang iſt. Sie erhebt ſich vier bis acht Fuß über dem Erdboden, und eine breite Treppe führt zu ihr hinauf. Im Hintergrunde ſpringt bis zur Hälfte der Tiefe der Teraſſe die offene Front etwa des Hauſes, einer gedeckten Galerie gleich, vor; das Innere wirkt ſauber, mitunter ſogar faſt elegant in ſeiner Kahlheit. Der Schlafraum iſt in der ganzen Länge durch ein Geländer abgeteilt; vielleicht hängt ein buntes Gewand am Nagel, und eine Lampe oder eine Whiteſche Nähmaſchine ſind die einzigen Zeichen von Ziviliſation. Draußen brennt an einem Ende der Terraſſe im Schutze eines Verſchlages das Herdfeuer; am anderen Ende befindet ſich mitunter ein Schweineſtall, während der übrige Teil die abendliche Lungerſtätte und al fresco Banketthalle der Bewohner darſtellt. Zu einigen Häuſern wird überdies das Waſſer von den Bergen in Bambusrohren hingeleitet, die, um es friſch zu erhalten, perforiert ſind.

Auf jeder Wohnplattform lebt eine große Schar Verwandter und Gefolgsleute. Zur Dämmerſtunde, wenn das Feuer brennt, wenn der Duft der gekochten Brotfrucht die Luft ſchwängert und womöglich zwiſchen den Säulen des Hauſes ſchon die Lampe ſchimmert, ſieht man ſie alle, Männer, Weiber und Kinder ſchweigend bei der Mahlzeit verſammelt, während Hunde und Schweine ſich auf der Treppe tummeln und um die Wette mit den Schwänzen wedeln. Die Fremden von dem Schiff wurden gar bald nicht minder willkommen geheißen und eingeladen, ihre Finger in die Holzſchüſſel zu tauchen, Kokosnüſſe zu ſchlürfen, die von Hand zu Hand kreiſende Pfeife zu teilen und angeregte Debatten über die Miſſetaten der Franzoſen, über den Panamakanal oder die geographiſche Lage von San Francisco und New Yo'ko anzuhören und zu führen. In einem Hochlandsdörfchen, weit außerhalb der Reichweite von Touriſten, bin ich auf die gleiche ſchlichte und würdevolle Gaſtfreundſchaft geſtoßen.

Zweierlei habe ich erwähnt – das unangenehme Benehmen unſerer erſten Beſucher und den Fall der Dame, die ſich an den Polſtern rieb – beide müſſen einen grundfalſchen Eindruck von marqueſaniſchen Manieren erwecken. Die große Mehrzahl aller Polyneſier hat ein ausgezeichnetes Betragen, aber die Marquesaner sind einzig in ihrer Art, zugleich irritierend und reizvoll, wild, scheu und wohlerzogen. Macht man ihnen Geschenke, so tun sie, als hätten sie sie vergessen, und man muß sie ihnen beim Weggehen noch einmal anbieten: eine hübsche Formalität, die ich nirgends anders gefunden habe. Ein Wink genügt, um sowohl einen Einzelnen wie eine ganze Schaar zu entfernen. Alle sind bis zur Wildheit stolz und dabei doch bescheiden, während sonst die zwar liebenswürdigeren, aber aus gröberem Holz geschnitzten Insulaner einen Fremden geradezu bedrängen und sich ebensowenig verscheuchen lassen wie die Fliegen. Eine Kränkung oder Beleidigung vergißt ein Marquesaner, scheint's, nie. Eines Tages unterhielt ich mich auf der Straße gerade mit meinem Freunde Hoka, als ich sah, wie seine Augen aufblitzen und seine ganze Gestalt plötzlich zu wachsen schien. Ein Weißer zu Pferde trabte den Berg herunter, und während er im Vorüberreiten anhielt, um mich zu begrüßen, stand Hoka noch immer hochmütig blickend und sich plusternd wie ein Kampfhahn daneben. Es war ein Korse, der ihn vor vielen Jahren einmal ein »cochon sauvage« – »coçon chauvage«, wie Hoka es aussprach, genannt hatte. Einem so zeremoniellen und empfindlichen Volke gegenüber war es kaum verwunderlich, daß eine Gesellschaft von Greenhorns, wie wir es waren, die schwersten Fauxpas beging. Hoka versank während eines seiner Besuche plötzlich in brütendes Schweigen und verließ nach einer Weile mit kalter Förmlichkeit das Schiff. Als er mich wieder in seine Gunst aufnahm, erklärte er mir gewandt und deutlich mein Vergehen: ich hatte ihn gebeten, uns Kokosnüsse zu verkaufen, und in Hokas Augen waren Lebensmittel Dinge, die ein Gentlemann zwar verschenken, nicht aber verkaufen darf, zum mindesten nicht an einen Freund. Bei einer anderen Gelegenheit gab ich meiner Schiffsbesatzung ein Frühstück, das aus Schokolade und Cakes bestand. Ich hatte dabei gegen einen Punkt der Etikette verstoßen, wie, konnte ich niemals erfahren, und obwohl man mir trocken dankte, ließ man doch meine Gaben unberührt am Strande stehen. Unser schlimmster Fehler jedoch war eine Kränkung, die wir Toma, Hokas Adoptivvater und, in seinen eigenen Augen, dem rechtmäßigem Häuptling von Anaho, zufügten. Erstens hatten wir ihm in seinem schönen, neuen, europäischen Hause, dem einzigen im Dorfe, keinen Besuch gemacht, wie wir es vielleicht hätten tun sollen. Dann aber war es Toma gewesen, den wir, als wir an Land gingen, um seinen Rivalen Taipi-Kikino zu besuchen, am Strande stehen sahen, eine herrliche Figur von einem Manne, prachtvoll tätowiert, und an Toma richteten wir die Frage: »Wo ist der Häuptling?« »Welcher Häuptling?« rief Toma und drehte den Lästerern den Rücken. Und er hat uns nie verziehen. Hoka ging bei uns täglich aus und ein, jedoch in der ganzen Gegend waren Toma und seine Frau, glaube ich, die einzigen, die niemals ihren Fuß an Bord der »Casco« setzten. Welcher Versuchung sie dabei widerstanden, ist für einen Europäer kaum zu ermessen. Wäre die fliegende Stadt Laputa vierzehn Tage lang in St. James Park vor Anker gegangen, es wäre nur ein schwacher Vergleich mit der »Casco« geweſen, denn der Londoner hat ſtets daneben noch ſeine Runde von Vergnügungen, während der Marqueſaner durch eine ununterbrochene Eintönigkeit von Tagen ſeinem Grabe zuſchreitet.

Am Nachmittage vor dem geplanten Tag unſerer Abreiſe kam eine Abſchiedsgeſellſchaft zu uns an Bord: neun unſerer beſonderen Freunde, mit Geſchenken ausgerüſtet und gekleidet wie zu einem Feſt. Hoka, der Hauptтänzer und -Sänger ſowie der größte Dandy von Anaho und einer der ſchönſten jungen Burſchen der ganzen Welt – trotzig, prahleriſch, dramatiſch, leicht wie eine Feder und ſtark wie ein Stier, war bei dieſer Gelegenheit kaum wiederzuerkennen, während er gebeugt und ſchweigend, mit trauerndem, aſchgrauen Geſicht daſaß. Es war ſeltſam, den Burſchen ſo mitgenommen zu ſehen, ſeltſamer noch, in ſeinem letzten Geſchenk eine der Inſelraritäten wiederzuerkennen, die wir am erſten Tage zurückgewieſen hatten, und zu wiſſen, daß unſer ſo feſtlich gekleideter Freund, den unſere Abreiſe ſo unverhüllt bekümmerte, zu der halbnackten Bande gehörte, die uns bei unſerer Ankunft belagert und beleidigt hatte: am ſeltſamſten aber wohl, in jenem geſchnitzten Fächerſtiel die letzte der Kurioſitäten des erſten Tages wieder zu finden, die uns inzwiſchen alle von ihren Eigentümern geſchenkt worden waren – ihre Haupthandelsartikel, mit denen ſie uns hatten beſchwindeln wollen, ſolange wir Fremde waren, die ſie uns jetzt aber, da wir Freundſchaft geſchloſſen hatten, förmlich aufdrängten. Der letzte Beſuch wurde nicht lange ausgedehnt. Einer nach dem anderen ſchüttelte uns die Hand und ſtieg in das Kanoe zurück, worauf Hoka dem Schiff augenblicks den Rücken zukehrte, ſo daß wir ſein Geſicht nicht wieder ſahen. Taipi blieb dagegen mit dem Geſicht zu uns gedreht ſtehen, in der leutſeſigſten Weiſe zum Abſchied winkend, und als Kapitän Otis die Flagge ſenkte, hob die ganze Geſellſchaft grüßend die Hüte. Das war das Lebewohl; die Epiſode unſres Beſuchs in Anaho galt als beendet, und obwohl die »Casco« noch beinah vierzig Stunden vor Anker lag, kam keiner an Bord zurück, und ich glaube ſogar, daß ſie den Strand mieden. Dieſe Zurückhaltung und Würde ſind vielleicht der ſtolzeſte Charakterzug des Marqueſaners.

*

## DRITTES KAPITEL

### *Der Ausgeſetzte*

*

ÜBER DIE SCHÖNHEITEN ANAHOS KÖNNTEN Bände geſchrieben werden. Ich weiß noch, wie ich um drei Uhr nachts erwachte und die Luft mild und balſamiſch fand. Die lange Dünung ſchwoll in der Bucht, ſchien ſie ganz auszufüllen und ſchwand von neuem. Sanft, tief und ſtumm rollte die »Casco«; nur von Zeit zu Zeit knarrte das Tau an einem der Blocks wie ein Vogel. Meerwärts war der Himmel hell von Sternen und die See von ihrem Widerſchein. Blickte ich nach jener Richtung, ich hätte mit dem Hawaiiſchen Dichter ſingen können;

Ua maomao ka lani, ua kahaea luna,
Ua pipi ka mako o ka hoku.
(Die Himmel waren lieblich, da oben breiteten ſie ſich
[aus,
Zahlreich waren die Augen der Sterne.)

Dann wandte ich mich landeinwärts und ſah ſtürmiſche Wolkenmaſſen am Himmel, und die Berge türmten ſich drohend. Ich hätte meinen können, zehntauſend Meilen fern in irgendeinem Hochlandsfjord verankert zu ſein, und daß der Tag mir Tannen und Heide, grüne Farrenwedel und Strohdächer, von denen der Torfrauch aufſteigt, zeigen würde, und daß die nächſten Fremdlaute, die an mein Ohr dringen ſollten, gäliſch und nicht kanakiſch ſein würden.

Aber der Tag brachte, als er kam, andere Bilder und Gedanken. Ich habe die Sonne in vielen Teilen der Welt aufgehen ſehen – ſicherlich hat dies zu den größten Freuden meines Lebens gehört – aber der Sonnenaufgang, der mich am tiefſten bewegte, erſtrahlte über der Bucht von Anaho. Die Berge ragen hier ſchroff über dem Hafen empor in jedem nur möglichen Wechſel von Geſteinsbildung, Form, Bekleidung, Wald und Fels. Jeder von ihnen trug die ihm eigene Schattierung von Safran, Schwefel, Nelken- oder Roſenfarben, und ihr Glanz war wie der des Atlas. Über den lichteren Tönen lag ein zarter Blütenſchimmer, während die dunkleren Farben in ſattem, feierlichem Blühen prangten. Das Licht ſelbſt war das gewöhnliche Licht des Morgens, farblos und rein, und unterſtrich auf dieſem Hintergrund von Edelſteinen auch die letzte, feinſte Linie der Zeichnung. Währenddeſſen verkündeten im Dorfe, unter den Palmen, wo noch blaue Schatten weilten, die rote Glut der Kokosnußrinden und leichte Rauchwölkchen die erwachende Geſchäftigkeit des Tages. Am Strande kehrten Männer und Weiber, Burſchen und Mädchen, in bunten Gewändern aus Rot, Blau und Grün, ſo wie ſie uns auf den farbigen Bildern unſerer Kindheit entzückten, vom Bade heim, und allmählich entſchleierte die Sonne die Höhen im Oſten, und ſtrahlender Tag war überall.

Das Strahlen wuchs und vertiefte ſich, die Geſchäftigkeit in den Siedlungen hörte auf, noch ehe ſie ſo recht begonnen hatte. Zweimal am Tage bemerkte man in den meerwärts gelegenen Bergen das Lärmen der Schäfer mit ihren Herden. Von Zeit zu Zeit ſtach ein Kanoe zum

Fiſchen in See. Dann und wann füllten ein paar Weiber mit läſſigen Bewegungen ihren Korb in den Baumwollpflanzungen, und mitunter erklang vom Schatten der Häuſer her eine Flöte, die die Modulationen ihrer drei Töne nimmermüde mit einer Wirkung gleich ‚Que le jour me dure' wiederholte. Oder es verſtändigten ſich in einem Winkel der Bucht zwei Marqueſaner auf die übliche Weiſe durch Pfeifen miteinander. Alles andere ſchwieg und ſchlief. Die Brandung brach ſich ſchimmernd am Ufer; eine Art ſchwarzer Kraniche fiſchte in dem unruhigen Waſſer; die ſchwarzen Schweine galoppierten fortwährend in irgendwelchen Geſchäften hin und her; doch die Menſchen hätten niemals wieder aufwachen brauchen oder alle tot ſein können.

Mein Lieblingsplatz lag dem Dörfchen gegenüber unter einer lianenumwucherten Klippe, die hier einen Landungsplatz und eine kleine Bucht bildete. – Der Strand war von Palmen und ſogenannten Puraos umſäumt, einem Baum, der im Wachstum ein Mittelding zwiſchen Feige und Maulbeere iſt und eine Blüte gleich einer großen gelben Mohnblume mit einem kaſtanienbraunen Herzen trägt. Stellenweiſe waren die Felſen dort bis auf den Sand vorgedrungen; der Strand war ganz unter Waſſer, und die Brandung gurgelte warm und behaglich um meine Knie und ſpielte mit den Kokosrinden, wie unſer ſchlichteres Meer daheim mit Strandgut, Scherben und Flaſchen ſpielt. Wenn die Wellen verebbten, ſtrömten Wunder an Farbe und Geſtalt mir zwiſchen den Füßen hindurch, nach denen ich dann wohl griff, um ſie mitunter zu verfehlen, dann und wann aber auch zu erhaſchen, und die ſich manchmal als das entpuppten, was ſie verheißen hatten: als Muſcheln, wert ein Kabinett zu zieren oder in Gold gefaßt an einer Frauenhand zu glänzen. Mitunter aber erwiſchte ich auch nur eine Maya farbigen Sandes, zermahlene Bruchſtücke von Steinen, die, ſobald ſie getrocknet waren, ſo ſtumpf und unanſehnlich wurden wie der Kies, der unſere Gartenwege bedeckt. Dieſem kindlichen Vergnügen habe ich ſtundenlang in der ſtarken Sonne gefrönt, wobei ich mir meiner unverbeſſerlichen Torheit vollauf bewußt war, allein die Freude, die ich daran hatte, war zu groß, als daß ich mich wahrhaft hätte ſchämen können. Währenddeſſen flötete die Droſſel oder ihr tropiſches Gegenspiel in dem Dickicht zu meinen Häupten.

In geringer Entfernung in einer Biegung der Bucht ſickerte ein kleiner Bach aus einer Vertiefung hervor, um ſich von dort eine Felſentreppe hinab ins Meer zu ergießen. Der Luftzug drang unter dem Laube aus dem tiefſten Winkel der Höhle hervor, die eine wahre Zufluchtſtatt an Kühle war. Nach vorne öffnete ſie ſich auf die blaue Bucht und auf die »Casco«, die dort unter ihrer Bedeckung in ihren heiteren Farben ruhte. Zu Häupten ſtand eine Gruppe Puraos, überragt wiederum von Palmen, die ihre leuchtenden Wedel ſchwangen, wie ich einen Zauberer aus nackten Schwertern ſich einen Heiligenſchein habe erſchaffen ſehen. Denn an dieſer Stelle ergießen ſich die Paſſate über eine niedrige Landzunge am Fuße der Berge hinweg in einem faſt ſtändigen Strom von Kraft und Schnelle in die Bucht von Anaho und ſchaffen dort eine göttliche Kühle.

Eines Tages war ich mit Mrs. Stevenſon und dem Schiffskoch in dieſer kleinen Bucht an Land gegangen. Außer der draußen vor Anker liegenden »Casco«, ein paar Kranichen und dem ewig geſchäftigen Winde und Meere war das Antlitz der Welt von prähiſtoriſcher Leere; das Leben ſchien ſtill zu ſtehen, und das Gefühl der Iſolierung war tief und erfriſchend. Plötzlich traf der ſtoßweiſe über den Iſthmus fegende Paſſat die Palmenwedel über der Grotte, ſie auseinandertreibend, und ſiehe da, auf zwei von den Wipfeln hockten Eingeborene, regungslos wie Götzenbilder, und beobachteten uns, man hätte meinen können, ohne auch nur mit der Wimper zu zucken. Im nächſten Augenblick hatten die Wipfel ſich wieder geſchloſſen und das Bild war verſchwunden. Die Entdeckung menſchlicher Gegenwart, die hèimlich zu unſeren Häupten an einem Orte lauerte, wo wir uns allein gewähnt hatten, die Unbeweglichkeit der Baumſpione und der Gedanke, daß wir zu jeder Stunde vielleicht auf ähnliche Weiſe überwacht worden waren, traf uns wie ein froſtiger Hauch. Das Geſpräch am Strande ſtockte. Was den Koch anbetraf, der kein reines Gewiſſen hatte, ſo ſetzte er nie wieder einen Fuß an Land, und zweimal, als es den Anſchein hatte, daß die »Casco« auf die Felſen trieb, war es amüſant, des Mannes Eilfertigkeit zu beobachten. Er war überzeugt, daß der Tod ihn an Land erwartete. Erſt nach über einem Jahre dämmerte mir in den Gilbertinſeln die Erklärung hierfür auf. Die Eingeborenen waren dabei geweſen, Palmwein abzuzapfen, was das Geſetz verbietet; und als der Wind ſie ſo plötzlich verriet, waren ſie zweifellos weit mehr beunruhigt, als wir ſelber.

Oberhalb der Grotte lebte ein alter, melancholischer, grauhaariger Mann, namens Tari (Charlie) Sarg. Er war in Oahu auf den Sandwich-Inseln geboren und war in seiner Jugend auf einem amerikanischen Walfischfänger zur See gegangen, ein Umstand, dem er seinen Namen, sein Englisch und seinen östlichen Akzent, sowie das Unglück seines unschuldigen Lebens verdankte. Denn einer der Kapitäne, die von New Bedford ausgefahren waren, schleppte ihn nach Nukahiva und setzte ihn dort unter den Kannibalen aus. Das Motiv für diese Handlung war unbegreiflich erbärmlich; des armen Taris Lohn, der auf diese Weise erspart wurde, hätte wohl kaum den Kredit der New Bedford-Eigentümer erschüttert, und die Tat selbst war schierer Mord. Taris Leben muß zu Anfang an einem Haar gehangen haben. In dem Kummer und Grauen jener Zeit wurde er wahrscheinlich verrückt, und noch immer leidet er an Geistesstörungen; vielleicht faßte auch ein Kind eine Vorliebe für ihn und bestimmte so, daß er verschont wurde. Jedenfalls kam er mit dem Leben davon, verheiratete sich auf der Insel und war, als ich ihn kennen lernte, Witwer mit einem verheirateten Sohn und einem Enkelchen. Aber der Gedanke an Oahu verfolgte ihn unabläßig; stets sah er es vor sich; sein Lob war ewig auf seinen Lippen; es erschien ihm in der Rückerinnerung als ein Ort ständiger Freuden, des Singens und der Tänze, und in seinen Träumen wird er es wohl häufig besucht haben. Ich frage mich, was er wohl sagen würde, wenn man ihn plötzlich dahin zurückversetzte, und er die moderne Stadt Honolulu mit ihrem flotten Verkehr, den Palast mit seinen Schildwachen etc. ſähe, das große Hotel und Herrn Bergers Kapelle mit ihren Uniformen und fremdartigen Inſtrumenten, und was er wohl denken würde, wenn er fände, wie die braunen Geſichter an Zahl abgenommen und die Weißen ſich vermehrt haben; wenn er entdeckte, daß ſeines Vaters Grund und Boden verkauft ist, um Zuckerrohr darauf zu pflanzen, und er ſein Elternhaus ganz zerſtört, den letzten ſeiner Verwandten aber vielleicht als Ausſätzigen zwiſchen der Brandung und den Klippen auf Molokai finden würde. So einfach und ſo traurig vollzieht ſich der Wandel ſelbſt hier auf den Südſeeinſeln.

Tari war arm und wohnte daher in einem ärmlichen Hauſe. Dieſes beſtand aus einem hölzernen Gerüſt, das einſtmals Europäer errichtet hatten; ja, es war ſeine amtliche Wohnung, denn Tari hütete die Schafe, die auf dem Vorgebirge graſten. Ich kann noch ein vollkommenes Inventar der Ausſtattung geben: drei Fäſſer, eine Blechbüchſe für Keks, eine eiſerne Pfanne, verſchiedene Taſſen aus Kokosrinde und drei Flaſchen, die vermutlich Öl enthielten, während die Kleider der Familie und einige Matten an den offenen Balken aufgehangen waren. – Schon bei meiner erſten Zuſammenkunft mit dem Verbannten ſchloß dieſer mit mir eine jener völlig unbegründeten Freundſchaften, wie ſie auf den Inſeln entſtehen; er gab mir Nüſſe zu trinken und ſchleppte mich die Grotte hinauf, »um mein Haus anzuſehen,« – das Einzige, was er zu bieten hatte. Er liebe die »Amelikaner« und die »Engländer«, die »Flanzoſen« aber haſſe er, und er legte Wert darauf, zu betonen, daß er, hätte er mich für einen »Flanzoſen« gehalten, mir keine ſeiner Nüſſe gegeben und niemals ſein Haus gezeigt haben würde. Seine Abneigung gegen die Franzoſen konnte ich zum Teil verſtehen, nicht aber ſeine Vorliebe für die Angelſachen. Am nächſten Tage brachte er mir ein Schwein, und wenige Tage ſpäter traf ihn einer unſerer Geſellſchaft, im Begriff, uns ein zweites zu bringen. Wir waren auf den Inſeln noch fremd und begingen, peinlich berührt durch des armen Mannes Freigebigkeit, die er ſich nur ſchlecht leiſten konnte, den ganz natürlichen aber unverzeihlichen Mißgriff, die Annahme des Schweins zu verweigern. Wäre Tari ein Marqueſaner geweſen, wir hätten ihn nie wieder geſehen; da er jedoch war, was er war, ein überaus ſanfter geduldiger, melancholiſcher Greis, nahm er eine hundertmal grauſamere Rache. Kaum hatte ſich das Kanoe mit den neun Dorfbewohnern nach dem Abſchied wieder in Bewegung geſetzt, als die »Casco« von der anderen Seite angelaufen wurde. Es war Tari; er war ſo ſpät erſt gekommen, weil er kein eigenes Kanoe beſaß und es ihm ſchwer geworden war, ſich eins auszuborgen. Er kam ganz alleine, weil er fremd im Lande und der allerlangweiligſte Geſellſchafter war. Die anderen Mitglieder meiner Familie flohen in ſchmählicher Weiſe vor dieſer Unterredung. Ich mußte unſeren gekränkten Freund ganz alleine empfangen. Das Interview dauerte faſt eine Stunde, denn es wurde ihm ſchwer, ſich loszureißen. »Du, weggehen. Ich dich nicht wiederſehen – nein, Herr;« jammerte er; und dann ſah er ſich in bewunderndem Bedauern um. »Dies hier gutes Schiff – nein, Herr, – gutes Schiff!,« rief er: das

»nein, Herr!« wurde ſcharf durch die Naſe mit ſteigender Betonung geſprochen, ein Echo aus New Bedford und der Zeit des Walfiſchfängers. Von dieſen Ausdrücken des Kummers und des Schmerzes kam er immer wieder auf das abgewieſene Schwein zurück. »Ich ebenſo wie du lieben, Geſchenke zu machen,« klagte er; »ich nur Schwein haben, und du ihn nicht nehmen!« Er war ein armer Mann; Geſchenke zur Auswahl hatte er nicht: er wiederholte, er hätte nur ein Schwein, und ich hätte es verweigert. Ich habe mich kaum je wieder ſo unglücklich gefühlt wie damals, als ich ihn ſo alt, ſo grau, ſo arm, ſo von Unglück verfolgt und mit ſo traurigem Ausdruck vor mir ſitzen ſah und mit wachſender Deutlichkeit die Stärke des Affronts erkannte, den ich ihm in aller Unſchuld zugefügt hatte; aber das war einer jener Fälle, da alles Reden umſonſt iſt.

Taris Sohn war von lächelnder Trägheit; ſeine Schwiegertochter, ein hübſches, ſanftes, ernſtes Mädchen von ſechzehn Jahren, beſaß mehr Intelligenz als die meiſten Anaho-Weiber und einige Kenntniſſe im Franzöſiſchen; ſein Enkelchen war noch ein winziges Bruſtkind. Ich ging eines Tages, als Tari nicht da war, zur Höhle hinauf und fand den Sohn mit der Herſtellung eines Baumwollſacks beſchäftigt und Madame beim Stillen von Mademoiſelle. Als ich mich zu ihnen auf den Boden ſetzte, begann das Mädchen mich nach England auszufragen. Ich verſuchte, es ihr zu ſchildern, türmte die Pfanne und die Kokosſchalen übereinander, um die Häuſer darzuſtellen, und erklärte ihr, ſo gut ich konnte, durch Wort und Geſte die Überbevölkerung, den Hunger und die ewige Mühe und Arbeit.

»Tas de cocotièrs? Pas de popoi?« fragte ſie. Ich ſagte ihr, daß es dort zu kalt wäre und durchlief eine Reihe von komplizierten Veranſtaltungen; Ausſperren von Zugluft, Hocken über einem imaginären Feuer, um mich verſtändlich zu machen. Sie verſtand mich auch recht gut, bemerkte, es müßte ſehr ungeſund ſein und ſaß eine Weile in ernſte Gedanken verſunken über dieſem Bilde ungewohnten Jammers. Ich bin überzeugt, daß ich ihr Mitleid erregt hatte, denn in ihr wurde ein anderer Gedanke wach, der ſtändig in jedes Marqueſaners Bruſt herrſcht. Mit lächelnder Trauer und mich mit ihren melancholiſchen Augen anſehend, begann ſie das Sterben ihres eigenen Volkes zu beklagen. »Ici pas de Kanaques,« ſagte ſie, und den Säugling von der Bruſt nehmend, hielt ſie ihn mir mit beiden Händen entgegen. »Tenez – ein kleines Baby wie dieſes hier; dann tot. Alle Kanaken ſterben. Dann nichts mehr.« Das Lächeln zu ſehen und zu hören, wie dieſe mädchenhafte Mutter ihr eigenes Fleiſch und Blut als Beiſpiel zitierte, rührte mich in ſeltſamſter Weiſe; alles bekundete eine ſo ſtille Verzweiflung. Inzwiſchen fuhr der Gatte lächelnd fort, an ſeinem Sacke zu arbeiten, und das ahnungsloſe Kind griff ſtrampelnd nach einem Glas Himbeermarmelade, einer Freundesgabe, die ich mitgebracht hatte; und in der Perſpektive der Jahrhunderte ſah ich ihr Schickſal wie das unſrige: den Tod, der wie eine Flut herannahte, den bereits feſtgeſetzten Tag, an dem es keine Beretani, ja überhaupt keine Raſſen mehr geben würde, und, (was mich am ſeltſamſten berührte) keine literariſchen Arbeiten und keine Leſer.

*

VIERTES KAPITEL

## *Tod*

*

DER GEDANKE AN DEN TOD HERRSCHT, WIE geſagt, unabläſſig in des Marqueſaners Bruſt. Es wäre auch ſeltſam, wenn dem nicht ſo wäre. Die Raſſe iſt vielleicht die ſchönſte auf der Welt. Die Männer ſind durchſchnittlich ſechs Fuß groß, mit kräftigen Muskeln und ohne jedes Fett, flink in ihren Bewegungen, voll Grazie in der Ruhe; und die Frauen, wenn auch dicker und dümmer, dennoch hübſche Tiere. Dem Ausſehen nach kann es kein lebenskräftigeres Volk geben, trotzdem hält der Tod mit beiden Händen unter ihnen Ernte. Als Biſchof Dordillon zuerſt nach Tai-o-hae kam, ſchätzte er die Bewohner auf viele Tauſende; er war kaum geſtorben, und Stanislao Moanatini konnte in der gleichen Bucht die Bewohner, acht an der Zahl, an ſeinen Fingern, aufzählen. Oder nehmen wir das den Leſern von Herman Melville unter der grotesk falſchen Schreibweiſe Hapar bekannte Tal Hapaa als Beiſpiel. Es gibt nur zwei Schriftſteller, die von der Südſee mit einem Funken von Genie erzählt haben, beides Amerikaner: Melville und Charles Warren Stoddard, und bei der Taufe des erſten und größten muß man vergeſſen haben irgendeine einflußreiche Fee einzuladen: »Er ſoll beobachten können«, »Er ſoll erzählen können«, Er ſoll bezaubern können«, ſagten die guten Patinnen; »aber er ſoll nicht hören können«, rief die letztere. Der Stamm von Hapaa ſoll über vierhundert gezählt haben, als die Pocken ausbrachen und ein Viertel von ihm vernichteten. Sechs Monate ſpäter zeigte ſich bei einer Frau Lungentuberkuloſe; die Seuche verbreitete ſich mit flammengleicher Schnelligkeit in dem Tale, und in weniger als zwei Jahren flohen die letzten Überlebenden, ein Mann und eine Frau, dieſe neu entſtandene Einöde. Ähnlich mögen ſpätere Adam und Even eines Tages inmitten neuer Raſſen Großbritanniens als tragiſche Überbleibſel dahinwelken. Als ich zuerſt dieſe Geſchichte hörte, frappierte mich das Datum; heute aber halte ich ſie für möglich. So tauchte zum Beiſpiel zu Anfang des erſten Jahres meines dortigen Aufenthaltes, oder vielmehr Ende des vorhergehenden Jahres, ein Fall von Phtiſis in einem Haushalte von ſiebzehn Perſonen auf, und im Auguſt, als ich davon hörte, war nur noch eine Seele am Leben, ein Junge nämlich, der auswärts zur Schule ging. Und Entvölkerung wirkt nach verſchiedenen Seiten: die Tore des Todes ſtehen weit offen, die der Geburt jedoch ſind faſt verſchloſſen. So gab es in dem halben Jahr bis Ende Juli 1888 im Diſtrikt von Hatiheu zwölf Todesfälle, aber nur eine Geburt. Mit ſieben oder acht weiteren Todesfällen war im Laufe des Jahres noch zu rechnen, während M. Auſſel, der ſcharf beobachtende Gendarm, nur von einer bevorſtehenden Geburt wußte. Unter dieſen Verhältniſſen iſt es nicht verwunderlich, daß die Bevölkerung jener Gegenden in vierzig Jahren von ſechstauſend auf noch nicht vierhundert zuſammengeſchmolzen iſt; das wenigſtens iſt, nach den Ausſagen M. Auſſels, die zahlenmäßige Schätzung. Und das Tempo der Abnahme muß ſich in den letzten Jahren noch verſtärkt haben.

Ein gutes Mittel, um ſich von der Entvölkerung ein Bild zu machen, iſt, auf dem Landwege von Anaho nach der angrenzenden Bucht von Hatiheu zu gehen. Der Weg iſt gut, aber grauſam ſteil. Kaum ſchienen wir das öde Haus hinter uns gelaſſen zu haben, das in Anaho am höchſten gelegen iſt, als wir ſchon aus ſchwindelnder Höhe auf ſein Dach herniederſchauten: die in ziemlicher Entfernung in der Bucht um die Wette rollende »Casco« ſchrumpfte ſichtbar zuſammen, und bald ſahen wir durch einen Riß in Taris Iſthmus Ua-huna wolkengleich am Horizonte ſchweben. Jenſeits des Gipfels, wo der Wind wahrhaft eiſig in dem rohrähnlichen Graſe pfiff und das Graskleid des Pandanus kräuſelte, traten wir plötzlich, wie durch eine Tür, in das nächſte Tal und in die Bucht von Hatiheu ein. Kegelförmige Berge umſchließen es von drei Seiten. Auf der vierten iſt dieſe Bruſtwehr in Trümmer geſprengt, läuft in ſchroffen, zerriſſenen Felſen zum Meere hinab und ſtellt ſo die einzige paſſierbare Breſche in der blauen Bucht dar. Das Innere des Tales iſt gedrängt voll herrlicher, wertvoller Bäume – Apfelſinen, Brotfrucht, Mumienäpfel, Kokosnuß und Südſeekaſtanie; unter ihnen, als Unkraut, Pinie und Banane. Bewäſſert und befruchtet wird es von vier unverſiegbaren Flüſſen, und am Bette zuerſt des einen, dann des anderen von ihnen, führt der Weg eine beträchtliche Zeitlang in dies glückliche Tal hinab. Der Sang der Waſſer und der ſo vertraute Anblick der verſtreuten Felſentrümmer gaben uns den Eindruck, wieder daheim zu ſein, den jedoch die exotiſche Flora, die närriſchen Formen des Pandanus, der ſäulenartige Stamm des Banyan, die im Buſch galoppierenden ſchwarzen Schweine und die Architektur der Eingeborenenhäuſer zerſtörten, noch ehe wir ihn recht genießen konnten. Die erſten Häuſer auf der Hatiheu-Seite ſtehen bereits hoch am Berge: höher noch die melancholiſch blickenden, leeren Paepaes. Wird ein Eingeborenenhaus verlaſſen, ſo zerfällt der Oberbau – das Strohdach aus Pandanus, die Ruten, die wenig haltbaren tropiſchen Balken – gar bald und wird raſch vom Winde zerſtreut. Nur die Steine der Terraſſe dauern; und keine Ruine, kein Grabhügel, kein Monument und kein Kaſtell vermag einen ſo ſtarken Eindruck ſtrengen Altertums zu vermitteln. Wir müſſen etwa an ſechs bis acht dieſer jetzt häuſerloſen Plattformen vorbeigekommen ſein. An der Hauptſtraße der Inſel, dort wo ſie das Tal von Taipi ſchneidet, kann man ſie, wie mir Mr. Osbourne berichtet, zu Dutzenden zählen, und da die Straßen weit ſpäter als die Häuſer ſelbſt, vielleicht ſogar erſt nach ihrer Verödung gebaut wurden und einfach als willkürlich durch den Buſch gezogene Linien anzuſehen ſind, muß der Wald auf beiden Seiten gleichermaßen von dieſen Überreſten erfüllt ſein: Grabſteine ganzer Familien. Solche Ruinen ſind im engſten Sinne des Wortes »Tapu«; kein Einheimiſcher darf ſich ihnen nähern; ſie ſind zu Vorpoſten des Jenſeits geworden. Es mag als ein natürlicher frommer Brauch der Hunderte erſcheinen, die als Nachhut der verſtorbenen Tauſend zurückgeblieben ſind, daß es ihren Füßen unterſagt iſt, die Schwelle ihrer Väter zu überſchreiten.

Ich glaube allerdings, daß dieſe Sitte auf ganz anderen, düſteren Begriffen beruht. Jedoch ſind Haus, Grab und ſelbſt Körper der Toten von jeher von den Marqueſanern beſonders in Ehren gehalten worden. Bis vor kurzem wurde mitunter ſogar die Leiche in der Familie aufbewahrt und täglich geölt und geſonnt, bis ſie allmählich über die widerlichſten Stadien hindurch zu einer Art Mumie eingetrocknet war. Opfergaben werden auch heute noch auf das Grab gelegt. In Traitors Bay ſah Mr. Osbourne einſt einen Mann einen Handſpiegel kaufen, um ihn auf das Grab ſeines Sohnes zu legen. Und das aufgebrachte Volksempfinden über die Entweihung von Grabſtätten, das in gedankenloſer Weiſe beim Bau neuer Straßen verletzt wurde, iſt ein weſentlicher Grund des Haſſes der Eingeborenen gegen die Franzoſen.

Der Marqueſaner ſieht den Untergang ſeiner Raſſe mit Beſtürzung herannahen. Der Gedanke an den Tod ſetzt ſich mit ihm zum Mahle nieder und erhebt ſich mit ihm des Morgens vom Lager. Er lebt und atmet im Schatten einer Sterblichkeit, allzu furchtbar um ertragen zu werden. So ſehr hat er ſich an den Gedanken gewöhnt, daß er ſeine Verwirklichung als eine Befreiung begrüßt. Er müht ſich nicht einmal, Enttäuſchungen zu tragen; eine Beleidigung, eine Störung ſeiner ephemeren und kommuniſtiſchen Liebesaffären läßt ihn ſogleich als Zufluchtsſtätte das Grab ſuchen. Augenblicklich iſt das Aufhängen Mode. In der erſten Hälfte von 1888 kamen mir drei Fälle aus der Weſtſpitze von Hiva-oa zu Ohren, in denen ſich Männer erhängt hatten. Allein, obgleich dieſe Art des Selbſtmordes in anderen Teilen der Südſee weit verbreitet iſt, glaube ich doch nicht, daß ſie in den Marqueſas populär werden wird. Dem marqueſaniſchen Empfinden liegt die alte Form der Vergiftung mit den Früchten der Ewa weit näher, die dem polyneſiſchen Selbſtmörder zwar einen grauſamen und langſamen Tod bereitet, dafür ihm aber Zeit läßt zur Ausübung der Anſtandspflichten der letzten Stunde, auf die er ſo großen Wert legt. Der Sarg kann bereitet, die Schweine können geſchlachtet werden; die Klagen der Trauernden ſchallen durch das Haus. Dann und nicht früher iſt ſich der Marqueſaner der Erfüllung bewußt. Sein Leben iſt abgerundet, ſein Gewand (wie das Cäſars) ſchön drapiert für den letzten Akt. Man ſoll niemanden vor ſeinem Tode glücklich preiſen, ſagen die Alten: beneide niemanden, ehe du nicht die Totenklagen hörſt, würde die marqueſaniſche Faſſung lauten. Insbeſondere feſſelt ſie hierbei der Sarg, wenn auch ſeine Einführung erſt jüngeren Datums iſt. Dem reifen Marqueſaner iſt er, was dem europäiſchen Schulbuben die Uhr bedeutet. Zehn Jahre lang ſuchte Königin Vaekehu die Älteſten heim, bis man ihr erſt vor kurzem ihren Wunſch erfüllte und ihr einen Sarg bewilligte, jetzt endlich hat des Weibes Seele Ruh. Ein drolliges Beiſpiel von der Macht dieſes Gedankens wurde mir kürzlich erzählt. Die Polyneſier leiden an einer Krankheit mehr des Willens als des Körpers. Die Tahitianer ſollen eine Bezeichnung, Erimatua dafür haben, die ich jedoch in meinem Wörterbuch nicht finden kann. Ein Gendarm, M. Nouveau, hat geſehen, wie Männer dieſer undefinierbaren Krankheit verfielen. Er warf ſie aus ihren Häuſern heraus, ſtellte ſie beim Wegebauen an und ſiehe da! in zwei Tagen waren ſie kuriert. Aber das folgende Heilmittel iſt origineller; man hat tatſächlich erlebt, wie ein Marqueſaner, der an dieſer Entmutigung oder, beſſer geſagt, Sterbensfreudigkeit, litt, bei der Erfüllung ſeines heißeſten Wunſches, ja ſchon allein beim Anblick der erſehnten Klauſe, ſeines Sarges, wieder auflebte, ſich erholte, die Hand des Todes abſchüttelte und auf Jahre hinaus ſeiner Tätigkeit – ſagen wir, dem Schnitzen von Tikis (Götzen) oder dem Flechten von Greiſenbärten – zurückgegeben war. Aus alle dieſem geht hervor, wie leicht die Marqueſaner den Tod nehmen, wenn er ſich ihnen auf natürlichem Wege naht. Ich kenne einen Fall, der ebenſo ſchauerlich wie romantiſch iſt. Zur Zeit der Pocken in Hapaa wurde auch ein alter Mann von der Seuche ergriffen. An Geſundwerden dachte er nicht. Daher ließ er ſich neben der Landſtraße ein Grab ſchaufeln, lebte in ihm faſt vierzehn Tage lang weiter, eſſend, trinkend, rauchend und ſich mit den Paſſanten zumeiſt von ſeinem Tode unterhaltend, gleichgiltig ſowohl gegen ſich ſelbſt wie gegen die Freunde, die er dadurch infizierte.

Dieſer Hang zum Selbſtmord, dieſes lockere Verhältnis zum Leben, iſt indes nicht nur den Marqueſanern eigen. Eigentümlich iſt ihre allgemeine Depreſſion, das Hinnehmen ihres Unterganges als Volk. Vergnügungen werden vernachläſſigt, Lieder vergeſſen, der Tanz ſtirbt aus. Zwar ſind manche, ja allzu viele verboten, doch ſind noch genug übriggeblieben und würden weiterleben, wenn Luſt und Pflege vorhanden wären, um ſie am Leben zu erhalten. Bei der letzten

Feier des Baſtille-Tages vergoß Stanislao Moanatini an-
geſichts der freudloſen Vorführungen der Tänzer Trä-
nen. Als das Volk in Anaho für uns ſang, war es ge-
zwungen, ſich wegen der Kleinheit ſeines Repertoires
zu entſchuldigen. Es wären junge Leute dabei, hieß
es, und nur die Alten kennten die Geſänge. Mit einer
einzigen lebensmüden Generation läßt man auch die
ganze marqueſaniſche Poeſie und Muſik zugrunde
gehen. Die volle Bedeutung dieſer Tatſache wird nur
dem klar, der auch andere polyneſiſche Stämme kennt;
der weiß, wie der Samoaner für jede noch ſo gering-
fügige Gelegenheit ein neues Lied prägt, oder der, zum
Beiſpiel auf Penrhyn, eine kleine Geſellſchaft von acht-
bis zwölfjährigen Mädchen ſtundenlang ihre Kunſt hat
produzieren hören, wobei pauſenlos Lied auf Lied folg-
te. Ebenſo beginnt der an ſich niemals fleißige Mar-
queſaner jetzt völlig mit der Arbeit aufzuhören. Der
Export dieſer Inſelgruppe nimmt außer jedem Verhält-
nis zu der Entvölkerung ab. »Die Koralle mehrt ſich,
die Palme wächſt, aber der Menſch vergeht,« ſagt der
Marquoſaner und faltet ergeben die Hände. Und ſicher-
lich liegt dies in der Menſchennatur. Trotz der augen-
ſcheinlichen Torheit arbeiten und zügeln wir uns, nicht
der Entlohnung unſeres Einzeldaſeins zuliebe, ſondern
im ſchüchternen Hinblick auf das Leben und Gedächt-
nis unſerer Nachkommen; dort, wo es keinen bluts-
oder ſprachverwandten Nachfolger gibt, zweifle ich,
ob ſelbſt Rothſchild Geld verdienen oder Cato Tugend
ausüben würde. Ebenſo natürlich iſt es auch, daß ein
beſonderer Anſporn den Marqueſaner ſeiner Lethar-
gie vorübergehend entreißt. Überall an der Binnen-

ſeite von Anaho wuchert die Baumwollpflanze wie Unkraut; jeder, Mann oder Frau, der ſie aberntet, vermag ſich dadurch einen Dollar pro Tag zu verdienen. Trotzdem war des Händlers Lagerhaus bei unſerer Ankunft gänzlich leer und vor unſerer Abreiſe faſt voll. Solange der Zirkus da war, ſolange die »Casco« in der Bucht vor Anker lag, mußte jedermann uns beſuchen. Dazu brauchte jede Frau ihr neues Kleid und jeder Mann ein Hemd und eine Hoſe. Niemals zuvor in Mr. Reglers Erfahrung hatten ſie eine ſolche Tätigkeit entfaltet.

In dieſer Niedergedrücktheit liegt ein Element der Furcht. Die Angſt vor Geſpenſtern und vor der Dunkelheit iſt in jedes Polyneſiers Gemüt tief eingegraben, nicht zuletzt in dem des Marqueſaners. Der arme Taipi, der Häuptling von Anaho, war verurteilt, in einer mondloſen Nacht nach Hatiheu zu reiten. Er borgte ſich eine Laterne, ſaß lange Zeit ſtill da, um ſich für das Abenteuer zu ſtählen und ſchüttelte, als er endlich aufbrach, jedem auf der »Casco« die Hand wie zum ewigen Abſchied. Gewiſſe Weſen, Vehinehae genannt, frequentieren die nächtliche Landſtraße und machen ſie zu einem Ort des Grauens. Der eine erzählte mir, ſie wären Nebelgeſtalten, die ſich auflöſten und verſchwänden, wenn der Reiſende in ſie hineinſpazierte; ein anderer ſchilderte ſie als menſchengleiche Weſen mit Katzenaugen. Keiner aber vermochte mir auch nur die geringſte Klarheit darüber zu geben, was ſie nun eigentlich täten, und warum man ſie fürchtete. Des einen können wir ſicher ſein: daß ſie Tote darſtellen, denn die Toten ſind, nach Anſicht der Inſelbewohner, allgegenwärtig. »Wenn ein Eingeborener erklärt, er ſei ein Mann,« ſchreibt Dr. Codrington, »ſo will er damit ſagen, daß er ein Mann und kein Geiſt, nicht daß er ein Menſch und kein Tier ſei. Die mit Intelligenz begabten Geſchöpfe dieſer Welt ſind ſeiner Auffaſſung nach die lebenden Menſchen, die Geiſter aber ſind Menſchen, welche tot ſind.« Dr. Codrington ſpricht hier von Melaneſien; meiner Erfahrung nach treffen ſeine Worte aber ebenſo, wenn nicht noch mehr, auf Polyneſien zu. Unter den kannibaliſchen Polyneſiern herrſcht ganz allgemein hinſichtlich der Toten ein furchtbarer Aberglaube; und es iſt kaum anzunehmen, daß die von allen Völkern am ſtärkſten zum Kannibalismus neigenden Marqueſaner frei von ſolchen Befürchtungen ſind. Ich wage zu vermuten, daß die Vehinehae die hungrigen Geiſter der Toten ſind, die ihren Beruf der kannibaliſchen Wegelagerei fortſetzen und jetzt allerorten unſichtbar umherlauern, darauf erpicht, die Lebenden zu verſchlingen. Ein anderer Aberglaube kam mir auf dem ſchwierigen Umwege über Tari Sargs Engliſch zu Ohren. Die Toten, erzählte er mir, erſcheinen des Nachts, um die Paepae ihrer früheren Familie zu umtanzen; die Familie wird daraufhin von irgendeinem Gefühl gepackt (ob von pietätvoller Trauer oder von Furcht, konnte ich nicht ermitteln) und müſſe »ein Feſtmahl« veranſtalten, zu dem notwendig Fiſch, Schweinefleiſch und Popoi gehören. Soweit iſt die Sache ganz klar. Hier jedoch führte Tari als treffendes Beiſpiel das neue Haus Tomas ſowie deſſen Einweihungsfeſt an. Dürfen wir es nun wagen, die beiden Fälle aneinander zu reihen und den Fall der verödeten Ruine hinzuzufügen, als belagerten die Toten fortgeſetzt die Paepaes der Lebenden; ja, als würden jene, von der Grundſteinlegung ab, nur durch wiederholte Verſöhnungsfeſte den Lebenden vom Leibe gehalten, um, ſobald das Feuer des Lebens am Herde verloſchen iſt, in Schwärmen wieder von ihrer einſtigen Behauſung Beſitz zu ergreifen?

Ich ſpreche nur in Vermutungen von dieſem marqueſaniſchen Aberglauben. Auf den kannibaliſchen Geiſt werde ich an anderer Stelle noch einmal zurückkommen. Für den vorliegenden Zweck mag es genügen, daß die Männer der Marqueſas aus irgendeinem Grunde vor der Gegenwart von Geſpenſtern zurückſchrecken und ſie fürchten. Man ſtelle ſich vor, wie ſehr dies auf Inſeln, wo die Zahl der Toten die der Lebenden bereits um vieles übertrifft, wo die Geſtorbenen ſich ſtändig vermehren und die Lebenden in ſo raſchem Tempo zuſammenſchmelzen, an den Nerven der Bewohner zehrt. Man vergegenwärtige ſich die Überlebenden, wie ſie ſich um die glimmende Aſche des Feuers des Lebens zuſammenſchaaren, ſo wie die alten Rothäute, die auf dem Marſch oder im Schnee zurückblieben, ſich in Abweſenheit des freundlichen Stammes, wenn die Nacht ringsum von Wölfen bevölkert war, an die erſterbende Flamme drängten.

*

FÜNFTES KAPITEL

## *Entvölkerung*

*

ÜBER DIE GANZE WEITE SÜDSEE, VON EINEM tropiſchen Erdteil zum anderen verſtreut, finden wir Spuren einer vergangenen Überbevölkerung, während der die Hilfsquellen ſelbſt eines ſüdlichen Bodens allzu ſtark in Anſpruch genommen waren und ſogar der leichtlebige Polyneſier um ſeine Zukunft zitterte. Ob wir nun den Gedankengängen folgen, die Mr. Darwin mit ſeiner Theorie der Koralleninſeln ausſpricht und vorausſetzen, daß eine Hebung des Meeresſpiegels oder der Untergang eines früheren Erdteils ſtattgefunden hat, welcher Tauſende von Flüchtlingen den Bergesſpitzen zutrieb, oder ob wir, mehr proſaiſcher Weiſe, annehmen, daß ein Volk von Seeräubern, Auswanderern aus einem überbevölkerten Lande, die Inſeln entdeckte und ſich dort niederließ, wo es ſich mit der Zeit außerordentlich vermehrte: der Endeffekt iſt in beiden Fällen der gleiche. Früher oder ſpäter ſtellte es ſich heraus, daß die Schaaren zu zahlreich geworden waren, und der Hunger pochte an die Tore. Die Polyneſier begegneten dieſer drohenden Gefahr durch verſchiedene tätige und vorbeugende Maßnahmen. Man entdeckte eine Möglichkeit, die Brotfrucht zu konſervieren, indem man ſie in künſtlichen Gruben aufſpeicherte: Gruben von vierzig Fuß Tiefe und entſprechender Breite ſind, wie man mir ſagt, auch heute noch auf den Marqueſas zu finden; doch ſelbſt dieſe waren ungenügend für die wimmelnden Volksmengen und die Annalen der Vergangenheit ſind durch Hungersnöte und Kannibalismus geſchwärzt. Bei den Bewohnern Hawaiis – einem härteren Volk in einem ſtrengeren Klima – gedieh die Landwirtſchaft zu hoher Blüte. Das Land wurde mit Kanälen durchzogen, und die Fiſchteiche Molokais legen Zeugnis ab für die Zahl und den Fleiß der alten Einwohner. Inzwiſchen aber herrſchten in der ganzen Inſelwelt Kindesabtreibung und Kindermord. Auf den Korallenatollen, wo die Gefahr am deutlichſten zutage trat, wurden ſie ſogar durch das Geſetz vorgeſchrieben und durch Strafen ſanktioniert. In Vaitupu auf den Elliceen waren einem Ehepaar zwei Kinder geſtattet, auf Nukufetau hingegen nur eins. Hier beſtand die Strafe in einer Geldeintreibung, und es heißt, daß die Summe mitunter bezahlt und das Kind verſchont wurde.

Letzteres iſt charakteriſtiſch. Kein Volk der Welt iſt Kindern gegenüber ſo liebreich und duldſam. Kinder ſind die Freude und der Schmuck des Hauſes, dienen den Erwachſenen als Spielzeug und als Bildergalerie. »Glücklich der Mann, der ſeinen Köcher voll von ihnen hat.« Um den heimatloſen Baſtard bewerben ſich wetteifernde Familien; die natürlichen wie adoptierten Kinder ſpielen als Geichberechtigte miteinander und wachſen ohne Unterſchied zuſammen auf. Dieſe Verwöhnung, ja man kann faſt ſagen Vergötterung des Kindes wurde nirgends ſo weit getrieben wie auf den öſtlichen Inſeln und, ſoweit ich Gelegenheit zu beobachten hatte, am weiteſten in der Paumotugruppe, dem ſogenannten Niederen oder Gefährlichen Archipel. Ich habe ſelbſt erlebt, wie ein Paumotuer ſich verlegen und angewidert von mir abwandte, nur weil ich andeutete, daß eine Tracht Prügel einem der dortigen Rangen nichts ſchaden würde. Auf vielen öſtlichen Inſeln kann man tagtäglich ſehen, daß ein Kind ſeine Mutter ſchlägt oder gar mit Steinen bewirft, wobei dieſe, weit davon entfernt, es zu ſtrafen, ſich ſogar kaum zu widerſetzen wagt. An manchen Orten dankt ein Häuptling, wenn ihm ein Kind geboren iſt, ab und legt ſogar ſeinen Namen nieder, als hätte er mit der Zeugung, einer Drohne ähnlich, ſeinen Lebenszweck erfüllt. Anderwärts wiederum, hat das geringſte Wort aus Kindermund das Gewicht eines Orakels. Es iſt noch gar nicht lange her, daß ein Fremder, meiner Überzeugung nach, auf den Marqueſas erſchlagen worden wäre, wenn ein Kind gegen ihn eine Abneigung gefaßt hätte. Und an anderer Stelle werde ich ein gerade entgegengeſetztes Beiſpiel anzuführen haben: wie ein Kind in Manihiki für mich eine Vorliebe faßte, worauf ſeine Adoptiveltern ſofort die Situation als gegeben hinnahmen und mich mit Geſchenken überhäuften.

Ein derartiges Empfinden mußte unbedingt zu der Notwendigkeit der Kinderausrottung in ſchärfſtem Widerſpruch ſtehen und Spuren dieſes Meinungszwieſpalts finden ſich, meiner Anſicht nach, auch heute noch in der Tahitiſchen Brüderſchaft des Oro wieder. Irgendwann hat man den Olymp der Geſellſchaftsinſeln um einem neuen Gott bereichert oder aber einen alten Gott neu zurechtgeſtutzt und volkstümlich gemacht. Oro war ſein Name, und man kann ihn mit dem Bacchus der Antike vergleichen. Seine Anhänger ſegelten von Bucht zu Bucht, von Inſeln zu Inſel; überall wurden ſie feſtlich empfangen. Sie trugen ſchöne Kleider, ſangen, tanzten und veranſtalteten mimiſche Vorführungen, legten Proben ihrer Kraft und Gewandtheit ab, kurz, ſtellten die Künſtler, Akrobaten, Sänger und Dirnen dieſer Gruppe dar. Ihr Leben war epikuräiſch und ſpielte ſich in der Öffentlichkeit ab, die Einführung in die Brüderſchaft ein Myſterium, und die Höchſten im Lande ſuchten ihr beizutreten. Paare, die in der direkten Nachfolge zu einer Häuptlingsherrſchaft ſtanden, durften aus Gründen der Politik ein Kind behalten; alle übrigen Kinder aber, deren Vater oder Mutter der Geſellſchaft Oros angehörten, waren vom Augenblick der Empfängnis an zum Tode verurteilt. Man ſtelle ſich vor: ein Freimaurerverein, eine agnoſtiſche Sekte, eine Geſellſchaft von Künſtlern, deren Mitglieder alle eidlich verpflichtet ſind, Unkeuſchheit zu verbreiten und ſich der Nachkommenſchaft zu enthalten – ich weiß nicht, wie die Angelegenheit anderen erſcheinen mag, mir aber ſcheint die Abſicht klar. Der Hunger bedrohte die Inſeln, das unabwendbare Gegenmittel war widerwärtig: alſo galt es, dasſelbe dem Volksempfinden durch Beigabe von Myſterien, Orgien und Schauſtellungen ſchmackhaft zu machen. Dies gewinnt noch an Wahrſcheinlichkeit und der ſozial ſchwerwiegende Zweck der Einrichtung tritt um ſo deutlicher zutage, wenn es wirklich wahr iſt, daß die Verpflichtungen des Orosjüngers ſich nach Erreichung eines beſtimmten Lebensalters änderten: mußte er früher ausſchweifend ſein, ſo erwartete man ſpäter von ihm Keuſchheit.

Dies wäre die eine Seite der Frage. Kannibalismus unter den von Natur aus Sanftmütigen, Kindermord unter Kinderliebhabern, Fleiß bei der trägsten aller Rassen, Erfindungsgabe bei der an sich rückständigsten, die grimmige, heidnische Heilsarmee der Orobrüderschaft, Gerüchte von früheren Seefahrern, überall Spuren einer ausgestorbenen Einwohnerschaft: all dieses deutet, zusammen mit der allgemeinen Überlieferung der Inselwelt, auf Überbevölkerung und Furcht hin. Und heute sehen wir uns dem graden Gegenteil gegenüber. Heute sehen wir die gleiche Rasse auf den Marquesas, auf den Acht Inseln Hawaiis, in Mangareva und auf der Osterinsel wie die Fliegen dahinsterben. Warum diese Veränderung? Vorausgesetzt, daß das Erscheinen der Weißen, der Wechsel der Gewohnheiten und die Einführung neuer Krankheiten und Laster eine hinreichende Erklärung für die Bevölkerungsabnahme bieten würden: warum ist diese dann nicht allgemein? Die Bevölkerung Tahitis hat sich nach vorübergehender, erschreckend schneller Abnahme konstant erhalten. Ähnliches ist mir bezüglich der Maori-Stämme zu Ohren gekommen, auf manchen Paumotu-Inseln ist sogar eine geringe Zunahme zu konstatieren, und die Samoaner sind heute noch so gesund und fruchtbar wie vor der großen Veränderung. Und angenommen die Tahitier, Maori und Paumoter hätten sich an die neuen Verhältnisse gewöhnt: was sollen wir dann von den Samoanern denken, die niemals darunter gelitten haben? Wer nur eine einzige Gruppe kennt, ist allzu rasch mit Lösungen bei der Hand. So habe ich zum Beispiel die Meinung vertreten hören, daß die Sterblichkeit der

Maori auf Verlegung ihres Wohnorts von hochgelegenen Bergfeſten in die niedere Sumpfgegend und die Nachbarſchaft ihrer Pflanzungen zurückzuführen ſei. Außerordentlich einleuchtend! Aber die Marqueſaner ſterben in den gleichen Häuſern aus, in denen ihre Vorfahren ſich vermehrten! Oder nehmen wir die Opiumfrage! Die Marqueſas und Hawaii ſind die beiden Gruppen, die am ſtärkſten von dieſem Laſter infiziert ſind. Die Bevölkerung der einen zählt zu den ziviliſierteſten, die der anderen weitaus zu den barbariſchſten Polyneſiens, und beide ſterben am raſchenſten aus. Eine ſchwere Anklage gegen das Opium. Betrachten wir außerdem noch die Unkeuſchheit, ſo finden wir wiederum die Marqueſas und Hawaii auf der Debetſeite. So ſind beiſpielsweiſe die Samoaner die keuſcheſten aller Polyneſier und auch heute noch durchweg fruchtbar; die Marqueſaner dagegen die ausſchweifendſten, und wir ſahen, daß ſie zugrunde gehen. Auch die Hawaiier ſind wegen ihrer laxen Sitten berüchtigt, und es beginnen bereits Menſchenoaſen inmitten Einöden zu entſtehen. Die Anklage gegen die Unkeuſchheit iſt alſo noch ſtärker; aber auch hier müſſen wir eine Einſchränkung machen. Was immer auch die Tugenden des Tahitiers ſein mögen, weder Freund noch Feind wagt, ihn keuſch zu nennen. Und doch ſcheint er die Zeit der Gefahr überſtanden zu haben. Ein letztes Beiſpiel: vielfach führt man als einleuchtende Erklärung für die Sterilität die Syphilis an. Die Samoaner jedoch ſind nach allem Hörenſagen nach wie vor gleich fruchtbar, und keiner wird ernſthaft behaupten wollen, daß ſie der Syphilis entronnen ſind.

Diese Beispiele zeigen zur Genüge, wie gefährlich es ist, derartige Erscheinungen auf eine besondere Ursache zurückführen oder auch zahlreiche verschiedene Ursachen verallgemeinern zu wollen. Mir schwebt zur Zeit eine gut geschriebene und liebenswürdige Broschüre des Reverend S. E. Bischop vor: »Weshalb sind die Hawaiier am Aussterben?« Wer sich irgendwie für den Gegenstand interessiert, sollte diese Abhandlung, die wirklich Neues bringt, lesen; dennoch würden Mr. Bischops Ansichten anders lauten, wenn er auch andere Inselgruppen gekannt hätte. Samoa bietet zum Beispiel die vornehmste und lehrreichste Ausnahme zu der aufgestellten Regel. Seine Bewohner gehören zu den keuschesten und mäßigsten aller Inselvölker. Niemals haben sie unter einer schweren Seuche gelitten. Ihre Kleidung ist fast die gleiche geblieben. Auf manchen anderen Inseln würde Tartüffe sich über den einfachen und kleidsamen Tabard der Mädchen ereifern. Tartüffe ist es an vielen Orten geglückt, das kühle, gesunde und sittsame Lavalava oder Röckchen durch heiße und unbequeme Hosen zu ersetzen. Schließlich hat man den Samoanern, was vielleicht das wichtigste ist, ihre Vergnügungen nicht nur unangetastet belassen, sondern sie eher noch vermehrt. Der Polynesier neigt zur Melancholie: Tod, Enttäuschung, Furcht vor dem Neuen, der Verfall oder das Verbot uralter Spiele machen ihn leicht traurig; und Trauer entreißt ihn dem Leben. Auffallend zum Beispiel ist bei dem Hawaiier die Melancholie und Leere seines neuen Daseins, und das gleiche trifft in noch stärkerem Maße auf den Marquesaner zu. Auf Samoa hingegen vermitteln ewiger Gesang und Tanz, Spiele, Reisen und Vergnügungen ein lebendiges und lachendes Bild des Lebens in der Südsee. Die Samoaner sind heute das heiterste und an Unterhaltungen reichste Volk unseres Planeten. Die Bedeutung dieser Tatsache kann schwerlich überschätzt werden. In einem Lande und einem Klima, wo der Lebensunterhalt sich spielend erwerben läßt, ist Unterhaltung eine Lebensnotwendigkeit. Anders ist es bei uns in Gegenden, in denen das Leben uns tagtäglich neuen Problemen gegenüberstellt und der schiere Lebenskampf bereits ein ernsthaftes Interesse und die Glut des Konfliktes spüren läßt. So bleiben denn auch auf gewissen Atollen, wo es wenig Vergnügungen gibt, der Mensch sich indes um das tägliche Brot tummeln muß, die Volksgesundheit und die Bevölkerungsziffer konstant. Aber auf den Lotosinseln stirbt mit dem Verfall der Freuden auch das Leben dahin. Von diesem Gesichtspunkte aus können wir den Verfall des Krieges gleichfalls als eine der Ursachen der Depression bezeichnen. Wir in Europa sind so lange schon an das traurige Geschäft des Krieges im großen Stil samt seiner Gefolgschaft von schleichenden Seuchen und ansteckenden Kadavern gewöhnt, daß wir sein Urbild, die gesündeste, wenn nicht die humanste Art des Feldsports, den Guerillakrieg, fast vergessen haben. Von dieser wie von seinen übrigen Unterhaltungen und Interessen ist der Inselmensch auf vielen hundert Inseln jetzt gänzlich abgeschnitten. Und hierauf wie auf so manches andere hat der Samoaner ein besonderes Anrecht geltend zu machen verstanden.

Im großen und ganzen scheint mir das Problem folgendermaßen zu liegen: dort, wo die geringsten Änderungen, gleichgültig ob wichtig oder unwichtig, nützlich oder schädlich, stattgefunden haben, dort bleibt die Rasse am Leben. Dort, wo der Wechsel, ob im großen oder kleinen, zum Guten oder Schlechten, herrscht, dort ist sie dem Untergange geweiht. Jede Veränderung, mag sie noch so gering sein, erhöht die Summe der neuen Lebensbedingungen, an die die Rasse sich erst gewöhnen muß, und die nicht an diese Lebensbedingungen gewöhnte Rasse kann an Nadelstichen sterben. Hier sehen wir uns einer der Schwierigkeiten gegenüber, die sich dem Missionar entgegenstellen. Dieser vermag sich auf den polynesischen Inseln unschwer den Rang einer Autorität zu erwerben; der König sinkt vor ihm zum Maire du palais herab. Der Missionar kann verbieten und befehlen, und die Versuchung, die darin liegt, führt stets zum Übermaß. So haben nach allem, was man hört, die Katholiken auf Mangareva und nach meiner eigenen Erfahrung die Protestanten auf Hawaii ihren Konvertiten das Leben mehr oder minder unmöglich gemacht. Und die sanften, geduldigen Geschöpfe warten wie Kinder in einem Gefängnis gähnend auf ihren Tod. Indes ist es leicht, dem Missionar Vorwürfe zu machen: sein Amt ist es, Veränderungen herbeizuführen. Zum mindesten gehört es zu seinem Berufe, Kriege zu verhindern, und doch habe ich den Krieg selbst als ein Element der Gesundheit bezeichnet. Der Missionar könnte jedoch vorsichtiger zu Werke gehen und jede Veränderung als einen schwerwiegenden Schritt betrachten. Ich spreche hier von dem Durchschnittsmissionar: ohne Zweifel laſſe ich ihm nur Gerechtigkeit widerfahren, wenn ich annehme, daß er davor zurückſchrecken würde, ein Dorf zu beſchießen, ſelbſt wenn es gälte, einen ganzen Archipel zu bekehren. Aber die Erfahrung lehrt uns, daß, auf den polyneſiſchen Inſeln zum mindeſten, bloße Veränderung blutiger als jedes Bombardement wirkt. Indeſſen komme ich der Kritik in einem Punkte entgegen. Es iſt bisher noch nicht von der mangelhaften Hygiene, vom Baden zur Fieberzeit, von unrichtiger Kinderbehandlung, von einheimiſcher Kurpfuſcherei und von Kindsabtreibung die Rede geweſen – Urſachen, die man gar oft zitieren hört. Ich erwähnte ſie bisher nicht, weil ſie allen beiden Epochen eigen ſind, ja in der Vergangenheit ſogar noch häufiger vorkamen als heute. Und mit dem gleichen Rechte kann man fragen: war es mit der Keuſchheit früher anders? Iſt der Polyneſier nicht immer unkeuſch geweſen? Zweifellos iſt das der Fall, doch läßt ſich nicht leugnen, daß ſich dies mit dem Kommen ſeiner ſo keuſchen Beſucher aus Europa noch verſchlimmert hat. Man nehme Cooks Bericht über Hawaii: ich zweifle nicht im geringſten, daß er gerecht iſt. Oder Kruſenſterns offenherzige, ja faſt naive Schilderung der Landung eines ruſſiſchen Kriegsſchiffs auf den Marqueſas. Man betrachte die ſchändliche Geſchichte der Miſſionen in Hawaii ſelbſt, die erzählt, wie die amerikaniſchen Miſſionare (im Kampf der Lüſte) von einem engliſchen Abenteurer bombardiert wurden, oder wie die Beſatzung eines amerikaniſchen Kriegsſchiffs ſie einmal ausraubte und mißhandelte. Man bedenke ferner die Gewohnheit der Walfiſchfänger, auf den Marqueſas zu landen und eine Schiffsladung Frauen für ihre Fahrt zu entführen, und daß die Weißen, wie aus Cooks Schilderung ſeines Empfanges in Hawaii klar hervorgeht, anfänglich als Halbgötter betrachtet wurden. In der Geſchichte der Entdeckung Tutuilas wiederum lieſt man, wie die wirklich anſtändigen Frauen Samoas ſich öffentlich vor den Franzoſen proſtituierten. Vor allem aber ſei daran erinnert, daß es die Gewohnheit der Abenteurer und, wie man getroſt behaupten kann, das Geſchäft der Miſſionare war, ſämtliche, ſelbſt die geſündeſten Tapus lächerlich zu machen und zu verbieten. Hier ſehen wir alle Organe der Zerſtörung ſich gegen eine niemals ſehr ſtarke und nirgends volkstümliche Tugend richten. Das Reſultat war ein weiteres Sinken der Sittlichkeit, ſelbſt auf den unſittlichſten Inſeln. Wenn vor dem Erſcheinen des Chriſtentums ein Mädchen einen Baſtard gebar, warfen ihr Vater oder ihre Brüder den Säugling über die Klippen ins Meer hinab; heute wäre der Skandal nur gering. Oder nehmen wir die Marqueſas: Stanislao Moanatini erzählte mir, er könnte ſich noch ſelbſt erinnern, daß die Jugend früher ſtreng gehütet wurde; man erlaubte es den beiden Geſchlechtern nicht einmal, ſich auf der Straße anzublicken, ſondern ſie gingen, – ſo drückte ſich mein Gewährsmann aus – wie Hunde aneinander vorüber. Dagegen ereignete es ſich vor kurzem, daß ſich die ganze Schuljugend von Nuka-hiva und Ua-pu in die Wälder flüchtete und dort in ſchrankenloſer Freiheit vierzehn Tage lang zuſammenlebte. Leſer von Reiſebeſchreibungen werden mir vielleicht nicht Glauben ſchenken und ſich für beſſer unterrichtet halten.

Ich ziehe jedoch die Berichte eines intelligenten Eingeborenen wie Stanislao (ſelbſt wenn dieſer mit ſeiner Anſicht ganz alleine ſtünde, was durchaus nicht der Fall iſt) den Schilderungen des ehrlichſten aller Reiſenden vor. Ein Kriegsſchiff läuft einen Hafen an, wirft Anker, ſchifft eine Landungsgeſellſchaft aus, empfängt und erwidert einen Beſuch, und der Kapitän fühlt ſich befliſſen, ein Kapitel über die Sitten der Inſel zu ſchreiben. Welche Volksſchichten er vor allem zu Geſichte bekommt, wird niemals erwogen. Wir aber wären keineswegs entzückt, wenn ein gewöhnlicher indiſcher Matroſe England nach den Sitten der Damen, die auf Ratcliffe Highway flanieren, oder der Herren, die ſich mit ihnen in ihren Lohn teilen, beurteilte. Stanislaos Anſicht von dem Verfall der Moral ſelbſt auf den unmoraliſchſten Inſeln iſt mir von anderen beſtätigt worden; das gleiche Beiſpiel von der Verlotterung der Jugend wird auch von Mr. Biſchop in Hawaii zitiert. Und was die Marqueſas anbetrifft, ſo hätten wir leicht auf einen gewiſſen Verfall der Sitten ſchließen können. Ich glaube kaum, daß irgendein Volk bei den Gepflogenheiten, die jetzt herrſchen, gedeihen und ſich vermehren kann; ich bin überzeugt, ſie würden ſich nicht einmal die Mühe geben, nach der Vaterſchaft zu forſchen. Einzelheiten anzuführen, iſt unmöglich. Genug, daß ihre Sitten den Träumen unwiſſender und laſterhafter Kinder nachgebildet zu ſein ſcheinen, und daß an ihren Orgien feſtgehalten wird, bis Energie, Vernunft und das Leben ſelbſt unterliegen.

*

## SECHSTES KAPITEL

### *Häuptlinge und Tapus*

*

WIR BEWUNDERTEN AUFRICHTIG DIE LIEBENSwürdigen und ritterlichen Manieren des Häuptlings Taipo-Kikino. Ein gewandter Tiſchgaſt, geſchult im Gebrauche von Meſſer und Gabel, eine ſchneidige Figur, wenn er mit geſchultertem Gewehr auf die Hühnerjagd in die Wälder zog, ſtets dienſtbereit, zuvorkommend und heiter, wunderte ich mich mitunter, wo er ſeine gute Laune hernahm. Sein offizielles Budget hätte ihm, meiner Anſicht nach, genug zu denken geben können. Seine Ausgaben – ſtets war er in fleckenloſes Weiß gekleidet – mußten ſein Einkommen von ſechs Dollar jährlich, oder beſtenfalls zwei Schilling im Monat, um vieles überſteigen. Und er ſelbſt hatte kein Vermögen; ſein Haus war das ärmlichſte im ganzen Dorfe. Ganz allgemein glaubte man, daß ihn ſein älterer Bruder, Kauanui, unterſtützte. Wie kommt es aber, daß der ältere Bruder und Erbe des geſamten Familienbeſitzes als reicher Bürgerlicher dahinlebt, während der bedürftige Jüngere als Häuptling in Anaho regiert? Daß der eine wohlhabend und der andere faſt ein Bettler war, iſt wahrſcheinlich durch irgendeine Adoption zu erklären; denn die wenigſten Kinder werden im Elternhauſe erzogen oder zu Nachfolgern ihrer natürlichen Erzeuger beſtimmt. Daß der eine an Stelle des anderen Häuptling war, iſt (nach iriſcher Logik) dadurch zu erklären, daß in Wirklichkeit keiner von beiden Häuptling iſt.

Seit der Rückkehr und den Eroberungskriegen der Franzosen sind viele Häuptlinge abgesetzt und zahlreiche andere ernannt worden, die nur dem Namen nach Häuptling sind. Wir haben in ein und demselben Hause einen dieser Emporkömmlinge mit zwei solchen Inselbourbonen kneipen sehen, deren Worte noch vor wenigen Jahren Leben oder Tod enthielten, die heute aber zu dem gleichen Proletarierrang wie ihre Nachbarn herabgesunken sind. Als daher die Franzosen die erbliche Tyrannis stürzten, den Plebs der Marquesas aber zu freien Bürgern der Republik erhoben und allen das Wahlrecht zum Conseiller-General in Tahiti einräumten, glaubten sie sich vermutlich auf dem Wege zur Popularität, während sie, im Gegenteil das Volksempfinden tief verletzten. Sicherlich war die Absetzung der Häuptlinge mitunter notwendig, und ebenso notwendig vielleicht auch die Ernennung der anderen; aber eine heikle Sache blieb es auf jeden Fall. Die Regierung Georgs II. schickte zahlreiche Hochlandsmagnaten in die Verbannung: niemals aber hat sie Ersatz für sie gestellt. Wenn also die Franzosen kühner gewesen sind, bleibt der Erfolg erst abzuwarten.

Unser Häuptling in Anaho wurde stets Taipi-Kikino genannt und nannte sich auch selber so. Trotzdem war das nicht sein Name, sondern nur das Zepter seiner falschen Stellung. Sobald er zum Häuptling ernannt worden war, geriet sein eigentlicher Name, der, wenn ich mich recht erinnere »Prinz unter Blumen geboren« bedeutete, in Vergessenheit; statt dessen erhielt er ein einziges vielsagendes Wort: Taipi-Kikino – »Hochwasser-Mann ohne Bedeutung,« als Spitzname, ein witziger und boshafter Streich. In Polyneſien zerſtört ein Spitzname ſogar faſt die Erinnerung an den urſprünglichen Namen. Wären wir heute Polyneſier, es würde nie mehr von Gladstone die Rede ſein, ſondern wir würden von unſerem Neſtor nur noch als von »The Grand Old Man« ſprechen und ihn auch ſo anreden. Hier gilt es jedoch, nicht das Übergewicht, ſondern die Bedeutung des Spitznamens zu bemerken. Der neue Bevollmächtigte genoß von Anfang an nur geringes Anſehen. Heute iſt Taipi bereits geraume Zeit im Amt und ſcheint, nach allem was ich geſehen habe, auch ſehr dafür zu taugen. Er iſt nicht im geringſten unbeliebt, und doch iſt ſeine Macht gleich Null. Für die Franzoſen iſt er der Häuptling und wird auch vom Gouverneur zum Frühſtück eingeladen. Was jedoch die praktiſche Bedeutung ſeiner Häuptlingsſchaft betrifft, ſo könnte ebenſogut eine Zeugpuppe an ſeiner Stelle ſitzen.

Wir waren erſt drei Tage in Anaho, als wir den Beſuch des Häuptlings von Hatiheu, einer Perſönlichkeit von Ruf und Gewicht, erhielten. Er war ein Führer in dem letzten Kriege gegen die Franzoſen geweſen, bis vor kurzem noch Gefangener in Tahiti und der letzte Eſſer von Langſchwein in Nuka-hiva. Vor gar nicht ſo langer Zeit hätte man ihn noch am Strande von Anaho ſehen können, wie er mit eines toten Mannes Arm über der Schulter einherſtolzierte. »Alſo tut Kooamua allen ſeinen Feinden«, brüllte er die Paſſanten an, und nahm einen Biſſen von dem rohen Fleiſche. Und heute, ſiehe da! hatte er ſich in einem Gentleman verwandelt, der klugerweiſe von den Franzoſen in ſein

Amt wieder eingeſetzt worden war und uns in europäiſcher Kleidung einen Morgenbeſuch abſtattete. Er war die ſtärkſte Perſönlichkeit, die bisher unſeren Weg gekreuzt hatte, von liebenswürdigem aber energiſchen Weſen und hoher Geſtalt, mit einem verwitterten, ſchlauen und gefährlichem Geſicht, das, bis auf die braune Haut und die Oberhäuptlingstätowierung – ein gleichmäßiges Blau, das ſich über die eine Geſichtshälfte ganz und zum größeren Teil auch über die andere hinzog – dem Mr. Gladſtones nicht unähnlich war. Unſere hohe Meinung von ſeinem Verſtand verſtärkte ſich noch mit längerer Bekanntſchaft. Er beſichtigte die »Casco« auf eine uns gänzlich neue Weiſe, indem er ihre Form und die Art ihrer Takelung einer genauen Prüfung unterzog. Einer Strickarbeit, mit der eine unſerer Damen beſchäftigt war, widmete er ein geduldiges Studium, das wohl zehn Minuten dauerte und von dem er erſt abließ, als er das Prinzip begriffen hatte und für eine Schreibmaſchine, die er zu handhaben lernte, zeigte er ein an Aufregung grenzendes Intereſſe. Als er uns ſchließlich verließ, nahm er ein Verzeichnis ſeiner Familienmitglieder mit, das mit ſeinem ſelbſtgeſchriebenen Namen ſchloß. Ich muß noch hinzufügen, daß er offenbar ein Witzbold und kein geringer Blender war. So erzählte er uns zum Beiſpiel, daß er für ſeine Perſon ſtets peinlich auf Nüchternheit hielte: das ſei er ſeinem hohen Range ſchuldig. Der gemeine Mann möge ſich ruhig betrinken, ein Häuptling aber dürfe ſich nicht ſo weit erniedrigen. Und wenige Tage ſpäter begegneten wir ihm in einem Zuſtand lächelnder und torkelnder Unzurechnungsfähigkeit, das Schiffsband der »Casco«, das ſeine entehrte Hauptbedeckung ſchmückte, mit der Schrift nach unten gekehrt.

Allein uns intereſſierte das Geſchäft, das ihn an jenem Morgen nach Anaho führte. Die Teufelsfiſche, schiens, fingen an, auf dem Riffe knapp zu werden. Es war daher geboten, eine Schutzzeit, wie wir es nennen würden, für ſie anzuberaumen. Zu dieſem Zwecke muß in Polyneſien ein Tapu (gemeinhin Tabu geſchrieben) verhängt werden. Wer aber ſollte es verhängen? Taipi hätte es tun können, ja er war eigentlich dazu verpflichtet. Wer aber würde das Verbot eines Lumpenprinzen achten? Mochte er getroſt Palmzweige pflanzen: daraus folgte durchaus nicht, daß der Ort geheiligt wäre. Mochte er die Beſchwörungsformel ſprechen: man nahm ſchlauerweiſe an, daß die Geiſter nicht hinhörten. So mußte denn der alte legitime Kannibale über die Berge reiten, um das Werk für ihn zu verrichten, und der ehrbare, weißgekleidete Beamte konnte ihm nur neiderfüllt zuſehen. Zugleich errichtete Kooamua, wenn auch auf eine andere Weiſe, ein Forſtgeſetz. Man hatte bemerkt, daß die Kokospalmen litten, denn das Pflücken der grünen Nüſſe ſchwächt und gefährdet zuletzt den Baum. Nun konnte zwar Kooamua das Riff, das Gemeingut war, unter Tapu ſtellen, nicht aber anderer Leute Palmen, und der Ausweg, den er ergriff, war intereſſant. Er erklärte ſeine eigenen Bäume als tapu, und ſein Beiſpiel wurde in ganz Hatiheu und Anaho nachgeahmt. Ich fürchte, Taipi hätte ſein ganzes Hab und Gut unter Tapu ſtellen können, ohne daß ihm ein einziger gefolgt wäre. Dies beweiſt zur Genüge das

Anſehen, das ein ernannter Häuptling bei anderen genießt. Ein einziger Umſtand wird zeigen, wie dieſer ſelber darüber denkt. Noch nie iſt mir ein ſolcher Beamter begegnet, ohne daß er die erſtbeſte Gelegenheit ergriffen hätte, um mir ſeine Lage zu erklären. Er ſei zur Zeit zwar nur zum Häuptling ernannt, aber anderswo, vielleicht auf einer anderen Inſel, ſei er auch der Abſtammung nach ein Häuptling, aus welchem Grunde er mich ſozuſagen bäte, ſeine angemaßte Würde zu entſchuldigen.

Man wird mit Erſtaunen bemerkt haben, daß dieſe beiden Tapus außerordentlich vernünftige Zwecke verfolgen. Mit Erſtaunen, ſage ich, weil die Natur jener Einrichtung in Europa häufig verkannt wird. Gewöhnlich verſteht man darunter ſinnloſe und willkürliche Verbote, ähnlich denen, die heute noch in manchen Ländern Frauen das Rauchen unterſagen oder bis vor kurzem jeden in Schottland hinderten, am Sonntag ſpazieren zu gehen. Der Irrtum iſt ebenſo natürlich wie ungerecht. Die Polyneſier ſind nicht in den ſtraffen und praktiſchen Gedankengängen Altroms erzogen worden; für ſie iſt der Begriff des Geſetzes nicht von dem der Moral oder Schicklichkeit getrennt, ſo daß das Tapu dieſes ganze weite Feld beherrſcht und ohne Unterſchied eine Handlung als verbrecheriſch, unmoraliſch, der Vernunft oder (wie wir uns ausdrücken würden) den guten Sitten widerſprechend bezeichnet. Manche Tapus ſind daher widerſinnig genug, wie zum Beiſpiel jene, die Worte aus dem Sprachſchatze ausmerzen, und beſonders die, welche ſich gegen die Frauen richten. Die Frauen ſind von allen Seiten durch

Tapus eingekreiſt. Viele Dinge ſind den Männern verboten; von den Frauen jedoch kann man ſagen, daß ihnen nur wenige geſtattet ſind. Sie dürfen nicht auf der Paepae ſitzen, ſie nicht über die Treppe her betreten. Sie dürfen kein Schweinefleiſch eſſen, ſich keinem Boote nähern und nicht mit Feuer kochen, das von Männerhand entzündet worden iſt. Vor kurzem, nach Fertigſtellung der Wegebauarbeiten, fiel es auf, daß die Frauen im Buſch untertauchten, ſich am Waldesrand weiterbewegten und durch die Bäche wateten: Wege und Brücken waren Werke von Männerhand und daher für den Frauenfuß tapu. Selbſt ein Männersattel iſt, wenn er einem Eingeborenen gehört, etwas, das keine Dame, die auf ſich hält, zu benutzen wagen würde. Auf der Anahoer Seite der Inſel beſitzen aber nur zwei Weiße, Mr. Regler und Mr. Auſſel, der Gendarm, einen Sattel. Will nun eine Frau eine Reiſe machen, ſo muß ſie ihn ſich von einem dieſer beiden borgen. Man wird bemerkt haben, daß alle dieſe Verbote auf eine größere Diſtanz zwiſchen den beiden Geſchlechtern abzielen. Achtung vor weiblicher Keuſchheit iſt die gebräuchlichſte Entſchuldigung für Beſchränkungen, wie ſie die Männer ſo häufig ihren Frauen und Müttern aufzuerlegen belieben. Hier fehlt die Achtung und ſiehe da! die Frauen ſind nach wie vor mit Hand und Fuß an ſinnloſe Schicklichkeitsregeln gebunden! Diejenigen Frauen, die das alte Regime überlebt haben, geben auch ſelbſt zu, daß in jenen Tagen das Leben nicht lebenswert war. Und doch gab es auch damals ſchon Ausnahmen. Man hat weibliche Häuptlinge und (wie man mir verſichert) auch Prieſterinnen gekannt. Höfiſche Sitten huldigten großen Damen, und im Allerheiligſten eines Heiligtumes hat man Pater Siméon Delmar einen Stein gezeigt mit der Erklärung, daß er den Thron einer hochgeborenen Frau darſtelle. Wie ganz deckt ſich dies mit europäiſchen Sitten, die Fürſtinnen den Beſuch auch des ſtrengſten Kloſters geſtatteten und Frauen zu Herrſcherinnen machten in einem Lande, das ihnen das Recht an ihren eigenen Kindern abſprach.

Häufiger jedoch dient das Tapu als Werkzeug weiſer und notwendiger Zucht. Wir haben es als das Organ einer patriarchaliſchen Regierung kennengelernt. Es dient außerdem noch in den ſeltenen Fällen, da jemand dies wünſcht, dazu, die Rechte des Privatbeſitzes zu ſchützen. Wer das ewige Kommen und Gehen von Beſuch in den Marqueſas ſatt hat, ſtellt ſeine Tür unter Tapu. Oder ein anderes Beiſpiel. Anaho iſt bekannt als das »Land ohne Popoi«. Das Wort Popoi dient auf manchen Inſeln dazu, die Hauptnahrung des Volkes zu bezeichnen: auf Hawaii ein Tarogericht, auf den Marqueſas die Brotfrucht, und ein Marqueſaner kann ſich kaum vorſtellen, wie man ohne ſein Lieblingseſſen leben kann. Vor wenigen Jahren vernichtete die Dürre ſämtliche Brotfruchtbäume und Bananen in Anaho. Aus dieſem Unglück, ſowie aus den kommuniſtiſchen Gebräuchen der Inſel ergaben ſich ſeltſame Dinge. Das gutbewäſſerte Hatiheu war der Dürre entgangen; folglich machte ſich jeder Haushaltsvorſtand in Anaho auf den Weg über den Paß, wählte jemanden in Hatiheu, »gab ihm ſeinen Namen« – ein Danaergeſchenk, das indes keiner zurückweiſen darf, – und begann von dieſem improviſierten Verwandten ſeine Vorräte zu beziehen, ganz als hätte er ſie ihm bezahlt. Daraus entſtand ein unablässiger Verkehr auf der Landſtraße. Zu jeder Stunde des Tages konnte man ſtämmige Burſchen mit Lendenſchurz und ſchweißgebadet, einen Stock über den nackten Schultern, unruhig unter einer Doppelbürde grüner Früchte daherwanken ſehen. Und jenſeits des Paſſes bezeichnet ein Dutzend Steinpfoſten im Schatten eines Haines an der Landſtraße den Raſtplatz dieſer Popoiträger. Um ſo erſtaunter war ich daher, als ich noch keine halbe Meile von Anaho am Strande eine Gruppe guttragender,ernteſchwerer Brotfruchtbäume entdeckte. »Weshalb nehmt Ihr nicht von dieſen?« fragte ich. »Tapu«, lautete Hokas Entgegnung, und ich dachte bei mir ſelbſt (nach Art ſtupider Reiſender), was für Kinder und Narren ſind doch dieſe Menſchen, daß ſie ſo mühſam über die Berge wandern und ihren unſchuldigen Nachbarn den Stab des Lebens rauben, obwohl er ihnen direkt vor ihrer Tür zuwächſt. Doch ich befand mich in ſchwerem Irrtum. Dieſe Bäume, die den allgemeinen Untergang überlebt hatten, reichten gerade für den Beſitzer und ſeine Familie aus, und dieſer hatte durch das höchſt einfache Mittel der Tapuverhängung ſein Beſitzrecht geltend gemacht.

Die Tapuſanktionen beruhen auf Aberglauben. Wer gegen ſie verſtößt, wird entweder von einer ſchleichenden oder von einer tödlichen Krankheit heimgeſucht. Ein langſames Siechtum folgt auf das Eſſen von Tapu-Fiſchen, das nur durch die mit gebührend geheimnisvollen Zeremonien verbrannten Gräten des gleichen

Fisches kuriert werden kann. Kokos- und Brotfrucht-tapus wirken dagegen schneller Ein Beispiel! Hat man bei der Abendmahlzeit Tapu-Obst verzehrt, so wird man in der Nacht schlecht schlafen. Am Morgen wird einem der Hals angeschwollen und schwarz angelaufen sein. Von dort aus verbreitet sich die Krankheit über das Gesicht und in zwei Tagen muß man, wenn nicht Gegenmaßregeln ergriffen werden, sterben. Das Heilmittel wird in diesem Falle aus den zerriebenen Blättern der Bäume bereitet, die der Patient beraubt hat, so daß er nicht gerettet werden kann, ohne zuvor dem Tahuku die Person zu nennen, der er unrecht getan. Nach dem, was mir mein Gewährsmann sagte, war, bei seinen Lebzeiten, außer den beiden genannten kein Tapu verhängt worden: er hatte daher keine Gelegenheit gehabt, die Natur und Wirkung der anderen kennen zu lernen; und da die Kunst des Wirkens von den Alten streng geheimgehalten wurde, glaubte er, daß das Geheimnis wohl bald aussterben würde. Ich muß noch hinzufügen, daß der Betreffende kein Marquesaner, sondern ein Chinese war, der von Kindheit an dort lebte und mit ehrfürchtigem Glauben an den Dingen hing, die er beschrieb. Weiße Leute, einschließlich Ah Fu selbst, waren hiervon ausgeschlossen. Doch kannte er eine Geschichte von einer Tahitierin, die nach den Marquesas gekommen war, dort von den verbotenen Fischen gegessen hatte und ohne Wissen ihres Verbrechens und der Gefahr, in der sie schwebte, ganz wie eine Einheimische erkrankte und kuriert wurde. Zweifellos kann der Glaube Wunder bewirken; zweifellos ist er bei dieser schwächlichen und phantasievollen Raſſe in manchen Fällen ſogar zu töten imſtande. Stark in der Tat muß er bei denen ſein, die insgeheim ihre Bäume unter Tapu ſtellen, um an der Erkrankung die Diebe zu erkennen. Vielleicht aber müſſen wir den Begriff des verborgenen Tapus auch anders verſtehen, nämlich als ein diplomatiſches Mittel, um Unruhe zu verbreiten und Geſtändniſſe zu erpreſſen. Der Kranke, zum Beiſpiel, zerbricht ſich auf der Suche nach einem eventuellen Vergehen den Kopf und ſchickt ſogleich nach dem Eigentümer, deſſen Rechte er verletzt hat. »Hatteſt du ein Tapu verſteckt?« ſo hören wir ihn fragen, und ich kann mir nicht vorſtellen, daß der Eigentümer die Frage verneinen würde. Das iſt vielleicht der ſeltſamſte Zug des ganzen Syſtems – von außen her wird es mit unbedingter Ehrfurcht betrachtet, von innen jedoch weiſt es bei genauer Prüfung zahlreiche deutlich erkennbare Spuren planvoller Abſicht auf.

In Dr. Campbells »Poenamo« leſen wir von einem Mädchen auf Neu-Seeland, dem man törichterweiſe einredete, daß es von einer verbotenen Brotfrucht gegeſſen hätte, und das auf der Stelle erkrankte und innerhalb zweier Tage aus ſchierer Angſt ſtarb. Die Zeitſpanne iſt die gleiche wie auf den Marqueſas; ſicherlich waren auch die Symptome nicht anders. Ein ſeltſamer Gedanke, daß ein ſo mächtiger Aberglaube vielleicht ein künſtliches Produkt iſt, und daß ſeine Einzelheiten ſelbſt für den Fall, daß er nicht urſprünglich erfunden wurde, ganz offenbar von irgendeinem polyneſiſchen Scotland Yard arrangiert wurden. Logiſcherweiſe iſt er heute, was er wahrſcheinlich auch in der

Vergangenheit ſtets war, nicht allgemein. Daheim dient die Hölle bei manchen Menſchen als gewaltiges Schreckmittel; anderen iſt ſie nichts als ein flüchtiger Gedanke, und etlichen ein öffentliches, wenn auch nicht mit allzu großer Zuverſicht zur Schau getragenes Geſpött. Auf den Marqueſas iſt es mit dem Tapu ebenſo. Mr. Regler hat die beiden Extreme des Skeptizismus und der abergläubiſchen Furcht kennengelernt. So ſah er in dem Tapu-Hain einen Burſchen, der ſich erſt durch die angedrohte Entdeckung aus der Faſſung bringen ließ, mit der unbekümmerten Unverſchämtheit eines Straßenräubers Brotfrucht ſtehlen. Ein anderes Mal forderte Mr. Regler einen Eingeborenen auf, ihn auf eine Reiſe zu begleiten. Der Betreffende ſtimmte bereitwillig zu, bis er plötzlich auf dem Boden des Bootes einen toten Tapu-Fiſch liegen ſah, ſchreiend wieder an Land ſprang und ſelbſt nicht durch das Verſprechen eines Dollars bewogen werden konnte, mitzufahren.

Der Marqueſaner hält, wie man bemerkt haben wird, an dem alten Gedanken der lokal begrenzten Pflichten und Geſetze feſt. Die Weißen ſind nicht nur von den Folgen ausgeſchloſſen, ſondern ihre Übertretungen werden anſcheinend auch ohne jede Furcht betrachtet. Mr. Regler hatte den Fiſch eigenhändig getötet, dennoch war der fromme Eingeborene durchaus nicht über Mr. Regler ſchockiert. Er weigerte ſich nur, zu ihm in das Boot zu ſteigen. Ein Weißer iſt und bleibt ein Weißer: gleichſam der Diener anderer, weitherzigerer Götter. Ihn trifft keine Schuld, wenn er von ſeiner Freiheit Gebrauch macht. Die Juden waren vielleicht die erſten, dieſe Eintracht unter den Religionen zu ſtören, und der jüdiſche Geiſt iſt immer noch in der Chriſtenheit lebendig. Alle Welt muß unſere Tapus reſpektieren, ſoll nicht von unſerer Seite ein zähneknirſchender Proteſt erfolgen.

*

## SIEBENTES KAPITEL

### *Hatiheu*

*

DIE BUCHTEN VON ANAHO UND HATIHEU SIND an ihren Wurzeln durch die Meſſerſchneide eines einzigen Hügels – des ſo oft erwähnten Paſſes, getrennt, doch dieſer Iſthmus erweitert ſich nach dem Meere hin zu einer ziemlich großen Halbinſel. Kahl und grasreich, belebt von Schafen ſowie des Nachts und des Morgens von dem ermüdlichen, durchdringenden Geſchrei der Hirten, dient ſie auch einigen wilden Ziegen als Tummelplatz. Ihre Seeſeite iſt durch tiefe, ſtimmenreiche Höhlen gezahnt und zeigt eine Klippenfront von der Farbe und den bröckelnden Umriſſen eines alten Torfhaufens. In einer dieſer hallenden, ſonnenloſen Schluchten erblickten wir, Meeresvögeln auf einem giſchtumſpülten Vorſprung gleich und ſchrill wie dieſe Tiere in ihrer Begrüßung des vorbeifahrenden Schiffes, eine Gruppe Fiſcherinnen, nackt bis auf ihre bunten Unterkleider. (Das Donnern der Brandung und die hellen Frauenſtimmen klingen noch in meinem Gedächtnis wieder.) An jenem Tage führten wir eine polyneſiſche Beſatzung ſamt polyneſiſchem Steuermann, Kauanui; es war unſere erſte Erfahrung mit einheimiſchen Seeleuten und ihrer Kunſt, die darin beſteht, ſich möglichſt eng an jedes Bröckchen Land zu halten. Der Gedanke, Zeit zu ſparen, ſpielt hier nicht mit, denn ſie ſcheuen ſich nicht, eine lange Strecke zu rudern, wenn es gilt, ſich in eine tiefe Bucht zu ſchmiegen. So wie ſie einerſeits ihre Häuſer niemals nahe genug an die Brandung bauen können, ſcheinen ſie anderſeits ihre Boote nie dicht genug an ſie heranzubringen. Dieſe Gewohnheit iſt bei felſigen Stellen niemals ſo gefährlich, wie es den Anſchein hat – da der Rückprall der Wogen das Boot ſtets wieder abtreibt. An Strandküſten mit hohem Seegang jedoch halte ich ſie für überaus leichtſinnig und finde die Sorgloſigkeit der Eingeborenen irritierend. Auf der Hinfahrt war es eine reine Freude, den Strand und die wunderbaren Farben der Brandung ſo aus nächſter Nähe zu ſehen. Als wir jedoch zurückfuhren, war die See geſtiegen und kam uns direkt entgegen, ſo daß die raffinierte Kunſt des Steuermanns ſchon recht peinlich wirkte. Als wir die Küſte erreichten, wo die Giſcht am höchſten ſprühte, ergriff Kauanui die Gelegenheit, um ſeine Pfeife anzuſtecken, die alsdann die Runde durch das ganze Boot machte – wobei jeder Mann ein, zwei Züge tat und ſeine Backen mit dem Rauch aufblies. Ihre Wangen waren pausbäckig wie Äpfel, als wir den Fuß der Felſen erreichten, und die brechende Brandung ſich im Sprühregen über das Boot ergoß. An der nächſten Stelle war »Cocanetti« die Loſung: der Burſche borgte ſich mein Meſſer aus und hielt in ſeiner Arbeit inne, um Nüſſe zu öffnen. Dieſe unzeitgemäßen Genüſſe laſſen ſich mit der Runde Grog vergleichen, die der Beſatzung gereicht wird, bevor das Schiff ins Gefecht geht.

Der Zweck meines Beſuches führte mich zuerſt in die Knabenſchule, denn Hatiheu iſt die Univerſität der nördlichen Inſeln. Das Geſumm der Schulſtunde tönte uns entgegen. Dicht hinter der Tür, wo der Wind am kühlſten weht, ſaß der Laienbruder; um ihn herum in einem engen Halbkreis drängten ſich einige ſechzig dunkelbraune Geſichter mit großen, gaffenden Augen; und im Hintergrunde des ſcheunenähnlichen Raums befanden ſich Bänke und Tafeln mit Zahlenkolonnen in Kreide darauf geſchrieben. Der Bruder erhob ſich, um uns mit verſtändiger Demut zu begrüßen. Dreißig Jahre, ſagte er, wäre er nun ſchon hier, und ließ dabei die Finger durch ſeine weißen Locken gleiten, ſo wie ein ſchüchternes Kind an ſeiner Schürze zerrt. »Et point de résultats, monſieur, presque pas de résultats.« Er wies auf ſeine Schüler. »Hier, Herr, ſehen Sie die ganze Jugend von Nuka-hiva und Ua-pu. Von allen zwiſchen ſechs und fünfzehn Jahren ſind dieſe allein übrig geblieben; und es ſind noch gar nicht viele Jahre her, daß wir aus Nuka-hiva allein hundertundzwanzig hatten. Oui monſieur, cela se dépérit.« Beten, Leſen und Schreiben, abermaliges Beten und Rechenſtunde und weiteres Beten als Schluß: daraus ſchien ihr öder Unterricht zu beſtehen. Für das Rechnen hegen alle Inſelvölker eine natürliche Vorliebe. Auf Hawaii machen ſie ſogar gute Fortſchritte in der Mathematik. In einem Dorfe auf Majuro, wie überhaupt allgemein in der Marſchallgruppe, ſitzt die ganze Bevölkerung um den Händler herum, wenn er Kopra abwiegt, und jeder ſchreibt die Zahlen auf ſeine eigene Schiefertafel, um zum Schluß die Summe zuſammenzuzählen. Als der Händler ſie ſo gelehrig fand, legte er ihnen Brüche vor, obwohl ſie die Regeln des Bruchrechnens nicht gelernt hatten. Anfänglich waren ſie gänzlich konſterniert, zuletzt errechneten ſie jedoch nur mit Hilfe angestrengten Denkens das Resultat, und einer nach dem anderen trat zu ihm, um ihm zu versichern, daß er richtig gezählt hätte. In Europa gibt es nicht viele Völker, die das gleiche vermocht hätten. Der Unterricht in Hatiheu ist für die Polynesier daher weniger traurig, als der Fremde vermuten möchte, doch wie nüchtern ist er trotz alledem! Ich fragte den Bruder, ob er ihnen denn nie Geschichten erzählte, und er starrte mich entgeistert an; ob er sie Geschichte lehrte, und er erwiderte: »O ja, ein wenig biblische Geschichte – aus dem Neuen Testament«, worauf er seine Klagen über den Mangel an Resultaten wiederholte. Ich hatte nicht das Herz, weitere Fragen an ihn zu stellen, sondern konnte nur zustimmen, daß es sehr entmutigend wäre und widerstand mit Mühe dem Impuls, hinzuzufügen: »Aber auch sehr natürlich.« Er blickte zu mir auf. »Meine Tage sind gezählt,« meinte er, »der Himmel wartet meiner.« Möge jener Himmel mir verzeihen, ich war zornig auf den alten Mann und seinen schlichten Trost. Man bedenke die Möglichkeiten, die sich ihm boten! Die Jugend im Alter von sechs bis fünfzehn Jahren wird von der Regierung dem Elternhause entrissen und in Hatiheu konzentriert, wo sie durch eine wöchentliche Abgabe von Nahrungsmitteln erhalten wird und mit Ausnahme eines einzigen Monats im Jahre gänzlich der Leitung des Priesters unterstellt ist. Seit dem bereits erwähnten Streiche fallen die Ferien der Knaben in eine andere Zeit als die der Mädchen, so daß Bruder und Schwester auf den Marquesas nach vollendeter Ausbildung einander als vollkommen Fremde begegnen. Es ist ein hartes und auch höchst unbeliebtes Gesetz, und welche Macht räumt es den Erziehern ein, wie lässig und stumpf erfüllen sie ihre Mission! Eine allzugroße Besorgnis, die Einheimischen zur Frömmigkeit zu erziehen – eine Absicht, die ihnen nach den offenen Aussagen aller mißlingt, bietet wohl die Erklärung für ihr elendes System. Doch könnten sie sich an der Mädchenschule zu Tai-o-hae, unter der Obhut der munteren, hausfraulichen Schwestern ein anderes und erfreuliches Vorbild der Tüchtigkeit wählen: ein Bild sauberer, luftiger, temperamentvoller und heiterer Tätigkeit, das sie beschämen und ihnen vielleicht lustigerer Methoden abringen würde. Die Schwestern selbst klagen auch über Mißerfolg. Sie behaupten, die jährlichen Ferien machten ihr ganzes Werk zunichte; sie klagen insbesondere über die herzlose Gleichgültigkeit der Mädchen. Von allen den vielen hübschen und scheinbar zärtlichen Schülerinnen, die sie unterrichtet und erzogen haben, sind nur zwei jemals zurückgekehrt, um ihren Lehrerinnen einen Erinnerungsbesuch zu machen. Diese Mädchen kamen in der Tat regelmäßig, die anderen jedoch verschwanden nach Beendigung ihrer Schulzeit, gefangenen Insekten gleich, im Walde. Man kann sich kaum etwas Entmutigenderes denken, und doch glaube ich nicht, daß die Damen zu verzweifeln brauchen. Eine bestimmte Zeit über führten die Mädchen unter ihrer Obhut ein geschäftiges und unschuldiges Leben; gäbe es überhaupt ein Mittel, die Rasse zu retten, so wäre es dieses. Ein derartiges Lob kann der Knabenschule in Hatiheu nicht zuteil werden. Die Tage ihrer Schüler wie ihres Lehrers sind bereits gezählt; ihrer aller harrt der Tod. Schon naht er ſich ihnen, und in den zahlreichen Pauſen zwiſchen ſeinem Erſcheinen ſitzen die anderen gähnend da. Indeſſen ſcheint auch den nebenſächlichſten Erſcheinungen des Lebens ein verborgener Sinn zugrunde zu liegen; ſelbſt die ſtumpfſinnigſte Mühe iſt nicht umſonſt, und vielleicht iſt auch die Schule in Hatiheu nützlicher als es den Anſchein hat.

Hatiheu iſt ein Ort, der einige Beachtung verdient. Der nach Anaho zu liegende Teil der Bucht kann als das Verwaltungsviertel bezeichnet werden, denn er hat den Ruhm, das Haus Kooamuas, ſowie den in der Nähe des Strandes gelegenen Wohnſitz des Gendarmen, M. Auſſels, zu bergen, ſamt deſſen Garten, Bildern, Büchern und ausgezeichneter Tafel, an der alle Fremde willkommen geheißen werden. Ein größerer Gegenſatz als der hier herrſchende zwiſchen Gendarmerie und Prieſterſchaft iſt nicht denkbar: beide ſtehen zueinander in ſchwelender Oppoſition und ſtecken voller Klagen. Der Küchenraum eines Prieſters auf den öſtlichen Inſeln bietet einen niederdrückenden Anblick; viele, ja die meiſten, machen nicht einmal den Verſuch, ſich einen Garten zu halten, ſondern leben kärglich nur von ihren Rationen. Dagegen wird man niemals bei einem Gendarmen ſpeiſen, ohne daß einem das Waſſer im Munde zuſammenläuft. M. Auſſels Hausmacherwurſt und ſelbſtgezogener Salat ſind Delikateſſen, die ich ſobald nicht vergeſſen werde. Und vielleicht freut es Pierre Loti, zu erfahren, daß er M. Auſſels Lieblingsſchriftſteller iſt, ſowie daß ſeine Bücher in der ſo paſſenden Umgebung der Bucht von Hatiheu geleſen werden.

Das andere Viertel ist ganz im Besitze der Kirche. Hier bildet das nackte und tief überhängende Horn eines Berges das Wahrzeichen von Hatiheu. Jäh bricht es aus dem Grün des emporklimmenden Waldes hervor und fällt in steilen Hängen und Klippen zur Küste ab. Von dem Gipfel eines der höchsten dieser Felsen, wohl siebenhundert bis tausend Fuß über dem Meere, blickt ein Standbild der Jungfrau klein und bedeutungslos, wie eine arme und verlassene Puppe, die ein Riesenkind dort vergessen hat, auf den Strand hinab. Dieses so mühsam errichtete Symbol der Katholiken wirkt auf einen Protestanten stets befremdlich; man wundert sich, daß Menschen es der Mühe wert hielten, so viele arbeitsschwere Tage darauf zu verwenden und so lange auf den schroffen Gipfeln umherzuklettern, um einen Zweck zu erfüllen, der uns lächeln macht. Und doch war es meines Wissens nach der weise Bischof Dordillon, der den Ort auswählte, und ich weiß, daß diejenigen, die teil an dem Unternehmen hatten, heute voller Stolz auf die überwundenen Gefahren zurückblicken. Die Knabenschule ist eine Errungenschaft jüngeren Datums. Anfänglich befand sie sich in Tai-o-hae neben der Mädchenschule, und erst kürzlich, nach dem gemeinsamen Abenteuer, legte man die Gesamtbreite der Insel zwischen die beiden Geschlechter. Doch muß Hatiheu auch schon vordem eine wichtige Missionsstation gewesen sein. Etwa auf halbem Wege am Strande steht eine Gruppe von nicht weniger als drei Kirchen in einem mit einigen Ananas vermischten Bananenhain. Zwei sind aus Holz: die älteste, jetzt außer Gebrauch gesetzte Kirche und eine andere, die man aus irgendeinem geheimnisvollen Grunde niemals benutzt hat. Die neue Kirche ist aus Stein mit zwei gleichen Türmen und Mauern, die sich zu vorsprin-genden Strebepfeilern erweitern, sowie mit figuren-geschmückter Fassade. Der Entwurf ist gut, einfach und formschön; doch liegt ihre Eigenart ausschließ-lich in den Details, denen zu Liebe der Architekt zum Bildhauer wurde. Unmöglich kann man die als Tor-wächter dienenden Engel (die jedoch mehr geflügelten Erzbischöfen gleichen), noch die Putten an den Ecken, die armen Sündenböcke von Wasserspeiern oder das originelle und temperamentvolle Relief eines heiligen Michaels (des Patrons des Künstlers), der einem prote-stierenden Luzifer den Garaus macht, in Worten schil-dern. Wir wurden niemals müde, diese symbolische Bildnerei zu betrachten, die so naiv, ja mitunter ko-misch und doch im besten Sinne des Wortes – was schöpferischen Geschmack und Ausdruck betraf – künstlerisch wirkte. Ich weiß nicht, was merkwürdiger war: einen so wertvollen Bau hier auf der barbarischen Insel zu finden oder ein so altes Bauwerk noch in Ju-gendfrische erstrahlen zu sehen. Der Architekt, ein französischer Laienbruder, der noch am Leben war und in Gesundheit weitere Gründungen plante, muß seine Abstammung zweifellos von einem der Baumeister herleiten, die zur Zeit der großen Kathedralen lebten, und erst bei der Betrachtung dieser Kirche zu Hatiheu war es, als ginge mir ein Licht auf über den geheimen Zauber mittelalterlicher Plastik: jenes Zwitterdinges, geboren aus kindischem Mut des Amateurs, der wie der Schuljunge mit seiner Schiefertafel sich an alles heranwagt, und der männlichen Ausdauer des Künstlers, der nicht weiß, wann er besiegt ist.

Von da an hegte ich den starken Wunsch, den Architekten, Bruder Michael, kennenzulernen, und eines Tages, während wir uns mit dem Gouverneur von Tai-o-hae (dem Haupthafenplatz der Insel) unterhielten, führte man einen alten, müden, halbblinden und asketisch aussehenden Priester, sowie einen jungen Laienbruder zu uns herein, letzterer der Typus gesunden Menschentums in Frankreich, mit breitem, klugen, ehrlichen und humorvollem Gesicht, sehr großen und leuchtenden Augen und einem starken, kräftigen etwas zur Fettleibigkeit neigenden Körper. Bis auf die schwarze Bluse und das glattrasierte Gesicht hätte man ganz den gleichen Menschen auch heute noch in einem halb Dutzend Provinzen Frankreichs unverdrossen in seinem eigenen Weinberge arbeitend antreffen können. Fast bei dem ersten Worte wußte ich schon, daß er ein Architekt war, und im nächsten Augenblick waren wir eifrig in ein Gespräch über die Kirche von Hatiheu verwickelt. Bruder Michael erwähnte seine Arbeiten stets mit einem leisen Anflug von Humor, hinter dem aber ein echter Stolz hervorschimmerte, und der Wechsel von einem zum anderen wirkte oft sehr menschlich und unterhaltend. »Et vos gargouilles moyen-âge«, rief ich, »comme elles sont originales!« »N'est-ce pas! Elles sont bien drôles!« meinte er mit einem breiten Lächeln, um im nächsten Moment mit plötzlichem Ernste hinzuzufügen: »Cependant, il y a une qui a un patte de cassé; il faut que je voie cela.« Ich fragte ihn, ob er ein Vorbild gehabt hätte – ein Punkt, den wir eingehend erörterten. »Non,« meinte er ſchlicht, »c'est une église idéale.« Das Relief war, ganz mit Recht, ſein größter Stolz. Dagegen gab er ganz offen zu, daß er die Türengel am liebſten vernichten und erſetzen würde. »Ils n'ont pas de vie, ils manquent de vie. Vous devriez voir mon église à la Dominique; j'ai là une vierge qui est vraiment gentille.« »Ah,« rief ich, »man ſagte mir, ſie würden niemals eine andere Kirche bauen, und ich ſchrieb in mein Tagebuch, daß ich es nicht glauben könnte.« »Oui, j'aimerais bien en faire une autre«, geſtand er lächelnd. Ein Künſtler wird verſtehen, wie ſehr mich dieſe Unterhaltung feſſelte. Es gibt kein engeres Band als das unverhohlenen Intereſſes und ein wenig ſchamhaften Stolzes, das den intelligenten und in ſeine Kunſt verliebten Menſchen kennzeichnet. Er ſieht die Grenzen, die ſeinem Ziele geſteckt ſind, die Mängel ſeines Werks; er lächelt, hart am Abgrund des Todes alſo beſchäftigt zu ſein, aber er erblickt in ſeiner Hingabe etwas, das ſeiner wert iſt. Wenn alle Künſtler den gleichen Sinn für Humor beſäßen, der die Auguren beſeelte, ſie würden gleich ihnen lächeln, wenn ſie einander begegneten, aber ihr Lächeln würde ohne Spott ſein.

Ich ſollte Gelegenheit finden, noch viel von dieſem trefflichen Manne zu ſehen. Er fuhr mit uns von Tai-o-hae nach Hiva-oa, eine ſchnurgerade Strecke von 90 Meilen in einer ſchweren See. Es war, was er eine gute Überfahrt nannte, eine Leiſtung, die der »Casco« zum Ruhme gereichte, aber dieſe Tage waren ſo ziemlich die elendſten vierzig Stunden, die wir je erlebt haben. Wir alle wurden durcheinander gerüttelt und geſchüttelt wie Schrot im Donnerkaſten einer Bühne. Der Maat wurde niedergeworfen und zog ſich eine Kopfwunde zu; der Kapitän lag krank an Deck, der Koch krank in der Kombüſe. Von unſerer ganzen Geſellſchaft ſetzten ſich nur zwei zu Tiſche nieder. Ich war einer von den beiden. Aber ich geſtehe, daß ich mich jämmerlich fühlte, und von der anderen, die vorgab, ganz wohlauf zu ſein, muß ich berichten, daß ſie ſehr bald vom Tiſche floh. Unter dieſen Umſtänden fuhren wir hart an der Windſeite jenes unbeſchreiblichen Eilandes Ua-pu vorüber; ſchwindelig blickten wir auf ſeine Grotten und Klippen, auf die Brandung, die klimmenden Wälder und die unbeſteigbaren ſteinernen Nadeln, die ſeine Berge krönen. Der Ort lebt in einem dunklen Winkel unſerer Erinnerung wie die Szenerie eines Alpdrucks fort. Das Ende dieſer an Nöten ſo reichen Fahrt, da wir unſere Paſſagiere abſetzen ſollten, verlief ähnlich rauh. Die Brandung am Strande von Taahauka ging hoch: das Boot wurde auf ſeine Breitſeite gedreht und kenterte. Sämtliche Inſaſſen erhielten ein kaltes Bad. Nur der Bruder, der an dergleichen Dinge gewöhnt war, ſprang, faſt ohne naß zu werden, durch ein Wunder der Geſchicklichkeit an Land. Von da ab war er während unſeres Aufenthaltes in Hiva-oa unſer Cicerone und Gönner. Überall führte er uns ein, nahm uns auf Ausflüge mit und war uns in jeder Hinſicht behilflich, ſo daß wir ihn von Tag zu Tag lieber gewannen.

Michel Blanc war dem Berufe nach Zimmermann geweſen, hatte Geld erſpart und ſich zurückgezogen in der Annahme, daß die Tage ſeiner Tätigkeit zu Ende ſeien, und erſt als er entdeckte, daß der Müßiggang ihm gefährlich zu werden begann, hatte er ſein Kapital und ſein Können der Miſſion zur Verfügung geſtellt. Er war ihr Zimmermann, Maurer, Architekt und Ingenieur geworden, hatte ſeine Talente noch um das der Bildhauerei bereichert und war wegen ſeiner Kunſt als Gärtner berühmt. Er trug die beneidenswerte Miene eines Menſchen zur Schau, der in den Stürmen des Lebens ſeinen Hafen gefunden hat und dort feſt verankert liegt. Alle ſeine Arbeit verrichtete er mit heiterer Einfalt; niemals beklagte er ſich über den Mangel an Reſultaten – vielleicht in dem ſchüchternen Glauben, daß er durch ſeine Erfolge als Bildhauer hinreichend belohnt ſei – und ſtellte überhaupt das Muſter eines Laienmiſſionars dar.

*

## ACHTES KAPITEL

### *Der Hafen*

*

DER HAFEN, MARKT, REGIERUNGSSITZ UND religiöſe Mittelpunkt dieſer wilden Inſeln heißt Taio-hae und zieht ſich auf Nukahiva den ganzen Strand einer ſteilen, grünen Bucht entlang. Es war mitten im Winter, als wir dort ankamen, und das Wetter war ſchwül, ſtürmiſch und unbeſtändig. Die Windböen brauſten vom Lande her durch die zerriſſenen Felsſchluchten, um im nächſten Augenblick aus der Richtung des Meeres die Schildwachen der Inſelchen zu paſſieren, die der Einfahrt vorgelagert ſind. Schwere, dunkle Wolken verhüllten die Gipfel; der Regen brüllte und ſchwieg von neuem; die Berge öffneten ihre Speigate, und am nächſten Tage ſahen wir die Hänge des Amphitheaters mit den weißen Bartſträhnen der Gießbäche bekleidet. Am Strande zeigt die Stadt eine lückenhafte Front zumeiſt weißer Häuſer, alle im Laube einer Allee grüner Puraos eingeniſtet. Eine Landungsbrücke iſt vom Meer aus über den Wogengürtel geſchlagen. Öſtlich davon liegt auf einem vorſpringenden, buſchigen Hügel das alte Fort, das heute die Kalabuſe oder das Gefängnis iſt. Noch weiter öſtlich flattert auf dem einſam in einem Garten gelegenen Gouvernementsgebäude die franzöſiſche Fahne. Genau in der Höhe des Gefängnishügels wiegt ſich faſt unabläſſig der winzige Regierungsdampfer an ſeinem Ankertau. Morgens etwa um die richtige Zeit – (ſo genau wird es damit nicht genommen) zeigt er durch Hiſſen der Flagge an, daß es acht Glas iſt, und die ſinkende Sonne grüßt er durch Abſchießen einer Muskete.

Hier wohnt und teilt ſich in die Annehmlichkeiten des Klubs (der aus einem Billard, Abſinth, einer Erdkarte nach Mercator und einer der angenehmſten Veranden in den Tropen beſteht) eine Handvoll Weißer der verſchiedenſten Nationalität, vornehmlich franzöſiſche Beamte, deutſche und ſchottiſche Handelsgehilfen, ſowie Agenten des Opiummonopols. Außerdem ſind noch drei Barbeſitzer am Ort, ein ſchlauer Schotte, der die dortige Baumwollſpinnerei leitet, zwei weiße Damen und ein paar andere Leute »vom Strande« – ein Südſee-Ausdruck, für den es kein genaues Äquivalent gibt. Die Geſellſchaft iſt angenehm und gaſtfrei. Ein Mann jedoch, den man häufig auf den Pfoſten des Brückenkopfes ſitzen ſehen konnte, verdient dank ſeiner ungewöhnlichen Geſchichte und Erſcheinung noch ein beſonderes Wort. Vor langer Zeit, ſcheint's, verliebte er ſich in eine einheimiſche Dame, einen weiblichen Oberhäuptling aus Ua-pu. Auf ſeine Annäherung hin erklärte ſie, niemals einen Mann lieben zu können, der nicht tätowiert ſei, worauf unſerer Held ſich mit einiger Seelengröße in die Hände der Tahukus begab und mit noch bewunderungswerterer Seelengröße aushielt, bis der Prozeß vollendet war. Sicherlich hatte er ſchwere Unkoſten zu tragen – denn die Tahuku arbeiten nur gegen hohen Lohn – und ebenſo ſicher die raffinierteſten Schmerzen. Kooamua war, trotz ſeiner Oberhäuptlingswürde und Zugehörigkeit zur alten Schule nur zur Hälfte tätowiert. Wie er uns in beredter Pantomime auseinanderſetzte, hatte er die Tortur nicht bis zum Schluſſe aushalten können. Unſer verliebter Landsmann dagegen war von ausdauernderem Stoff; er wurde von Kopf bis zu Fuß nach den anerkannteſten Methoden der Kunſt tätowiert und ſtellte ſich als neuer Menſch ſeiner Gebieterin vor. Aber die wankelmütige Schöne vermochte ihn von jenem Tage an nie anzuſehen, ohne zu lachen. Ich für meinen Teil konnte nicht umhin bei ſeinem Anblick eine gewiſſe Bewunderung für den Mann zu verſpüren. Wenn überhaupt, ſo paßte auf ihn das Wort, daß er zwar nicht weiſe aber allzu ſtark geliebt hatte.

Das Regierungsgebäude liegt iſoliert, da Calabooſe Hill es vor dem Häuſerſaum auf der anderen Seite der Bucht beſchirmt. Das Haus iſt geräumig und mit breiten Veranden verſehen; den ganzen Tag ſtehen Vorder- und Hintertür offen, und die Paſſatwinde wehen ungehindert über ſeine kahlen Dielen. Alltags bietet der Garten ein Bild faſt untropiſcher Lebendigkeit. Wohl ein halbes Dutzend Sträflinge arbeiten hier mit Spaten und Schiebkarren luſtig drauflos, grüßen die Beſucher durch Handanlegen an ihre Hüte und lächeln ihnen freundlich zu wie alte anhängliche Dienſtboten. Sonntags ſind ſie verſchwunden, und nur Hunde aller Raſſen und Größen halten in den ſchattigen Gartengründen ihre friedliche Sieſta; denn die Hunde von Tai-o-hae ſind ungemein höfiſch geſinnt und haben den Regierungsſitz zu ihrer Promenade und zum Schlummerplatz erkoren. Nach vorne hinaus mündet ein Raſenſtreifen in ein niedriges Gehölz der verſchiedenartigſten Akazienſorten, in deſſen Innerem tief verborgen eine verwitterte Mauer den europäischen Friedhof umschließt. Hier ruhen Engländer und Schotten, Skandinavier und französische maitres des manoeuvres und maitres ouvriers, Staub mit fremdem Staube mischend. Tief hinten im Walde singt vielleicht eine Amsel oder die Insel-Nachtigall, wie man sie hier nennt, heimatliche Lieder, und das unermüdliche Requiem der Brandung tönt einem in den Ohren. Niemals habe ich eine friedlichere Ruhestatt gesehen, aber die Überlegung, von welch verschiedenen Heimstätten diese Schläfer aufbrachen und welch langen Weg sie wanderten, um schließlich hier Seite an Seite zu liegen, ist ein weittragender Gedanke.

Auf der Höhe des vorspringenden Berges liegt die Kalabuse, Tür und Fensterläden den ganzen Tag den Passatwinden geöffnet. Als ich sie das erstemal besuchte, war ein Hund der einzige sichtbare Wächter. Er erhob sich allerdings in einer so drohenden Haltung, daß ich froh war, einen alten Faßreifen, der bei der Hand lag, packen zu können, und ich glaube die Waffe war dem Kämpen bekannt, denn augenblicklich zog er sich zurück, und während ich in Hof und Haus umherwanderte, sah ich, wie er mir zusammen mit einigen seiner Gefährten ganz bescheiden um Ecken und Türen nachschlich. Der Schlafraum der Gefangenen war ein großes, luftiges Gemach ohne alle Möbel. Die geweißten Wände waren mit marquesanischen Inschriften und rohen Zeichnungen bedeckt: eine nicht ungeschickte Skizze der Landungsbrücke, die Darstellung eines Mordes und verschiedene Abbildungen französischer Soldaten in Uniform. Die eine Inschrift war französisch:

»Je n'est (sic) pas le sous«. Aus dieſer mittäglichen Ruhe darf man jedoch nicht ſchließen, daß das Gefängnis unbewohnt iſt; im Gegenteil, die Kalabuſe von Tai-ohae macht gute Geſchäfte. Einige ihrer Inſaſſen waren indeſſen mit Gartenarbeit in den Anlagen des Regierungsgebäudes und die übrigen wahrſcheinlich mit Straßenkehren beſchäftigt, ſo frei, wenn auch nicht ganz ſo fleißig wie unſere Straßenfeger daheim. Gegen Abend wurden ſie dann, wie Kinder von ihren Spielen, nach Hauſe gerufen, und der Hafenmeiſter (der zugleich der Gefangenenwärter iſt) ſchließt ſie pro forma bis ſechs Uhr morgens ein. Hat ein Gefangener jedoch etwas in der Stadt vor, ſei es Vergnügungen, ſei es Geſchäfte, ſo braucht er nur die Fenſterläden zu öffnen und zu verſchwinden, und wenn er bis zum Morgenappell zurückgekehrt iſt und den Laden hübſch ordentlich wieder feſtgemacht hat, wird keinerlei Beſchwerde, geſchweige denn eine Strafe erfolgen. Das iſt aber nicht alles. Der charmante franzöſiſche Gouverneur, M. Delaruelle, nahm mich eines Tages bei einem offiziellen Beſuch in die Kalabuſe mit. Auf dem grasbewachſenen Hof begrüßte uns lächelnd ein ungemein zerlumpter Hidalgo, deſſen Beine durch die auf den Inſeln endemiſche Elefantiaſis verunſtaltet waren. »Einer unſerer politiſchen Gefangenen – ein Inſurgent aus Raiatea,« bemerkte der Gouverneur, und fügte, zu dem Schließer gewendet, hinzu, »ich dachte, ich hätte ihm ein Paar neue Hoſen beſtellt.« Inzwiſchen waren aber keine weiteren Gefangenen erſchienen. »Eh bien«, ſagte der Gouverneur. »Où sont vos prisionniers?« »Monsieur le Résident«, entgegnete der Schließer militärisch grüßend, »comme c'est jour de fête, je les ai laissés aller à la chasse«. Sie waren alle in den Bergen auf der Jagd nach wilden Ziegen! Dann kamen wir in das ebenfalls ausgestorbene Weiberquartier. »Où sont vos bonnes femmes?« fragte der Gouverneur; und der Schließer antwortete vergnügt: »Je crois, Monsieur le Résident, qu'elles sont allées quelque part faire une visite.« Es war die Absicht M. Delaruelles gewesen, der in die launigen Eigenarten seines kleinen Reiches verliebt ist, mir etwas Komisches zu zeigen, aber daß sein Plan so vollkommen gelingen würde, hatte selbst er nicht erwartet. Um nun das Bild des Sträflingslebens von Tai-o-hae zu vollenden, bleibt noch zu erzählen, daß diese Verbrecher so regelmäßig wie der Präsident der Republik ihr Gehalt beziehen, das zehn Sous pro Tag beträgt. Für Geld, Nahrung, Unterkunft, Kleidung und – ich wollte eben schreiben »Freiheit« – ist also gesorgt. Die Franzosen sind doch ein gutmütiges Volk und führen auch ein mildes Regiment. Außerdem blicken sie mit humorvoller Nachsicht auf die Marquesaner. »Die armen Teufel sind ja am Aussterben«, erklärte M. Delaruelles, »die Hauptsache ist, daß dies in Ruhe und Frieden geschieht.« Hiermit hatte er nicht nur den Nagel auf den Kopf getroffen, sondern, wie ich glaube, auch das Empfinden der Allgemeinheit zum Ausdruck gebracht. Indessen hat es damit noch eine andere Bewandtnis; diese Sträflinge sind nicht nur nützlich, sondern bilden ein fast unentbehrliches Element in der Kolonialwirtschaft der Franzosen. Bei einem unverbesserlich faulem Volke, voller Haß gegen die neuen

Herrn, das obendrein noch durch etwas, das man nur mit einer endemiſchen Seuche vergleichen kann, entmutigt iſt, bedeuten Verbrechen und Zwangsarbeit wahre Gottesgaben für die Regierung.

Diebſtahl iſt hier faſt das ausſchließliche Verbrechen. Von den urſprünglichen kleinen Mauſereien ſind die Männer von Tai-o-hae allmählich dazu übergegangen, Schlöſſer zu ſprengen und Kaſſenſchränke zu erbrechen. Hunderte von Dollars ſind ihnen manchmal mit einem Schlage in die Hände gefallen, obwohl der marqueſaniſche Einbrecher mit jener ſo verſöhnlichen Mäßigung der polyneſiſchen Diebe ſtets nur einen Teil nimmt und den übrigen Teil (quaſi aus Partnerſchaft) dem Beſitzer zurückläßt. Iſt das Geraubte chilianiſche Münze – das landläufige Geld der Inſeln – ſo wird er nicht ertappt; iſt die Summe jedoch in Gold, franzöſiſchem Silber oder Banknoten, ſo wartet die Polizei ganz einfach, bis das Geld zu zirkulieren beginnt, um dann ſpielend leicht ihren Mann zu ergreifen. Und jetzt kommen wir zu dem ſchändlichen Teil der Angelegenheit. Um es rund heraus zu ſagen: der Gefangene erleidet die Tortur, bis er geſteht und, wenn möglich, das Geld zurückgibt. Denn den Marqueſaner Tag und Nacht in einem finſteren Loch einſperren, heißt ihn einer unausſprechlichen Folter unterwerfen. Selbſt ſeine Räubereien werden bei hellem Tageslicht ausgeführt, unter freiem Himmel, unter dem Anreiz des Unternehmens und dem Schutze eines Komplizen. Sein Grauen vor der Dunkelheit iſt nach wie vor unüberwindlich. Man ſtelle ſich daher vor, was er in Einzelhaft erleidet; wie er ſich nach einem Geſtändnis ſehnt, ſich ſehnt, ein waſchechter Sträfling zu werden und die Erlaubnis zu erhalten, mit ſeinen Kameraden zuſammen zu ſchlafen. Während unſeres Aufenthaltes in Tai-o-hae befand ſich einer dieſer Dieb in Unterſuchungshaft. Er war etwa um acht Uhr früh in ein Haus eingedrungen, hatte einen Koffer erbrochen und elfhundert Franken geſtohlen. Und jetzt war er unter dem Zwange der grauenvollen Dunkelheit, der Einſamkeit und der von Teufeln bevölkerten Phantaſie eines Kannibalen am Werk, ein widerwilliges Geſtändnis abzulegen und den Raub herauszurücken. Aus dem einen Verſteck, das er angegeben hatte, hatte man bereits dreihundert Franken zurückgewonnen, und man glaubte, daß er bald auch das übrige hergeben würde. An ſich wäre das alles ſchon häßlich genug, aber da dies eine Angelegenheit iſt, in der die Franzoſen Remedur ſchaffen ſollten, muß ich hinzufügen, daß man ſtändig von noch Schlimmerem munkelt. Ich hörte, daß ein Mann einmal acht Tage lang mit den Armen nach hinten an ein Faß gebunden war; und es heißt ganz allgemein, daß jeder Gendarm in der Südſee mit einem Inſtrument ausgerüſtet iſt, das ſtarke Ähnlichkeit mit einer Daumſchraube hat. Ich weiß nicht, ob dies zutrifft. Ich hatte niemals die Courage, einen der Genarmen, mit denen ich näher verkehrte – alles ſympathiſche, intelligente und freundliche Menſchen – deren Gaſtfreundſchaft ich genoſſen hatte, danach zu fragen; und vielleicht, ja hoffentlich beruht dieſe Geſchichte auch nur auf einer irrtümlichen Auslegung jenes ingeniöſen Fangapparates, mit dem die franzöſiſchen Polizeidiener ſo leicht ihre Gefangenen feſtmachen. Wie dem auch ſei, eine Folter, ob phyſiſcher oder moraliſcher Art, wird in Anwendung gebracht, und kraft einer barbariſchen Ungerechtigkeit iſt der Anklagezuſtand (in den auch ein Unſchuldiger ſehr wohl geraten kann) tatſächlich peinlich, während die Strafe (die doch die erwieſene Schuld vorausſetzt) verhältnismäßig leicht, ja mitunter ſogar angenehm verläuft. Mehr noch – es kommt auch vor, daß nicht nur der Angeklagte, ſondern auch ſeine Frau, ſeine Maitreſſe oder ſein Freund den gleichen Leiden unterworfen werden. An den Tapugebräuchen bewunderte ich die einheimiſche Erfindungsgabe bei der Aufdeckung von Geſetzesübertretungen; an den franzöſiſchen Methoden gibt es nicht viel zu bewundern. Ein ſcheues Kind in ein dunkles Zimmer einzuſperren und, falls es ſich als ſtörriſch erweiſt, im Nebenraum ſeine Schweſter einzuſchließen, kann weder als neuartig noch als human bezeichnet werden.

Der Hauptanlaß dieſer Diebſtähle iſt das neue Laſter des Opiumeſſens. »Arbeiten tut hier keiner, aber alle eſſen Opium«, erklärte einer der Gendarmen; und Ah Fu kannte eine Frau, die täglich für einen ganzen Dollar verzehrte. Der erfolgreiche Dieb wird an jeden ſeiner Freunde eine Handvoll Geld austeilen, einer Frau ein Kleid ſchenken, den Abend in einer der Kneipen von Tai-o-hae verbringen, wobei er alle Gäſte freihält, ein großes Stück Opium hervorholen und ſich in den Buſch zurückziehen, um es zu eſſen und dann den Rauſch zu verſchlafen. Ein Händler, der kein Opium verkaufte, geſtand mir, daß er vollkommen ratlos wäre. »Ich verkaufe es nicht, aber die anderen tun es«, ſagte er. »Die

Eingeborenen arbeiten nur, um es kaufen zu können; ſelbſt wenn ſie zu mir kämen, um ihre Baumwolle zu verkaufen, ſo brauchten ſie nur zu jemand anderem hinüberzuſpazieren, um ihr Geld in Opium umzuſetzen. Und weshalb ſollten ſie ſich die Mühe zweier Wege machen? Alles Reden hat keinen Zweck,« fügte er hinzu, »Opium iſt das Zahlungsmittel dieſes Landes.«

Der Mann, der während meines Aufenthaltes in Tai-o-hae in Unterſuchungshaft ſaß, verlor die Geduld, als man einen chineſiſchen Opiumhändler in ſeiner Gegenwart verhörte. »Natürlich hat er mir Opium verkauft!«, ſprudelte er plötzlich hervor, »alle Chineſen hier verkaufen Opium. Nur um Opium kaufen zu können habe ich geſtohlen; hier ſtiehlt jeder nur, um Opium zu kaufen. Wenn ihr das ändern wollt, ſolltet ihr kein Opium und keine Chineſen hereinlaſſen.«

Gerade dieſes hat auch die Eingeborenenregierung in Samoa getan; die Franzoſen jedoch haben ſich ſelbſt die Hände gebunden und ihre fremdraſſigen Untertanen für vierzigtauſend Franken dem Verbrechen und dem Tode verkauft. Dieſer abſcheuliche Handel iſt gleichſam durch einen reinen Zufall entſtanden. Kapitän Hart hatte das Unglück, den Anlaß dazu zu geben, als ſeine Pflanzungen auf den Marqueſas blühten und er es ſchwierig fand, ſeine chineſiſchen Kulis zu halten. Heute ſind die Pflanzungen ſo gut wie verödet und die Chineſen verſchwunden; inzwiſchen aber haben die Eingeborenen das Laſter erlernt, die Lizenz bringt eine hübſche runde Summe ein, und die in Geldverlegenheit befindliche Regierung von Papeete hält die

Augen zu und die Taſchen offen. Selbſtverſtändlich ſoll der Konzeſſionsinhaber angeblich nur an Chineſen verkaufen; ebenſo ſelbſtverſtändlich iſt es, daß keiner vierzigtauſend Franken bezahlen kann, um eine Handvoll verſprengter Chineſen mit Opium verſorgen zu dürfen. Jeder kennt die Wahrheit, und alle ſchämen ſich ihrer. Die franzöſiſchen Beamten ſchütteln die Köpfe, wenn die Opiumfrage auf das Tapet kommt; und die Agenten der Pflanzer erröten über ihr Amt. Wer jedoch im Glashauſe ſitzt, ſollte nicht mit Steinen werfen. Als britiſcher Untertan bin ich ein widerwilliger Teilhaber des größten Opiumgeſchäftes der Welt. Doch liegt der engliſche Fall immerhin ſehr kompliziert; Millionen von Exiſtenzen ſind in ihn verwickelt, und man muß, falls er ſich überhaupt ändern läßt, mit äußerſter Vorſicht zu Werke gehen. Der franzöſiſche Handel dagegen iſt ein Noſtrum und nichts weiter als ein Auswuchs. Hier gilt es keine einheimiſche Induſtrie zu fördern: das Gift wird ganz offiziell importiert. Auf kein endemiſches Laſter war hier Rückſicht zu nehmen: das Laſter iſt freiwillig eingeführt worden. Und kein Menſch hat davon Gewinn, mit Ausnahme der Regierung von Papeete, der nicht ſehr beneidenswerten Herren, die ſie bezahlen, und der chineſiſchen Mietlinge, die ihre ſchmutzige Arbeit verrichten.

*

## NEUNTES KAPITEL

### *Das Haus Temoana*

*

DIE GESCHICHTE DER MARQUESAS ERSCHEINT in den letzten Jahren durch das Kommen und Gehen der Franzoſen arg verwirrt. Mindeſtens zweimal haben ſie ſich des Archipels bemächtigt und ihn wenigſtens einmal dazwiſchen wieder aufgegeben; währenddeſſen ſetzten die Eingeborenen ihre planloſen Kannibalenkriege ungeſtört fort. Aus dieſen Ereigniſſen und wechſelnden Dynaſtien ragt eine bedeutende Geſtalt hervor: die des Oberhäuptlings und Königs Temoana. Bruchſtücke ſeiner Geſchichte ſind mir zu Ohren gekommen: wie er zuerſt durch proteſtantiſche Miſſionare bekehrt wurde; wie man ihn aus ſeiner Heimat entführte oder verbannte, um ihn als Koch auf einem Wallfiſchfänger dienen zu laſſen und ihn dann für ein paar Groſchen in engliſchen Hafenſtädten zu zeigen; wie er ſchließlich nach den Marqueſas zurückkehrte, unter den ſtarken und wohltätigen Einfluß des Biſchofs Dordillon geriet, ſeine Macht auf der Inſelgruppe erweiterte, eine Zeitlang gemeinſam mit dem Prälaten die Herrſchaft führte und zuletzt als der Hauptanhänger ſowohl des Katholizismus wie der Franzoſen ſtarb. Seine Witwe erhält auch heute noch von der franzöſiſchen Regierung eine Monatsrente von zwei engliſchen Pfund. Gewöhnlich führt ſie den Titel »Königin«, aber ihre offizielle Bezeichnung im Adelsalmanach lautet: »Madame Vaekehu, Grande Chefeſſe.« Temoanas Sohn (ob natürlicher oder angenommener, weiß ich nicht) Stanislao Moanatini, der Häuptling von Akaui, bekleidet in Tai-o-hae gleichſam das Amt eines Miniſters der öffentlichen Arbeiten, und die Tochter Stanislaos iſt Grande Chefeſſe der ſüdlichen Inſel Tauata. Sie ſtellen alſo die mächtigſte Familie des Archipels vor, und, unſerer Meinung nach, auch die achtbarſte. So iſt es bis auf wenige Ausnahmen in Polyneſien die Regel: je vornehmer die Familie, deſto hochwertiger auch die Menſchen – hochwertiger an Verſtand und Manieren und meiſt auch höher gewachſen und an Körperkräften überlegen. Ein Fremder taſtet ſich zunächſt blindlings vorwärts. Er ſammelt Bekanntſchaften, wo er kann. Bis auf die Tätowierung deutet nichts in den Marqueſas auf Rangunterſchiede hin, und doch ſtellte es ſich nach näherer Bekanntſchaft faſt regelmäßig heraus, daß unſere Freunde Perſonen von Rang waren. Ich ſagte vorhin: »meiſt höher gewachſen und an Körperkräften überlegen.« Ich hätte mich präziſer ausdrücken können. Die Regel gilt in ganz Polyneſien und in einem Teil Mikroneſiens: die Großen der Inſel, ja ſelbſt des Dorfes, ſind zugleich größer an Knochenbau und Muskulatur, häufig auch ſchwerer an Gewicht als der gemeine Bürger. Die übliche Erklärung hierfür – daß das edelgeborene Kind auch fleißiger ſchampuniert wird, iſt wahrſcheinlich zutreffend. Auf Neukaledonien zum mindeſten, wo die Unterſchiede an Geſtalt nicht exiſtieren, oder niemals bemerkt worden ſind, ſcheint man auch die Sitte des Schampunierens nicht zu kennen. Ärzte täten gut daran, dieſen Punkt einmal näher zu unterſuchen.

Vaekehu wohnt in dem Teil der Stadt, der von der Reſidenz am weiteſten entfernt liegt, noch jenſeits der Miſſionsgebäude. Ihr Haus iſt nach europäiſchem Plan gebaut: ein Tiſch ſteht in dem Hauptgemach; Photographien und Andachtsbilder zieren die Wände. Nach beiden Seiten öffnet ſich eine reizende Ausſicht: durch die Vordertür auf einen grünen Raſenſtreifen, auf die ſich tummelnden Schweine, auf die herabhängenden Wedel der Kokospalmen und die majeſtätiſche Brandung; nach rückwärts auf ſchwarze Bergtäler und einen Kranz ſteiler Klippen. Hier in dem ſtarken Luftzug empfing uns ihre Majeſtät in einem ſchlichten Gewande aus bedrucktem Katun. Nichts deutete auf ihre königliche Würde, mit Ausnahme der wundervollen Vollendung ihrer tätowierten Handſchuhe, ihrer höfiſchen Manieren und des ſanften Falſettos, mit dem alle hoch kultivierten marqueſaniſchen Damen (und allen voran Veakehu) ihre Sprache zu ſingen lieben. Eine ihrer Adoptivtöchter ſpielte die Dolmetſcherin, während wir unſere Neuigkeiten vorbrachten und unſere Freunde in Anaho mit Namen aufzählten. Bei dieſer Unterhaltung konnten wir durch die Hintertür eine andere Dame des Haushalts unter den grünen Bäumen Toilette machen ſehen, und nach einem Weilchen, als ihr Haar zur Zufriedenheit geordnet und ihr Hut mit Blumen bekränzt war, erſchien ſie leutſelig grüßend auf der hinteren Veranda.

Vaekehu iſt ſehr ſchwerhörig; ihr ganzer franzöſiſcher Sprachſchatz beſteht aus »merci«; ich weiß auch nicht, ob ſie ſehr klug iſt. Uns fiel vor allem eine ganz ſeltene und gütige Vornehmheit mit einem Anflug von

Quietismus auf, den ſie wahrſcheinlich von den Nonnen angenommen hat. Oder beſſer noch – uns war, als wären wir auf einem Armen- und Krankenbeſuch in einem unſerer Diſtrikte daheim, den unſere Gaſtgeberin mit etwas herabgekommener, evangeliſcher Feinheit entgegennahm. Der andere Eindruck folgte, als ſie ſich mehr zu Hauſe fühlte und uns zuſammen mit Stanislao und ſeinem Töchterchen zum Mittageſſen auf der »Casco« beſuchte. Sie hatte bei dieſer Gelegenheit große Toilette gemacht: trug ein weißes Kleid, das ihrem charaktervollem, braunen Geſicht gut ſtand, und ſaß unter uns eſſend oder ihre Zigarette rauchend, losgelöſt von der ganzen übrigen Geſellſchaft, oder doch nur vorübergehend durch ihren Sohn mit ihr verbunden. Es war eine Situation, die ſie hätte lächerlich machen können, und ſie geſtaltete ſie zur dekorativen Zeremonie, indem ſie vorgab, zu verſtehen und ſich zu unterhalten. Jedesmal, wenn unſere Blicke ſich trafen, erhellte ſich ihr Geſicht zu dem Lächeln der guten Geſellſchaft; ihre Beiträge zum Geſpräch waren ſpärlich, aber ſtets ſchmeichelhaft und gefällig. Das Kind, zum Beiſpiel, trat in keiner Weiſe hervor, außer wenn ſie es bemerkte und ſich in ſeinem Namen bei uns bedankte. Die Art, wie ſie von jedem einzelnen Abſchied nahm, war leutſelig und anmutig zugleich, wie überhaupt ihr ganzes Benehmen. Als Mrs. Stevenſon ihr die Hand reichte, nahm Vaekehu ſie in die ihre, hielt ſie feſt und lächelte meine Frau einen Augenblick an; dann ließ ſie ſie los und ſtreckte ihr wie in einer nachträglichen Eingebung und mit einer Art herzlicher Herablaſſung plötzlich beide Hände entgegen und küßte ſie auf die Wangen. Der gleiche Vorgang hätte ſich bei dem gleichen Unterſchied von Alter und Rang auf den Brettern der Comédie Françaiſe nicht anders abſpielen können; ganz ſo hätte ſich Madame Brohan in der »Marquiſe de Villemer« Madame Broiſat gegenüber erwärmt und herabgelaſſen. Mir fiel es zu, unſere Gäſte an Land zu begleiten: als ich auf den Stufen der Landungsbrücke das kleine Mädchen zum Abſchied küßte, ſtieß Vaekehu einen leiſen Schrei des Entzückens aus, ſtreckte mir in das Boot die Hand entgegen, ergriff die meine und drückte ſie mit jener ſchmeichelhaften Zartheit, die in allen Teilen der Welt für die Koketterie alter Damen bezeichnend iſt. Im nächſten Augenblick hatte ſie Stanislaos Arm genommen und wandelte mit ihm im Mondlicht den Landungsſteg entlang, während ich in Verwirrung zurückblieb. Das war alſo die Königin der Kannibalen; ſie war von Kopf bis zu Fuß tätowiert und ſtellte vielleicht das größte lebende Meiſterwerk dieſer Kunſt dar, ſo daß noch vor wenigen Jahren, ehe ſie angefangen hatte, prüde zu werden, ihr Bein eine der Sehenswürdigkeiten von Tai-o-hae bildete. Nacheinander hatte ſie den verſchiedenſten Häuptlingen angehört; man hatte in Kriegen um ſie gekämpft und ſie errungen; ja, vielleicht hatte ſie, da ſie eine ſo große Dame war, allein von allen ihres Geſchlechtes in Staat auf dem erhöhten Sitze gethront, während die Trommeln, zwanzig an der Zahl, erdröhnten und die Prieſter die bluttriefenden Körbe voll Langſchwein heranſchleppten. Und jetzt im Alter war ſie plötzlich aus jener Vergangenheit der Gewalt und widerlichen Gelage als ruhige, höfliche, zeremoniöſe ältere Dame herausgeſchritten, ſo wie man ſie zu Dutzenden (zwar auch behandſchuht, aber ſelten mit ſo guten Manieren) auf unſeren Landſitzen daheim findet, nur daß Vaekehus Handſchuhe gemalt und nicht aus Seide waren, und ihr Preis nicht klingende Münze, ſondern gebratenes Menſchenfleiſch geweſen war. Blitzartig kam mir die Frage, wie ſie wohl ſelber über dieſe Dinge dächte, und ob ſie ſich im Innerſten ihres Herzens nicht nach ihrer barbariſchen, aber abenteuerreichen Vergangenheit zurückſehnte. Als ich jedoch hierüber mit Stanislao ſprach, meinte er, »Ach nein! Sie iſt zufrieden; ſie iſt religiös und verbringt ihre ganze Zeit bei den Schweſtern.« Stanislao (eigentlich Stanislaos, aber der letzte Konſonant wird nach polyneſiſcher Gewohnheit verſchluckt) wurde von Biſchof Dordillon nach Südamerika geſchickt und dort von den Padres erzogen. Er ſpricht fließend Franzöſiſch, ſeine Rede iſt verſtändig und temperamentvoll, und in ſeiner Eigenſchaft als Leiter der öffentlichen Arbeiten leiſtet er den Franzoſen vorzügliche Dienſte. Mit Hilfe des Preſtiges, den ſein Name und ſeine Familie genießen, und wenn nötig auch mit Stockhieben, ſorgt er dafür, daß die Eingeborenen arbeiten, und daß die Wege paſſierbar bleiben. Ohne Stanislao und ſeine Sträflinge wüßte ich nicht, wie es mit der gegenwärtigen Regierung in Nuka-hiva beſtellt wäre; ob nicht die Landſtraße ſich wieder in Urwald verwandeln, der Landungsſteg hinweggeſchwemmt und die Reſidenz über den Häuptern machtloſer Beamten zuſammenſtürzen würde. Allein trotz der Traditionen ſeines Hauſes, die die franzöſiſche

Herrſchaft begünſtigen, und trotz der Tatſache, daß er ſelbſt eine ihrer Hauptſtützen iſt, blickt er doch ſtändig auf die Vergangenheit. Er zeigte mir, wo früher der große Platz geweſen war, deſſen Spuren man noch an einzelnen großen Steinhaufen erkennen konnte; erzählte mir, wie groß und ſchön er geweſen wäre, an allen Seiten von menſchenreichen Häuſern umſchloſſen, aus denen, wenn die Trommeln ertönten, das Volk zum Feſte ſtrömte. Der Trommelſchlag der Polyneſier übt auf die Nerven aller einen ſeltſamen, düſteren Reiz aus. Auch der Weiße empfindet ihn – bei den plötzlichen, jagenden Tönen ſchlägt ſein Herz höher; und ſeine Wirkung auf die Eingeborenen ſoll nach dem, was mir Leute erzählen, die ſchon lange hier im Lande ſind, eine außerordentliche geweſen ſein. Biſchof Dordillon hatte gut reden; Temoana ſelbſt mochte befehlen und drohen, beim Klange der Trommel triumphierten die wilden Inſtinkte. Heute aber mochte ſie ruhig über den Ruinen erdröhnen – wer ſollte ſich auf ihren Ruf hin verſammeln? Die Häuſer waren zerfallen, die Menſchen tot, ihre Geſchlechter erloſchen; und nur der Abſchaum von Flüchtlingen aus fernen Buchten und entlegenen Inſeln kampiert auf ihren Gräbern. Insbeſondere beklagte Stanislao den Verfall des Tanzes. »Chaque pays a ses coutumes«, meinte er; allein in den Berichten der Gendarmen, die vielleicht nur allzuſehr von beſtechlichem Eifer getrieben ſind, um die Anzahl der Délits ſowie die Inſtrumente ihrer eigenen Macht zu vermehren, wird Brauch über Brauch auf den expurgatoriſchen Index geſetzt. »Tenez, une danse qui n'est pas permise,« ſagte Stanislao, »je ne sais pas pourquoi, elle est très jolie, elle va comme ca,« und nachdem er ſeinen Schirm ſenkrecht in die Erde geſteckt hatte, begann er die einzelnen Schritte und Gebärden vor mir zu ſkizzieren. All ſeine Kritik der Gegenwart, alle ſeine Klagen über das Vergangene, ſchienen mir ebenſo maßvoll wie vernünftig. Die kurze Amtsdauer des Gouverneurs war ſeiner Meinung nach der Hauptfehler in der Verwaltung; kaum hatte der betreffende Beamte angefangen, ſich in ſein Amt einzuleben, als er auch ſchon wieder abberuſen wurde. So weit ich erkennen konnte, ſah er auch mit einiger Unruhe dem Wechſel vom Marinegouverneur zum Zivilgouverneur entgegen. Wenigſtens iſt das bei mir der Fall, denn noch nie ſind die Zivilbeamten Frankreichs den Fremden als die Blume ihres Volkes erſchienen, während die franzöſiſchen Marineoffiziere es mit der ganzen Welt aufnehmen können. Im Laufe unſerer Unterredungen legte Stanislao ſtets Wert darauf, zu betonen, daß ſein Land ein wildes Land ſei, und wenn er irgendeine eigene Anſicht äußerte, tat er es gſeichſam mit einer entſchuldigenden Vorrede und der Behauptung, »daß er ja nur ein Wilder ſei, der etwas in der Welt umhergekommen wäre.« Jedoch lag ein gut Teil ehrlichen Stolzes in dieſer ausgeſuchten Beſcheidenheit. Trotzdem ſtimmte mich etwas an ſeiner Zurückhaltung traurig, konnte ich mich doch nicht des Gedankens erwehren, daß er mit ihr dem Spott vorbeugen wollte, wie er ihn nur gar zu oft hatte erdulden müſſen.

Mit Intereſſe erinnere ich mich vor allem zweier Geſpräche mit Stanislao. Das erſte fand an einem Nachmittage ſtatt, an dem ein tropiſcher Regen ſich vom

Himmel ergoß, und den wir zuſammen auf der Veranda des Klubs verbrachten. Mitunter, wenn die Regenſchauer ſich verdoppelten, mußten wir unſere Stimmen erhöhen, mitunter gingen wir auch in das Billardzimmer hinüber, um in dem trüben, wolkigen Tageslicht jene Weltkarte zu ſtudieren, die ſeinen Hauptſchmuck bildete. Stanislao wußte natürlich nur wenig von Engliſcher Geſchichte, ſo daß ich ihm viel Neues mitteilen konnte. Ausführlich berichtete ich ihm von General Gordon und erzählte ihm viele Einzelheiten aus dem indiſchen Aufſtand. Er lauſchte mit geſpannter Aufmerkſamkeit, ſein braunes Geſicht mit den tiefen Pockennarben belebte ſich und wechſelte den Ausdruck bei jeder neuen Begebenheit. Seine Augen leuchteten vom Glanz der Schlachten; er ſtellte viele intelligente Fragen, und hauptſächlich um ihretwillen mußten wir ſo häufig die Landkarte zu Rate ziehen. Die lebendigſte Erinnerung jedoch iſt die an unſeren Abſchied. Wir ſollten am folgenden Tage in See ſtechen; die Nacht war ſchon gekommen, eine dunkle, ſtürmiſche, regneriſche Nacht, als wir den Hügel hinaufſtolperten, um Stanislao Lebewohl zu ſagen. Er hatte uns bereits mit Geſchenken überſchüttet, doch harrten unſer noch weitere. Bei Zigarren und grünen Kokosnüſſen ſaßen wir um den Tiſch herum; die Windſtöße fegten durch das Haus und löſchten die Lampe aus, die augenblicklich mit einem einzigen Streichholz wieder angezündet wurde; und dieſe Intervalle von Finſternis wurden von allen als eine Erleichterung empfunden. Denn etwas Schmerzliches und Peinliches lag in der Schwere und Güte dieſer Trennung. »Ah, vous devriez rester ici, cher ami!« rief Stanislao. »Vous êtes les gens qu'il faut pour les Kanaques; vous êtes doux, vous et votre famille; vous seriez obéis dans toutes les îles«. Wir waren höflich gewesen, ja nicht einmal immer höflich, mahnte mich mein Gewissen, mehr nicht; und das alles ist ein Maßstab nicht für unsere Rücksicht, wohl aber für die Rücksichtslosigkeit anderer. Am Schlusse des Abends, als wir zu Vaekehu hinübergingen, nahm Stanislao meinen Arm und schützte mich mit seinem Schirm vor dem Regen, und als das Boot abgefahren war, konnten wir noch in der trüben Finsternis sein Abschiedswinken erkennen. Seine Worte, wenn er uns welche zurief, wurden indes von Regen und dem Tosen der Brandung erstickt.

Soeben ist von Geschenken die Rede gewesen, einer heiklen Frage in der Südsee, die nur allzugut die allgemein verbreitete und von Unwissenheit zeugende Gewohnheit illustriert, Fremdvölker alle über einen Kamm zu scheren. In vielen Gegenden schenkt der Polynesier nur um der Gegengabe willen. Ich habe Inseln gesehen, wo sich die Bevölkerung in hellen Haufen an meine Fersen heftete, und wo man lebhaft an eine Schar Hunde auf der Jagd nach dem traditionellen Katzenbraten denken mußte. Hier war die ewig wiederkehrende Versicherung »Du mein Pleni« (Freund), oder (mit mehr Pathos) »Du ganz wie mein Vater«, natürlich nur mit herzhaftem Hohngelächter aufzunehmen. Den Habgierigen und Geizigen ist ein Geschenk ja überall nur ein Köder, um einen wertvollen Fisch zu fangen. Hier ist es nun einmal der Brauch, Geschenke zu machen und Gegengeschenke in Empfang zu nehmen, und ſolche Charaktere werden im Verfolg der Sitte ſelbſtverſtändlich darauf achten, daß ſie nicht zu kurz kommen. Aber bei Menſchen anderen Schlages gilt grade das Gegenteil. Der ſchäbige Polyneſier hat keine Ruhe, bis er nicht die Gegengabe in Händen hält; der Edelmütige ſorgt ſich, ſolange er ſich nicht revanchiert hat. Der eine iſt enttäuſcht, wenn man ihm nicht mehr gibt als man erhalten hat; der andere iſt unglücklich, wenn er glaubt, daß er weniger ſchenkte. Das war meine Erfahrung; ſteht ſie mit der anderer in Widerſpruch, ſo kann ich nur ihr Pech beklagen und mich des glücklichen Zufalls freuen: das ändert nichts an meinen Beobachtungen und vermindert nicht, was ich empfangen habe. Mehr noch – ich finde, daß meine Gegner häufig von einer recht ſeltſamen Vorausſetzung ausgehen, indem ſie den Polyneſier mit einem Idealmenſchen vergleichen, der von Edelmut und Dankbarkeit trieft; dieſem zu begegnen hatte ich jedoch noch nie die Freude. Sie vergeſſen dabei, daß das, was für uns an Armut grenzt, dem Polyneſier einen faſt unermeßlichen Reichtum bedeutet. Ich werde ein einziges Beiſpiel anführen: Zufällig ſprach ich einmal mit Anerkennung von den Geſchenken Stanislaos einem klugen Manne gegenüber, der die Kanaken weidlich haßte und verachtete. »Was haben Sie da ſchon?« rief er, »einen Haufen alter Männerbärte. Nichts als Schund!« Und der gleiche Herr betonte noch keine halbe Stunde ſpäter, als das Geſpräch eine andere Wendung genommen hatte, nachdrücklich den außerordentlichen Wert, den die Marqueſaner derartigen Dingen beimeſſen; wie ſie ſie jedem anderen Eigentum, mit

Ausnahme von Landbeſitz, vorzögen, und welche Preiſe ſie damit erzielten. Unter Zugrundelegung ſeiner eigenen Zahlen rechnete ich ihm vor, daß die Geſchenke Vaekehus und Stanislaos allein einen Wert von zwei- bis dreihundert Dollar darſtellten; die offizielle Appanage einer Königin beträgt aber nur zweihundertundvierzig Dollar im Jahr.
Aber Freigiebigkeit iſt ebenſo wie außergewöhnlicher Geiz in der Südſee wie bei uns in Europa eine Ausnahme. Im allgemeinen wählt und überreicht der Polyneſier ſeine Geſchenke weder im Hinblick auf Gewinn, noch mit der ausgeſprochenen Abſicht, damit Freude zu bereiten. Ihm gilt es, eine klare geſellschaftliche Pflicht zu erfüllen, und er tut dies, zwar korrekt, aber ohne die geringſte Begeiſterung. Am beſten werden wir ſeinen Standpunkt verſtehen, wenn wir ihn mit dem unſerigen in der verwandten und gleich lächerlichen Frage der Hochzeitsgeſchenke vergleichen. Auch hier ſchenken wir ohne jeden Gedanken an das Gegengeſchenk; wenn jedoch in dem gegebenen Falle die Revanche ausbleibt, fühlen wir uns beleidigt. In den meiſten Fällen ſchenken wir ohne jede Liebe und nur höchſt ſelten mit dem aufrichtigen Wunſche, Freude zu erwecken. Unſere Gabe dient weit eher dazu, unſere eigene Stellung in der Geſellſchaft zu markieren, als unſere Neigung für den Empfänger zu bezeichnen. Ganz ähnlich iſt es bei den meiſten Polyneſiern; ihre Geſchenke ſind eine Formſache, ein Ausdruck der geſellſchaftlichen Anerkennung; ſie werden überbracht und erwidert, wie wir unſere Morgenviſiten machen und empfangen. Ja, der Brauch, Ereigniſſe und Gefühle

durch Geſchenke zu markieren, iſt in der ganzen Inſelwelt zu Hauſe. Ein Geſchenk dient dort als Stempel und als Siegel; der Schenkungsgedanke iſt tief in die Seele des Inſelmenſchen eingegraben. Krieg und Frieden, Heirat, Adoption und Naturaliſation werden durch die Annahme oder Verweigerung von Geſchenken ausgedrückt und gefeiert, und für den Inſulaner iſt es ſo natürlich, Geſchenke zu überbringen, wie für uns, eine Viſitenkartentaſche bei uns zu tragen.

*

## ZEHNTES KAPITEL

### *Ein Porträt und eine Geſchichte*

*

ICH HATTE DES ÖFTEREN BEREITS GELEGENheit, des kürzlich verſtorbenen Biſchofs Dordillon, »Monſeigneurs«, wie er faſt allgemein genannt wird, Erwähnung zu tun, des Apoſtoliſchen Vikars der Marqueſas und Biſchofs von Cambyſopolis in partibus. Überall auf den Inſeln, bei allen Klaſſen und Raſſen, ſteht dieſer prächtige alte Herr in liebevoller und geachteter Erinnerung. Sein Einfluß über die Eingeborenen war unumſtritten. In ihren Augen war er der Größte aller Menſchen – mächtiger als ein Admiral. Sie brachten ihm ihr Geld zur Aufbewahrung, holten ſich für ihre Einkäufe bei ihm Rat und weigerten ſich ſogar, ihren eigenen Grund und Boden mit Bäumen zu bepflanzen, ehe ſie ſich nicht die Zuſtimmung des Vaters der Inſeln verſichert hatten. Zur Zeit des franzöſiſchen Rückzuges aus dem Archipel repräſentierte er allein in ſeiner Perſon Europa; er lebte auf dem Regierungsſitz und herrſchte über das Land durch die Hand Temoanas. Die erſten Wege wurden unter ſeiner Aufſicht und dank ſeiner Überredungskunſt angelegt. Von beiden Seiten wurde die alte Straße zwiſchen Hatiheu und Anaho in Angriff genommen mit der Begründung, daß ſie eine angenehme Abendpromenade abgeben würde, und vollendet wurde ſie durch fortgeſetztes Ausſpielen der Rivalität zwiſchen den beiden Dörfern. Der Prieſter rühmte ſich dann in Hatiheu des Fortſchrittes, den man in Anaho gemacht habe, und den Leuten in Anaho erzählte er: »Wenn ihr euch nicht vorſeht, werden eure Nachbarn ſchon über den Berg ſein, noch ehe ihr den Gipfel erreicht habt.« Heute wäre es unmöglich, ſo zu Werke zu gehen; damals lagen die Dinge anders. Tod, Opium und Entvölkerung hatten noch nicht ſo verheerend gewirkt, und die Leute von Hatiheu ſollen, nach dem was man mir berichtet, an Kleidung miteinander gewetteifert haben; ganze Familien pflegten in der Abendkühle auszugehen und in der Bucht Vergnügungsfahrten und Segelregatten zu veranſtalten. An der allgemeinen Anſicht, daß dieſe Doppelherrſchaft Temoanas und des Biſchofs das letzte, nur allzu kurz dauernde Goldene Zeitalter auf den Marqueſas darſtellt, ſcheint etwas Wahres zu ſein. Allein die Zivilregierung kehrte zurück, die Miſſion mußte binnen vierundzwanzig Stunden das Regierungsgebäude räumen, neue Methoden trugen den Sieg davon und mit dem Goldenen Zeitalter (wie immer es auch geweſen ſein mag) war es vorbei. Der ſtärkſte Beweis für das Anſehen Vater Dordillons iſt die Tatſache, daß ſelbſt dieſe unzeremoniöſe Abſetzung ihm nicht zu ſchaden vermochte.

Seine Methoden den Eingeborenen gegenüber waren überaus milde. Unter dieſen wilden Kindern ſpielte er den lächelnden Vater und war ſtets darauf bedacht, in nebenſächlichen Angelegenheiten die marqueſaniſche Etikette zu wahren. So war zum Beiſpiel in dieſem ſeltſamen Syſtem künſtlicher Verwandtſchaften der Biſchof von Vaekehu als Enkel, ein Fräulein Fiſher in Hatiheu aber als Tochter adoptiert worden. Von jenem

Tage an redete Monſeigneur dieſe junge Dame nie anders als »Mutter« an, und ſchloß ſeine Briefe an ſie ſtets mit allen zeremoniöſen Redensarten eines gehorſamen Sohnes. Zu Europäern konnte er ſtreng, ja faſt hart ſein. Ketzern gegenüber jedoch, mit denen er auf freundſchaftlichem Fuße ſtand, machte er keinen Unterſchied; aber er hielt darauf, daß die Geſetze ſeiner Kirche befolgt wurden, und einmal zum mindeſten ſetzte er einen Weißen hinter Schloß und Riegel, weil er einen kirchlichen Feiertag entheiligt hatte. Allein ſelbſt dieſe Strenge, die dem Laien ſo unerträglich und dem Proteſtanten ſo aufreizend erſcheint, vermochte ſeine Popularität nicht zu erſchüttern. Am beſten werden wir ihn verſtehen können, wenn wir uns vertraute Vergleiche heranziehen. Wir alle haben in Schottland Gottesmänner der alten Schule gekannt, Sabbatheiliger des Wortes, Haderer um den Buchſtaben des Geſetzes, die indes im Privatleben beſcheiden, harmlos, warmherzig und heiter waren. Ganz ſolch ein Mann ſcheint auch Vater Dordillon geweſen zu ſein. Doch ſeine Beliebtheit hielt einer noch ſtärkeren Probe ſtand. Er genoß den vermutlich wohlverdienten Ruf, ein tüchtiger Geſchäftsmann zu ſein, unter deſſen Leitung die Miſſion ſich rentierte. Nichts aber erregt ſo ſehr böſes Blut wie die Beteiligung religiöſer Körperſchaften an Handelsgeſchäften; allein ſelbſt ſeine Konkurrenten unter den Händlern ſprachen mit Achtung von Monſeigneur. Sein Charakter tritt am klarſten aus der Schilderung ſeiner letzten Krankheitsjahre hervor. Der Tag kam, da er wegen ſeiner ſchwachen Augen ſeine literariſchen Arbeiten, ſeine marqueſaniſchen Kirchenlieder, Grammatica und Wörterbücher, ſeine wiſſenſchaftlichen Aufſätze, Sammlungen von Heiligenlegenden und frommen Gedichtbüchern aufgeben mußte. Da ſah er ſich nach einer neuen Tätigkeit um und warf ſich auf die Gartenarbeit. Von morgens bis abends konnte man ihn jetzt mit Spaten und Gießkanne beſchäftigt ſehen; ja, in ſeinem kindlichen Eifer rannte er zwiſchen den Blumenbeeten hin und her. Ein weiterer Schritt zum Verfall und er mußte auch von ſeinem Garten laſſen. Sofort erſann er ſich eine neue Beſchäftigung: jetzt ſaß er in ſeinem Miſſionshauſe und ſchnitt Papierblumen und Girlanden zurecht. Seine Diözeſe war nicht groß genug für ſeinen Tatendurſt; ſämtliche Kirchen der Marqueſas wurden mit ſeinen Handarbeiten tapeziert, und noch immer arbeitete er weiter. »Ja,« ſagte er lächelnd, »ihr werdet ſchön zu tun haben, all meinen Plunder hinauszuwerfen, wenn ich erſt tot bin«. Bei meinem Kommen lag dies Ereignis bereits ſechs Monate zurück, trotzdem hatte ich die Freude, einige ſeiner Trophäen noch aushängen zu ſehen und betrachtete ſie lächelnd. Dieſen Tribut hätte er, wenn ich ſeinen heiteren Charakter recht geleſen habe, allen überflüſſigen Tränen vorgezogen. Die Auflöſung ſeines Körpers ſchritt fort; er, der ſo rüſtig über die rauhen Felſen der Marqueſas geſtiegen war, um kriegeriſchen Stämmen den Frieden zu bringen, mußte eine Zeitlang im Stuhl vom Miſſionshauſe zur Kirche getragen werden und wurde ſchließlich, von Iſchias und Bettſchwären gequält, durch die Waſſerſucht hilflos ans Bett gefeſſelt. Zwei Monate lang lag er ſo ohne jede Klage, bis er am 11. Januar 1888, im neunundſiebzigſten Jahre ſeines Lebens, nach vierunddreißigjähriger Tätigkeit auf den Marqueſas verſchied.

Wer hier hofft, Miſſionen, ob katholiſch oder proteſtantiſch, geſchmäht zu finden, muß anderswo dieſem Vergnügen nachgehen. Trotz ungeheuerlicher Fehler, trotz ihres Mangels an Aufrichtigkeit, an Humor und geſundem Menſchenverſtande, ſind die katholiſchen wie proteſtantiſchen Miſſionare immer noch die beſten und nützlichſten Weißen im Pazifik. Dieſes Thema wird uns noch das ganze Buch hindurch verfolgen; indeſſen dürfte es jetzt wohl am Platze ſein, eine beſtimmte Seite zu beleuchten. Der verheiratete Miſſionar wie der Zölibat haben beide ihre Vorzüge und ihre Mängel. Erſterer vermag im günſtigen Falle dem Eingeborenen etwas zu zeigen, das ihm ſchmerzlich fehlt – eine höhere Auffaſſung des Familienlebens; jedoch wird die Frau an ſeiner Seite ihn in Kontakt mit Europa und außer Kontakt mit Polyneſien halten und parochiale Anſtandsregeln zu verewigen, ja einzuimpfen trachten, die am beſten ganz in Vergeſſenheit gerieten. Die Miſſionarsfrau neigt zum Beiſpiel dazu, ſich fortgeſetzt mit der Bekleidungsfrage zu beſchäftigen. Nur ſehr ſchwer wird man ſie überzeugen, daß irgendein andres Koſtüm als das, woran ſie auf der Promenade zu Clapham*) gewöhnt war, anſtändig iſt. Um dieſes Vorurteil zu befriedigen, zwingt man dann die Eigeborenen dazu, ſich in überflüſſige Unkoſten zu ſtürzen; die Krankheitskeime Europas werden in ſeine Seele gepflanzt, und ſeine leibliche Geſundheit wird gefährdet. Der unverheiratete Miſſionar dagegen wird, einerlei ob zu

*) Kleinstädtischer Vorort Londons.

den Beſten oder Schlechteſten ſeines Standes gehörend, leicht ſich den einheimiſchen Gebräuchen anpaſſen; dazu geſellt ſich dann gemeinhin noch das, was man entweder als das Charakteriſtikum des Zölibaten im allgemeinen oder als ein Erbe der mittelalterlichen Heiligen bezeichnen kann: unordentliche Gewohnheiten und ein unſauberer Körper. Natürlich gibt es auch hierin Abſtufungen; die Miſſionsſchweſter – zu ihrer Ehre ſei's geſagt, iſt ſo proper und friſch wie eine Dame auf einem Ball. Über die Nahrungs- und Koſtfrage iſt nicht viel zu bemerken – vieles an ihr muß den Polyneſier choquieren – doch hat die Annahme einheimiſcher Gebräuche manches für ſich. »Chaque pays a ses coutumes«, ſagt Stanislao; der Miſſionar müßte mit größerer Mäßigung an ſeine delikaten Aufgaben herangehen; und je mehr er das von innen her und vom einheimiſchen Standpunkte aus zu tun vermag, um ſo beſſer wird er ſeine Arbeit verrichten. Hierin ſind uns die Katholiken, wie ich glaube, mitunter überlegen; zum mindeſten weiß ich, daß dies im Vikariate Dordillons der Fall war. Ich habe den Biſchof wegen ſeiner Nachſicht den Einheimiſchen gegenüber tadeln horen, vor allem warf man ihm vor, daß er nicht genügend gegen den Kannibalismus wetterte. Es gehörte aber zu ſeiner Politik, gleich einem älteren Bruder unter den Einheimiſchen zu leben, zu folgen, wo es ihm möglich war, niemals zu treiben, und lieber das Wachstum neuer Gewohnheiten zu fördern als die alten gewaltſam auszurotten. Und ſicherlich wäre es letzten Endes beſſer, wenn ſeine Politik überall befolgt würde.

Man könnte nun annehmen, daß die einheimiſchen Miſſionare toleranter wären, doch iſt das grade Gegenteil der Fall. Neue Beſen kehren gut; und der weiße Miſſionar von heute wird gar häufig durch die Bigotterie ſeines einheimiſchen Gehilfen in Verlegenheit geſetzt. Was wäre auch anders zu erwarten? Auf manchen Inſeln ſind Zauberei, Polygamie, Menſchenopfer und Tabakrauchen alles in einem Atem verboten worden; man hat die Kleidung der Eingeborenen geändert und ſie ſelbſt in ſtarken Ausdrücken gegen die rivaliſierenden chriſtlichen Sekten gewarnt. Das alles hat der gleiche Menſch zu gleicher Zeit und mit dem gleichen Maße von Autorität getan. Welches Kriterium hat nun der Konvertit, um das Weſentliche vom Unweſentlichen zu unterſcheiden? Keines; die Medizin wird ganz geſchluckt; niemals gehen Schulung des Denkvermögens, Unterricht oder Fortſchritt, außer zu brutalen Utilitätszwecken, voran. Dinge bei dem richtigen Namen nennen heißt aber den Aberglauben verbreiten. Das Wort iſt vielleicht etwas unglücklich: nur wenige Menſchen haben wirklich Geſchichte geleſen, viele indeſſen in atheiſtiſchen Traktaten geſtöbert, ſo daß die meiſten daraus voreilig den Schluß ziehen werden, daß alle Arbeit umſonſt iſt. Ganz im Gegenteil: in der Praxis hat ſich herausgeſtellt, daß dieſer halbſpontane Aberglauben, der je nach dem Glaubensbekenntnis des urſprünglichen Wortverkünders und den Gebräuchen der Inſel ſeine Geſtalt verändert, in hohem Maße befruchtend wirkt. Insbeſondere bieten diejenigen, die zu wiederholten Malen hinausziehen, um zu predigen, nachdem ſie aus ihren Erfahrungen gelernt haben, der Welt ein leuchtendes Vorbild. Das beſte Beiſpiel chriſtlichen Heldentums, das ich kennengelernt habe, ging von einem dieſer einheimiſchen Miſſionare aus. Der Betreffende hatte unter Einſetzung ſeiner Perſon zwei Menſchen das Leben gerettet; wie Nathan hatte er dem Tyrannen in der Stunde des Zornes die Stirn geboten; er allein verharrte bei ſeiner Pflicht, als bereits die ganze weiße Bevölkerung geflohen war, und ſein Benehmen bei einem ſchweren häuslichen Kummer, der meine Leſer hier nichts angeht, mußte jeden Außenſtehenden mit Sympathie und Bewunderung erfüllen. Wie ein armes, lächelndes, überarbeitetes, unbedeutendes Männchen ſah er aus; man hätte meinen können, daß außer einer nachgiebigen Gutmütigkeit, von der er allerdings zu viel beſaß, nichts in ihm ſteckte.*)

Zufällig waren die einzigen Rivalen Monſeigneurs und ſeiner Miſſion auf den Marqueſas einige ſolcher braunen Evangeliſten aus Hawaii. Was ſie von Vater Dordillon hielten, weiß ich nicht; ſie ſind die einzige Menſchenklaſſe, die ich hierüber nicht befragt habe, doch vermute ich, daß der Prälat auf ſie herabſah, denn er war in erſter Linie ein ganzer Menſch. Während meines Aufenthaltes in Tai-o-hae kam die jährliche Ferienzeit für die Mädchenſchule heran, und eine ganze Flotille von Walfiſchfängerbooten wurde von Ua-pu hergeſchickt, um die Töchter der Inſel abzuholen. An Bord des einen befand ſich auch einer der Eingeborenenpaſtoren, Kauwealoha, ein famoſer, verwittert aus-

---

*) Die Rede ist hier von Maka, einem hawaiischen Missionar aus Butaritari auf den Gilbertinseln.

ſehender alter Herr von jenem Löwentyp, wie er in Hawaii zu Hauſe iſt. Er beſuchte mich auf der »Casco« und unterhielt mich dort mit der Schilderung eines ſeiner Kollegen, Kekelas, eines Miſſionars der großen Kannibaleninſel Hiva-oa. Es ſcheint, daß kurz nach dem räuberiſchen Beſuch eines peruaniſchen Sklavenſchiffes ein amerikaniſcher Walfiſchfänger in einer der Buchten der Inſel anlegte. Dort wurde er angegriffen und entkam nur mit großer Mühe unter Zurücklaſſung des Maates, eines Mr. Whalons, in den Händen der Eingeborenen. Der Gefangene wurde mit auf den Rücken gebundenen Händen in ein Haus geworfen; und der Häuptling benachrichtigte Kekela von ſeiner Ergreifung. An dieſer Stelle nehme ich die Darſtellung Kauwealohas auf, die ein gutes Beiſpiel des Kanaken-Engliſch bietet. Der Leſer muß ſich dabei vorſtellen, daß ſie mit heftigſter Betonung und ſprechender Pantomime vorgetragen wurde.

»Ich melikaniſchen Maat haben«, ſagt der Häuptling. »Was du mit melikaniſchen Maat machen?« er, Kekela, fragen. »Ich gehen Feuer machen, gehen töten, gehen ihn braten», er ſagt; »du molgen kommen, Stück eſſen.« »Ich nicht wollen melikaniſchen Maat!« Kekela ſagt, »weshalb du wollen?« »Das hier ſchlechtes Schip, Sklavenſchiff«, Häuptling ſagt. »Einmal da ein Schiff von Pelu kommen; er viele Kanaken mitnehmen, er mitnehmen meinen Sohn. Melikaniſcher Maat, er ſchlechter Menſch. Ich gehen, ihn eſſen; du auch Stück eſſen.« »Ich nicht wollen melikaniſchen Maat!« Kekela ſagt; und er weinen – er weinen ganze Nacht. Morgen Kekela, er aufſtehen, er anziehen ſchwarzen Rock, er gehen, Häuptling beſuchen; er ſehen Mr. Whela, ihm ſeine Hand gebunden ſo (Pantomime). Kekela, er weinen. Er ſagen zu Häuptling: »Häuptling, du mögen Sachen von mir? Du mögen Wallfiſchboot?« »Ja«, ſagt er. »Du mögen Feuerwaffen?« «Ja«, ſagt er. »Du mögen ſchwarzer Rock?« »Ja«, ſagt er. Kekela, er nehmen Mr. Whela bei Schulter, er ihn nehmen gleich aus Haus; er geben Häuptling Wallfiſchboot, Feuerwaffen, ſchwarzen Rock. Er nehmen Mr. Whela ſein Haus, machen ihn hinſetzen mit ſeine Flau und Kinder. Mr. Whela trotzdem ganz wie Gefängnis. Er Flau, er Kinder in Melika. Einen Tag da Kekela ſehen Schiff (Pantomime). Er ſagt Mr. Whela, »Mr. Whela?« Mr. Whela, er ſagt »Ja?« Kanaken, ſie beginnen Strand zu gehen. Kekela, er nehmen elf Kanaken, nehmen Ruder, nehmen alles. Er ſagt Mr. Whela. »Jetzt du gehen raſch.« Sie ſplingen Wallfiſchboot. »Du jetzt rudern!« Kekela, er ſagt: »Du rudern ſchnell, ſchnell!« (Heftige Pantomime und eine Geſte, die beſagen will, daß der Erzähler das Boot verlaſſen hat und auf den Strand zurückgekehrt iſt.) Alle Kanaken, ſie ſagen: »Wie? Melikaniſcher Maat, er folt?« In Boot ſpringen, rudern hinterher. (Heftige Pantomime und abermaliges Einſteigen in das Boot.) Kekela, er ſagt, »du rudern ſchnell!«

An dieſer Stelle glaube ich, verwirrte mich Kauwealohas Pantomime; ſeine ipsissima verba ſind mir entfallen, und ich kann nur auf meine weniger temperamentvolle Art hinzufügen, daß man das Schiff glücklich erreichte, daß Mr. Whalon an Bord genommen wurde, und daß Kekela zu ſeinen kannibaliſchen Gemeindekindern zurückkehrte. Doch wie ungerecht ist es, das Radebrechen eines Ausländers in einer unvollkommen erlernten Sprache wiederzugeben! Ein gedankenloser Leser könnte sich Kauwealoha und seinen Kollegen als ein paar liebenswürdige Affen vorstellen. Allein ich habe das Gegenmittel zur Hand. Als Belohnung für diese Tat ritterlicher Menschenliebe überreichte die amerikanische Regierung Kekela eine Summe Geldes, und Präsident Lincoln persönlich sandte ihm eine goldene Uhr. Aus seinem in seiner Muttersprache verfaßten Dankesschreiben möchte ich nachfolgenden Auszug wiedergeben. Ich beneide den Mann nicht, der ihn ohne Rührung zu lesen vermöchte:

»Als ich einen Ihrer Landsleute, einen Bürger Ihrer großen Nation, mißhandelt sah und im Begriffe, gebraten und gegessen zu werden, so wie man ein Schwein ißt, lief ich, um ihn zu retten, voller Mitleid und Gram über die böse Tat eines umnachteten Volkes. Ich gab mein Boot hin für des Fremdlings Leben. Dieses Boot stammte von James Hunnewell und war eine Gabe der Freundschaft. Es wurde das Lösegeld ihres Landsmannes, auf daß er nicht von Wilden, die nichts von Jehova wissen, gegessen werde. Dies war Mr. Whalon, und das Datum war der 14. Januar 1864.

Was nun diese Tat der Freundschaft betrifft, durch die ich Mr. Whalon rettete, so stammt ihr Same aus Ihrem großen Lande, und er wurde mir gebracht von einem Ihrer Landsleute, der der Liebe Gottes teilhaftig geworden war. Er wurde gepflanzt in Hawaii, und ich nahm ihn mit, um ihn in diesem Lande und in diesen dunklen Gegenden zu pflanzen, auf daß sie teilhaftig werden möchten dessen, was die Wurzel alles Guten und Wahren ist, welches da ist die Liebe.

1. Die Liebe zu Jehova.
2. Die Liebe zu uns selbst.
3. Die Liebe zu unserem Nächsten.

Hat ein Mensch Genüge an diesen dreien, so ist er gut und heilig, wie sein Gott Jehova in seinem dreieinigen Charakter (Vater, Sohn und heiliger Geist), eins-drei, drei-eins. Hat er indes nur deren zwei, so ist dies nicht gut; hat er aber nur deren eines und mangelt er deren zwei, so ist dies, wahrhaftig, auch nicht gut; hegt er jedoch deren alle drei, so ist er in Wahrheit heilig nach der Weise der Bibel.

Dieses ist ein großes Ding, dessen Ihre große Nation sich rühmen darf vor allen anderen Nationen der Erde. Aus Ihrem großen Lande ward ein überaus kostbarer Same gebracht in das Land der Finsternis. Hier wurde er gepflanzt, nicht durch Kanonen und Kriegsschiffe und Drohungen. Er wurde gepflanzt mit Hilfe der Unwissenden, der Geringen, der Verachteten. Solches war die Einführung des Wortes des Allmächtigen Gottes in diese Inselgruppe Nuuhiwa. Groß ist meine Schuld an die Amerikaner, die mich alle Dinge gelehrt haben, die not tun, für dieses und für das zukünftige Leben.

Wie soll ich Ihnen Ihre große Güte gegen mich vergelten? So fragte David Jehova, und so frage ich Sie, den Präsidenten der Vereinigten Staaten. Dieses ist der einzige Entgelt, den ich habe – das, was ich von dem Herrn empfing, Liebe – (aloha).«

*

## ELFTES KAPITEL

### *Langschwein – eine Hochburg des Kannibalismus.*

*

NICHTS ERREGT IN UNS STÄRKEREN WIDERwillen als der Kannibalismus, nichts untergräbt ſo ſicher die Grundlagen der Geſellſchaft, nichts – ſo könnte man meinen – verhärtet und erniedrigt ſo ſehr das Gemüt des Menſchen, der ihn treibt. Und doch erwecken wir ſelbſt in den Augen des Buddhiſten und Vegetarianers kaum einen anderen Eindruck. Wir eſſen die Leichen von Geſchöpfen, die ähnlichen Appetit, ähnliche Leidenſchaften und ähnliche Organe haben wie wir; wir ernähren uns von Säuglingen, wenn auch nicht von unſeren eigenen, und das Schlachthaus hallt tagtäglich wieder vom Geſchrei der Schmerzen und der Furcht. Zwar machen wir Unterſchiede; indeſſen beweiſt der Widerwillen mancher Nationen gegen das Fleiſch des Hundes, eines Tieres mit dem man auf dem intimſten Fuße zuſammenlebt, auf wie ſchwanker Grundlage dieſe Unterſchiede ruhen. Das Schwein ſtellt in der Inſelwelt das wichtigſte tieriſche Nahrungsmittel dar, und ich hatte, dank dem verſchärften Sinn, den meine kannibaliſche Umgebung in mir großzog, des öfteren Gelegenheit, ſeinen Charakter und ſeine Todesart hier zu beobachten. Viele Inſelmenſchen leben mit ihren Schweinen zuſammen wie wir mit unſeren Hunden; beide drängen ſich gleich frei an den häuslichen Herd, und das polyneſiſche

Schwein iſt ein Burſche voller Aktivität, Initiative und auch Vernunft. Es ſchält zum Beiſpiel ſelbſt ſeine Kokosnüſſe und rollt ſie (wie man mir ſagt) in die Sonne, damit ſie dort ſchneller reifen und platzen. Meine Mutter ſah einmal eines dieſer Tiere mit einem Lamm in der Schnauze in die Wälder flüchten, und ich beobachtete bei einer anderen Gelegenheit, wie ein Schwein zu dem raſchen, wenn auch falſchem Schluße gelangte, daß die »Casco« am Untergehen ſei, worauf es auf der Suche nach Rettung durch hohen Seegang nach der Reeling ſchwamm. In unſerer Kindheit hatte man uns erzählt, daß Schweine nicht ſchwimmen könnten; ich habe aber erlebt, daß ein Schwein fünfhundert Meter weit ans Ufer ſchwamm und in das Haus ſeines urſprünglichen Beſitzers zurückkehrte. Einmal während eines Aufenthaltes in Tautira übernahm ich die Rolle eines Schweinemeiſters ziemlich großen Stiles. Anfänglich herrſchte in meinem Koben eitel Eintracht und Wohlwollen. Eine junge Sau mit Bauchgrimmen kam hilfeſuchend zu uns, ganz wie ein Kind, und dann war ein gutgebauter ſchwarzer Eber da, den wir Catholikus nannten, da er ein Geſchenk der Katholiken des Dorfes war, und der ſchon früh Zeichen des Mutes und der freundſchaftlichen Geſinnung zu erkennen gab. Catholikus erlaubte es keinem Tier, ob Hund oder Schwein, beim Freſſen in ſeine Nähe zu kommen; dagegen bezeugte er Menſchen gegenüber in vollſtem Maße jene kriechende Anhänglichkeit, die wir bei niedrigeren Tieren ſo häufig finden, und die vielleicht der Hauptgrund für ihr Anrecht auf dieſe Bezeichnung darſtellt. Als ich nun eines Tages in meinen Schweineſtall trat, war ich über die Maßen erſtaunt, zu finden, daß Catholikus ſich quiekend vor Schrecken vor mir zurückzog; und hatte ich mich über dieſe Veränderung gewundert, ſo war ich beſchämt, als ich ihre Urſache erfuhr. Eines der Schweine war an jenem Morgen geſchlachtet worden; Catholikus war bei dem Morde anweſend geweſen, er hatte entdeckt, daß er zwiſchen den Fleiſchbänken wohnte, und von jenem Augenblicke an hatten ſein Vertrauen und ſeine Freude am Daſein ein Ende. Lange noch ſchonten wir ſein Leben, aber er konnte den Anblick eines zweibeinigen Geſchöpfes nicht ertragen, und wir vermochten ihm unter dieſen Umſtänden nicht mehr grade in die Augen zu ſehen. Ich habe außerdem, wenn auch nur aus Hörweite, an dem Akt der Hinrichtung teilgenommen. Die Schmerzensſchreie des Opfers hätte ich vielleicht noch ertragen können, aber etwas an der Exekution klappte nicht, und ſein Entſetzen wirkte anſteckend: irgendwie ſchlug ſein Herz doch nach dem gleichen Rhythmus wie das unſrige. Auf ſolchen »Grundlagen des Schreckens« ruht auch unſer europäiſches Leben, und doch gehört der Europäer zu den wenigſt grauſamen Völkerraſſen. Der ganze Apparat des Mordens, die ganze Brutalität der Vorbereitungen werden ängſtlich vor der Welt verborgen; eine übermäßige Empfindſamkeit herrſcht auf der Oberfläche, und Damen würden bei der Schilderung eines Bruchteils deſſen, was ſie tagtäglich ihren Metzgern zumuten, in Ohnmacht fallen. Ja, manche werden ſich in ihrem Innerſten vielleicht ſchon über die Roheit dieſer Abſchnitte empören. So iſt es auch mit dieſen Inſelkannibalen. Sie waren nicht grauſam.

Abgeſehen von dieſem Brauche ſind ſie ein überaus gütiges Volk. Im Grunde genommen iſt es ja weniger abſcheulich, einen Menſchen nach ſeinem Tode zu zerſtückeln, als ihn während ſeines Lebens zu bedrücken; und ſelbſt die Opfer ihres Appetites wurden, ſo lange ſie lebten, freundlich behandelt und zuletzt plötzlich und auf möglichſt ſchmerzloſe Weiſe umgebracht. Und in »kultivierten« polyneſiſchen Kreiſen gilt es zweifellos auch als unfein, ſich bei dem aufzuhalten, was an dem Brauche häßlich iſt.

Der Kannibalismus iſt über den ganzen Pazifik, von den Marqueſas bis Neuguinea, von Neuſeeland bis Hawaii, verbreitet; hier ſteht er in vollſter Blüte, dort friſten nur kümmerliche und unbedeutende Überreſte ihr Daſein. In Hawaii liegen die Dinge am unklarſten. Von Kannibalismus wird nur in einem einzigen Falle, während eines Krieges, berichtet, und man hält ihn anſcheinend für eine Ausnahme, wie z. B. bei Gebirgsräubern ähnlich denen, die durch die Hand Theſeus fielen. In Tahiti hat ſich ein einziger Fall erhalten, der iſt allerdings überzeugend. In hiſtoriſchen Zeiten, als in den Tempeln noch Menſchenopfer veranſtaltet wurden, bot man offiziell die Augen des Opfers dem Häuptlinge – als Delikateſſe für den vornehmſten Gaſt – dar. Ganz Melaneſien ſcheint verſeucht zu ſein. Dagegen fand ich in Mikroneſien und auf den Marſchallinſeln, die ich allerdings nur als Reiſender kennengelernt habe, kar keine Spuren, und ſelbſt in der Gilbertzone ſuchte und forſchte ich vergebens. Zwar erzählte man mir Geſchichten von Menſchen, die in Hungersnöten gegeſſen worden wären, aber ſie konnten meinem Zwecke nicht genügen, denn das gleiche wird im äußersten Notfalle von allen Rassen und Menschengeschlechtern getan. Endlich entdeckte ich in einigen handschriftlichen Aufzeichnungen Dr. Turners, in die man mir in Malua Einblick gewährte, einen vernichtenden Beweis. Auf der Insel Onoatoa besteht die Strafe für Diebstahl im Getötet- und Gegessenwerden. Wie sollen wir aber einen Brauch erklären, der über ein so ungeheures Gebiet, unter Völkern so verschiedener Kulturstufen und so mannigfacher Blutmischungen ganz allgemein verbreitet ist? Welcher Umstand ist ihnen sämtlich gemeinsam, wenn nicht der, daß sie alle auf Inseln bar oder doch fast bar jeder fleischlichen Nahrung leben? Ich wenigstens habe niemals finden können, daß es dem Menschen bestimmt sei, sich von Pflanzen allein zu ernähren. Wenn unsere Vorräte auf den Inseln zur Neige gingen, fing ich allmählich an, mich nach dem Tage zu sehnen, an dem unsere Sparsamkeit es uns gestattete, wieder einmal eine Büchse elenden Hammelfleisches zu öffnen. Und in einer der Pazifiksprachen zum mindesten gibt es einen Ausdruck, der besagt, daß man »hungrig nach Fisch« ist, also einen Zustand erreicht hat, in dem Vegetabilien einen nicht länger befriedigen und es der Seele, ähnlich den alten Hebräern in der Wüste, nach den Fleischtöpfen gelüstet. Wenn man dann noch die bereits zitierten Beweise der Überbevölkerung und drohenden Hungersnot hinzurechnet, vermögen wir, glaube ich, den Grund für die Genüsse zu erkennen, denen der Inselkannibale fröhnt.

Es ist nicht mehr als billig, beide Seiten jeder Frage

zu beleuchten; doch bin ich weit davon entfernt, eine Apologie dieſes mehr als beſtialiſchen Laſters verfaſſen zu wollen. Die höheren polyneſiſchen Raſſen wie die Tahitier, Hawaiier und Samoaner waren alleſamt längſt dieſem Brauche entwachſen und hatten ihn zum Teil ſchon vergeſſen, ehe Cooks oder Bougainvilles Topſegel ſich in ihren Gewäſſern zeigten. Nur auf einigen der flachen Inſeln, wo der Lebensunterhalt beſonders ſchwierig zu beſchaffen iſt, und bei unverbeſſerlichen Wilden wie bei den Neuſeeländern oder Marqueſanern hat er ſich aufrecht erhalten. Die Marqueſaner haben die Menſchenfreſſerei mit ihrem ganzen Leben verwoben; Langſchwein war ihnen gewiſſermaßen Zahlungsmittel und Sakrament. Es bildete den Lohn des Künſtlers, diente zur Feier öffentlicher Ereigniſſe und ſtellte bei Gelagen den Hauptanlaß und die beſte Attraktion dar. Heute jedoch müſſen ſie dieſe blutige Verquickung büßen. Bei ihrem Kreuzzuge gegen den Kannibalismus ſahen die Behörden ſich gezwungen, nacheinander die verſchiedenen Künſte und Vergnügungen der Marqueſaner ſcharf unter die Lupe zu nehmen. Da entdeckten ſie, das ſie alle mit Kannibalismus durchtränkt waren und ſetzten ſie nacheinander auf die verbotene Liſte. Die Tätowierungskunſt der Marqueſaner ſtand einzig da; wundervoll war ihre Ausführung, ſchön und verſchlungen die Zeichnungen; nichts vermag bei einem wirklich ſchönen Menſchen ſo die Schönheit zu erhöhen, und wenn es auch zu Anfang Schmerzen bereitet, ſo glaube ich doch, daß es mit der Zeit lange nicht ſo ſchmerzhaft iſt. Jedenfalls iſt das Tätowieren weit kleidſamer als die ſchändliche europäiſche

Mode des Schnürens bei Frauen. Und jetzt hat man es für nötig befunden, ſogar dieſe Kunſt zu verbieten. Ihre Tänze und Lieder waren zahlreich, das Geſetz hat ſie zu Dutzenden unterſagt. Heute ſteht der Marqueſaner mit leeren Händen der Langenweile ſeiner an Ereigniſſen armen Tage gegenüber; doch wer wollte ihn bemitleiden? Auch der Mildeſte wird ſagen, daß ihm recht geſchieht.

Der Tod allein vermag die Rache des Marqueſaners nicht zu befriedigen, das Fleiſch muß gegeſſen werden. Der Häuptling, der ſich Mr. Whalons bemächtigte, rechtfertigte ſeinen Wunſch mit der Erklärung, daß er ſich rächen müßte. Vor zwei oder drei Jahren ergriffen und ſchlachteten die Anwohner eines beſtimmten Tales einen armen Kerl, der ſie beleidigt hatte. Sein Vergehen war, wie man annehmen darf, ſchwer; ſie konnten es nicht ertragen, daß ihre Rache unvollſtändig blieb, wagten aber nicht, unter den Augen der Franzoſen ein öffentliches Feſt zu veranſtalten. Folglich wurde der Körper zerteilt; jederman zog ſich in ſein Haus zurück, um insgeheim den Ritus zu vollziehen, und trug ſeinen Anteil des gräßlichen Fleiſches in einer ſchwediſchen Streichholzſchachtel mit ſich. Der barbariſche Inhalt des Dramas ſteht in auffallendem Gegenſatz zu den europäiſchen Mitteln, die dabei verwendet wurden. Noch merkwürdiger iſt ein Vorfall, der ſich 1888, alſo während meines dortigen Aufenthaltes, ereignete. Im Frühjahr umſchlichen ein Mann und eine Frau wiederholt das Schulhaus in Hiva-oa, bis ſie ein Kind, auf das ſie es abgeſehen hatten, alleine fanden. Sie näherten ſich ihm dann mit ſchmeichelnden Redensarten und unterwürfigem Benehmen. »Bist du der und der, Sohn von dem und dem?« fragten sie, liebkosten es und lockten es tiefer in den Wald hinein. Da erwachte der Instinkt in der Brust des Kindes, vielleicht verriet auch irgendein Blick die furchtbare Absicht der Betrüger. Es versuchte, ihnen zu entrinnen, begann zu schreien, und sie warfen die Maske ab, packten es noch fester und fingen an zu laufen. Sein Schreien wurde gehört; seine Schulkameraden, die in der Nähe spielten, rannten herbei, um es zu retten. Das scheußliche Paar entfloh und verschwand in den Wäldern. Niemals hat man ergründet, wer sie waren; es folgte auch keine Anklage, aber man nahm ganz allgemein an, daß sie einen Groll gegen den Vater des Kindes hegten und die Absicht hatten, es aus Rache zu verspeisen. Überall auf den Inseln wie bei unseren Ahnherrn daheim gibt der Rächer, wie man bemerkt haben wird, sich nicht erst die Mühe, das Individuum zu treffen. Die Familie, eine Klasse, ein Dorf, ein ganzes Tal oder eine Insel, ja ein Volk teilt gleichmäßig die Schuld seiner Mitglieder. So mußte in meiner Geschichte der Sohn für den Vater büßen, und Mr. Whalon, der Maat eines amerikanischen Walfischfängers, sollte für die Missetaten eines peruanischen Sklavenschiffes bluten und verspeist werden. Mir fällt bei dieser Gelegenheit ein Vorfall in Jaluit auf der Marschallgruppe ein, der mir von einem Augenzeugen berichtet wurde, und den ich dank der Seltsamkeit der Szene hier wiedererzählen möchte. Zwei Männer hatten die Feindschaft der Häuptlinge von Jaluit erregt, und ihre Frauen wurden ausgewählt, um die Strafe zu erdulden. Ein einziger Mann diente als Henker. Früh am Morgen in Gegenwart einer großen Zuſchauermenge watete er zwiſchen ſeinen beiden Opfern auf ein Riff hinaus. Beide beklagten ſich weder, noch leiſteten ſie Widerſtand. Geduldig zogen ſie neben ihrem Vernichter her, bückten ſich auf ſein Kommando, als er weit genug gewatet war, und er hielt ſie beide unter Waſſer, indem er je eine Hand auf ihre Schultern legte, bis ſie ertranken. Zweifellos waren, obwohl mein Gewährsmann mir dies nicht berichtet hat, ihre Familien währenddeſſen laut klagend am Strande verſammelt.

Von Hatiheu aus unternahm ich meinen erſten Ausflug nach einer Hochburg des Kannibalismus.

Der Tag war ſchwül und bewölkt. Ein heftiger tropiſcher Regen wurde von kurzem, glühendem Sonnenſchein abgelöſt. Der grüne Pfad wand ſich ſteil aufwärts. Der kleine Schulbub, der uns als Führer diente, lief dicht vor uns her, und Vater Siméon trug im Gehen ſein Taſchenbuch in der Hand, zählte mir die Namen der Bäume auf und las mir aus ſeinen Notizen die Schilderung ihrer verſchiedenen Eigenſchaften vor. Allmählich zeigte uns der Weg im Höherklimmen das Tal von Hatiheu, weit ausgebreitet zu unſeren Füßen, und der Prieſter beſchrieb uns unter gelegentlicher Zuhilfenahme ſeines Führers die Grenzen und nannte mir die Namen der großen Stämme, die hier in alten Tagen in beſtändiger Fehde miteinander gelebt hatten; einer im Nordoſten, einer am Meere und der dritte hinter den Bergen. Mit einem Überlebenden dieſes letzten Stammes hatte Vater Siméon einmal geſprochen. Bis zur Vergrabung des Kriegsbeiles war er niemals an das Meer gekommen, noch hatte er, wenn ich mich recht erinnere, je Seefiſche gegeſſen. So lebten die Clans eingepfercht und belagert, jeder in ſeinem Kanton. Ein einziger Schritt außerhalb der Grenzen hieß den Tod herausfordern. Kam eine Hungersnot, ſo mußten die Männer in die Wälder ziehen, um Kaſtanien und andere kleine Früchte zu ſammeln; ſelbſt heute noch müſſen die Schulen aufgehoben und die Schüler truppweiſe zum Fouragieren ausgeſandt werden, wenn die Eltern mit ihren wöchentlichen Abgaben im Rückſtande ſind. Aber in den alten Tagen pflegten, wenn ein Clan in Not geriet, die anderen auf dem Qui vive zu ſein. Überall legte man in den Wäldern Hinterhalte, und wer nach Pflanzennahrung auszog, konnte, ehe er ſich's verſah, auf der Strecke bleiben, um ſeinem Erbfeinde als Braten zu dienen. Noch war es nötig, dazu erſt eine beſondere Gelegenheit abzuwarten. Ein Dutzend verſchiedener natürlicher Zeichen und genoſſenſchaftlicher Ereigniſſe konnten dieſes Volk auf den Kriegspfad und zur Kannibalenjagd rufen. Mochte nun einer aus Häuptlingsgeſchlecht ſeine Tätowierung beendet haben, mochte einer Häuptlingsfrau ihre Stunde nahe ſein, mochte einer der Flüſſe, die ſich bei Hatiheu ins Meer ergießen, ſein Bett verlaſſen haben, ein beſtimmter Vogel ſingen, eine gewiſſe ominöſe Wolkenbildung ſich über den nördlichen Meeren zeigen – ſofort wurden die Waffen geölt, und die Menſchenjäger ſchwärmten in die Wälder aus, um ihre brudermörderiſchen Ambuskaden zu legen. Außerdem ſoll ſich bei Hungersnöten der Prieſter gelegentlich in ſein

Haus eingeſchloſſen haben, wo er eine beſtimmte Zeitlang wie tot lag. Wenn er dann wieder hervorkam, geſchah es, um drei Tage lang nackt und ausgehungert durch das Stammesgebiet zu laufen und des Nachts allein an heiliger Stätte zu ſchlafen. Während der Zeit waren die anderen gezwungen, ihre Häuſer zu hüten, denn einem Prieſter auf ſeiner Runde zu begegnen, bedeutete den Tod. Am Abend des vierten Tages war das Rennen zu Ende; der Prieſter kehrte unter ſein Dach zurück, das Laienvolk kam wieder zum Vorſchein, und am nächſten Morgen wurden die Namen der Opfer genannt. Dieſe Erzählung von dem Prieſter iſt mir nur von einem einzigen Gewährsmanne – allerdings von einem zuverläſſigen – berichtet worden, ich gebe ſie daher mit Vorbehalt wieder. Die Einzelheiten ſind ſo merkwürdig, daß ich ſie, wie ich glaube, des öfteren gehört hätte, wenn ſie auf Wahrheit beruhten. Über einen Punkt ſcheint indes kein Zweifel zu beſtehen: mitunter wurde der Feſtbraten auch von dem Stamme ſelbſt geliefert. Ja, in knappen Zeiten mußten alle, die nicht durch ihre Familienbeziehungen geſchützt waren, um ihr Leben zittern. Jeder Widerſtand war vergeblich, jede Flucht nutzlos. Auf allen Seiten war man von Kannibalen umgeben; das Feuer war bereit, der Ofen rauchte, ſei es in Feindesland, ſei es im Tale der Väter.

An einer beſtimmten Krümmung des Weges bog unſer kleiner Führer nach links in das Zwielicht der Wälder ein. Wir befanden uns jetzt auf einem der alten Eingeborenenwege, der hoch oben unter einem Walddom ſcheinbar willkürlich über Felsblöcke und tote

Baumſtämme hinführte. Aber der Burſche wand ſich bergauf, bergab, die Kreuz und die Quer, ohne innezuhalten, denn dieſe Wege ſind für die Eingeborenen ſo klar zu erkennen, wie für uns die königliche Heerſtraße, ſo daß ſie ſich in den Zeiten der Menſchenjägerei eher noch Mühe gaben, ſie zu verwiſchen, als zu verbeſſern. Die Luft in dieſer Waldeskrypta war feucht, heiß und kalt; auf das Laub zu unſeren Häupten praſſelte ein lärmender Tropenregen, doch fielen nur hier und da, wie bei einem undichten Ziegeldach, einzelne Tropfen und hinterließen auf meinem Regenmantel Flecken. Nach einer Weile türmte ſich der ungeheure Stamm eines Banyan vor uns auf. Er ſchien ſchien auf etwas zu ruhen, das den Trümmern einer alten Feſtung glich, und unſer Führer blieb ſtehen, ſtreckte den Arm aus und erklärte uns, wir hätten die Paepae tapu erreicht.

Paepae bedeutet eine Diele oder Plattform, wie ſie die Eingeborenen an ihren Häuſern haben, und ſelbſt ſolch eine gewöhnliche Paepae oder Paepae-hae kann, wenn ſie verödet und den Geiſtern anheimfällt, als mehr oder weniger tapu bezeichnet werden. Die heilige Stätte jedoch, die ich jetzt betrat, war in ganz großem Stile erbaut. Soweit mein Auge das dunkle Unterholz zu durchdringen vermochte, war der Waldboden gepflaſtert. Eine dreifache Terraſſe ſtieg den Abhang hinauf; auf der Vorderſeite umſchloß eine verfallene Rampe die Hauptarena, deren Grundfläche von einer Reihe von Brunnen durchbrochen wurde und in verſchiedene kleine Einfriedungen geteilt war. Von dem Oberbau waren keinerlei Überreſte erhalten geblieben, und der

Plan des Amphitheaters war schwer zu erfassen. In Hiva-oa besuchte ich noch einen anderen derartigen Bau, der zwar kleiner, aber besser erhalten war, so daß man ohne Schwierigkeit die Sitzreihen erkennen und die isoliert gehaltenen Ehrenplätze für die Personen von Rang unterscheiden konnte. Dort war an der oberen Plattform auch ein Querbalken des Tempels oder Totenhauses erhalten geblieben, dessen Stützen mit reichen Schnitzereien versehen waren. In früheren Zeiten wurde das Heiligtum sorgfältig gepflegt. Außer dem heiligen Banyan litt man keinen Baum auf seinen Stufen, kein moderndes Blatt auf seinem Fußboden. Die Steine waren schön glatt aneinander gefügt und wurden, wie man mir sagt, mit Öl poliert. Ringsum im Kreise lagen in ihren Unterkunftshütten Wächter des Heiligtums, um es zu schützen und zu reinigen. Keines anderen Menschen Fuß durfte ihm nahen, nur der Priester kam in den Tagen seines Rennens, um dort zu schlafen – und vielleicht von seiner gottlosen Mission zu träumen. Aber zu Festzeiten strömte der Stamm in Scharen zu dem Heiligtume, und jeder hatte seinen bestimmten Platz. Es gab Sitze für die Häuptlinge, für die Trommler, Tänzer, Frauen und Priester. Die Trommeln – vielleicht zwanzig an der Zahl und manche davon zwölf Fuß hoch – dröhnten fortgesetzt im Takt. Im Takte ließen die Sänger ihren langgezogenen, schaurigen, heulenden Gesang ertönen; im Takt und mit ihrem kostbarsten Putz bekleidet schritten, sprangen, schaukelten sich und gestikulierten die Tänzer – während ihre federgeschmückten Finger wie Schmetterlinge durch die Luft wirbelten. Der Sinn für Rhythmus ist bei allen Ozeanrassen sehr ausgebildet; sicherlich fiel bei solch einem Fest jeder Laut mit der dazugehörigen Bewegung zusammen. Um so einheitlicher daher auch die Unruhe der Festteilnehmer, um so barbarischer müßten diese Menschen dem Europäer erschienen sein, der sie hätte belauschen dürfen, wie sie dort in der glühenden Sonne und im tiefen Schatten des Banyan hockten, eingeschmiert mit Safran, um den Arabesken der Tätowierung ein noch stärkeres Relief zu geben: die Weiber durch tagelange Haft zu fast europäischer Hautfarbe verblaßt, die Häuptlinge gekrönt von den silbernen Helmbüschen aus Altmännerbärten und geschürzt mit den Haaren toter Frauen. Inzwischen wurden den Weibern und dem gewöhnlichen Volke alle möglichen Inselgerichte gereicht, während man für die, die das Vorrecht hatten, davon essen zu dürfen, die Körbe voll Langschwein zum Totenhause schleppte. Man sagt, daß die Feste sich lange hinzogen; durch viehische Ausschweifungen erschöpft, kehrte das Volk von ihnen heim, und seine Häuptlinge verließen sie, schwer von der bestialischen Speise. Es gibt bestimmte Empfindungen, die wir spezifisch menschlich nennen, indem wir allen denen, die ihrer mangeln, diese Bezeichnung absprechen. Bei solchen Festen wird, besonders wenn das Opfer in der Heimat geschlachtet wurde, und die Männer von dem armen Fleisch eines Kameraden, mit dem sie in ihrer Kindheit gespielt, oder einer Frau, deren Gunst sie genossen haben, schmausen, der gesamte Komplex dieser Empfindungen beleidigt. Dies allzu nahe betrachten, heißt den Eifer der selbstgerechten alten Schiffskapitäne verſtehen, wenn nicht gar entſchuldigen, die in früheren Zeiten ihre Kanonen zu bemannen pflegten und im Vorbeifahren auf eine Kannibaleninſel Feuer eröffnen ließen.

Und doch war es ſeltſam. Als ich hier unter dem hohen, triefenden Walddach ſtand neben dem jungen Prieſter in dem Faltengewande auf der einen und dem helläugigen marqueſaniſchen Schulbuben auf der anderen Seite, ſchien die ganze Angelegenheit unendlich fern zu liegen, verſunken in der kalten Perſpektive und dem harten Lichte der Geſchichte. Vielleicht war es das Gebaren des Prieſters, das mich rührte. Er lächelte, er ſcherzte mit dem Jungen, dem Erben ſowohl dieſer Feſtgenoſſen wie ihrer Speiſe; er klatſchte in die Hände und gab mir eine Stanze der alten, verhängnisvollen Chorgeſänge zum beſten. Jahrhunderte hätten vergangen ſein können, ſeitdem dies ſchlüpfrige Theater das letztemal in Tätigkeit geweſen, und ich betrachtete die Stätte mit nicht ſtärkeren Gefühlen als ich irgendeinen beliebigen hiſtoriſchen Ort in Europa beſichtigt hätte. In Hiva-oa dagegen, als ich mir vergegenwärtigte, daß dieſe Sache immer noch lebendig war und dicht unter meinem Fuße ſchlummerte, ja, daß es durchaus innerhalb der Möglichkeiten läge, den Schrei eines gefangenen Opfers zu vernehmen, verſagte mein hiſtoriſcher Standpunkt vollkommen, und ich ſpürte etwas wie Widerwillen gegen die Eingeborenen. Aber auch hier hielten die Prieſter an ihrer ſcherzhaften Haltung feſt und neckten die Kannibalen gleichſam wegen einer Exzentrität, die ſie eher als lächerlich denn als gräßlich zu empfinden ſchienen, wobei ſie ſie wohl durch gutmütigen Spott ob dieſes Brauches zu beſchämen ſuchten, wie wir ein Kind beſchämen, das Zucker geſtohlen hat. Hierin vermögen wir wieder den milden und klugen Geiſt Biſchof Dordillons zu erkennen.

*

## ZWÖLFTES KAPITEL

### *Die Geſchichte einer Pflanzung*

*

TAAHAUKU AN DER SÜDWESTKÜSTE DER INSEL Hiva-oa – Tahuku ſagen die maulfaulen Weißen – kann als der Hafen Atuonas bezeichnet werden. Es iſt ein kleiner, ſchmaler Ankerplatz, zwiſchen zwei niedrige, felſige Landzungen eingeklemmt, der ſich im Hintergrunde in ein waldreiches Tal öffnet. Ein kleines, jetzt außer Gebrauch geſetztes franzöſiſches Fort beherrſcht das Tal und die Einfahrt. Atuona ſelbſt, das im Schoße der benachbarten Bucht ruht, wird von einem Amphitheater von Bergen eingeſchloſſen, die auch die nähere Umgebung Taahaukus überragen und der Landſchaft ihren Hochgebirgscharakter verleihen. In Wahrheit ſoll ihre Höhe nicht mehr als viertauſend Fuß betragen, aber Tahiti mit achttauſend und Hawaii mit fünfzehntauſend Fuß bieten kein ſolches Bild ſchroffer, düſterer Alpen. Morgens, wenn die Sonne direkt auf ſie fällt, ragen ſie wie eine ungeheure Wand empor, grün bis zu ihrem Gipfel, falls zufällig der Gipfel ſichtbar iſt – und mit vereinzelten Waſſerläufen, eng und ſchmal wie Riſſe im Felſen, auf ihrem Antlitz eingegraben. Je weiter der Tag vorrückt, um ſo ſchräger treffen ſie die Sonnenſtrahlen, dann tritt die Meißlung der Kette ſtärker hervor. Ungeheure Schluchten verſinken im Schatten, rieſige, gewundene Rampen ſpringen gegen die Sonne gezeichnet hervor. Zu allen Tageszeiten aber begegnet das Auge neuen Schönheiten, und der Geist auch der nämlichen drohenden Melancholie. Diese Berge, die die luftige und nimmerendende Flut der Passatwinde brechen und ablenken, sind zweifellos auch für das Klima verantwortlich. Ein starker Luftzug wehte Tag und Nacht über den Ankerplatz. Tag und Nacht flohen die gleichen phantastischen, unsteten Wolken über den Himmel hin, hob und senkte sich die nämliche düstere Nebel- und Regenkappe über den Gipfeln. Die Landwinde bliesen stark und kalt, und die See war wie die Luft in ständigem Aufruhr. Die Dünung schob sich in die enge Einfahrt wie Schafe in eine Hürde, zerspellte rechts und links hoch aufschäumend auf der einen und flach und eben auf der anderen Seite, ließ ein gewisses Zugloch ständig tönen und dampfen, wie der Schlund einer Kanone dampft, und kam endlich am Strande zur Ruhe.

Auf der Atuona entgegengesetzten Seite bildete das schirmende Vorgebirge eine Brut- und Schutzstätte für Kokosbäume. Einige waren noch im Säuglingsalter, kein einziger hatte eine nennenswerte Höhe erreicht, und keiner hatte noch begonnen, mit dem peitschenstielartigen Schaft der reifen Palme zum Himmel zu streben. Bei den jungen Bäumen wechselt die Farbe mit dem Alter und dem Wachstum. Zuerst hat alles den Ton feinen, unendlich zarten Grases; dann werden die Blattrippen golden, während die Wedel grün wie Farne bleiben, und schließlich, wenn der Stamm immer höher wächst und seine endgültige graue Farbe annimmt, legen die Blattfächer ein männlichereres und tieferes Grün an, das sich, aus der Ferne gesehen dunkel vom Himmel abhebt, in der Sonne funkelt und bei jedem Windſtoß wie ſilberne Fontänen blitzt. In dieſer Schonung von Taahauku waren ſämtliche Farben und Farbverbindungen vertreten und zu Dutzenden wiederholt. Die Bäume wuchſen in angenehmen Zwiſchenräumen an einem graſigen Hügel, auf dem hier und da ein Geſtell zum Trocknen der Kopra oder eine verfallene Lagerhütte ſtanden. Hin und wieder gewann man im Vorbeiſchlendern einen Ausblick auf die Casco, die ſich in dem engen Ankerplatz ſchaukelte, und dahinter ſah man auf das dunkle Amphitheater der Atuonaer Berge und auf das felſige Vorgebirge, das ſie nach dem Meere zu begrenzte. Der in den Wedeln rauſchende Paſſatwind weckte ein ſtetiges Geräuſch wie von Sommerregen, und von Zeit zu Zeit brach einem plötzlichen, fernem Trommelſchlag gleich die Brandung in eine der Meeresgrotten ein.

Am oberen Ende der Bucht ſenkt ſich das niedrige rauhe Geſtein, das ſie bekleidet, an beiden Seiten zum Strande herab. Ein Kopra-Lagerhaus ſteht hier im Schatten der Uferbäume, unabläſſig umſchwirrt von einem Stamm zwerghafter Schwalben, und ein Schienenſtrang auf hohem, hölzernen Fahrdamm mündet im Hintergrunde in das Tal. Der friſch gelandete Reiſende, der auf ihm weitergeht, bemerkt gar bald eine breite Süßwaſſerlagune, deren einen Arm er überſchreitet, und jenſeits einen ſtattlichen Palmenhain, der das Haus des Händlers, Mr. Keanes, beſchattet. Zu Häupten vereinigen ſich die Kokoswedel zu einem dichten, hohen Dach; Droſſeln ſingen aus voller Kehle; der Südſeehahn läßt ſeine ſchrille Triumphpfeife ertönen und ſträubt ſein goldenes Gefieder; Kuhglocken läuten von nah und fern aus den Tiefen des Hains, und wenn man, eingelullt von der Symphonie, auf der breiten Veranda ausruht, möchte ich den ſehen, der da ſagen würde: »Beſſer fünfzig Jahre Europa!« Weiter hinten iſt der Boden des Tales flach und grün und ſtellenweiſe mit jungen Kokospalmen gefleckt. Durch ſeine Mitte tummelt ſich, mit vielfach abgeſtimmter Melodie, lärmend der Fluß, und an ſeinem Ufer, dort wo wir nach Weiden ſuchen würden, wachſen Gruppen von Puraos und ſchaffen ſchattige kleine Tümpel, die jedes Anglers Herz erfreuen müßten. Ein reicheres, friedlicheres Tal, eine lieblichere Luft, ein ſüßeres Geſchwirr ländlicher Stimmen habe ich nirgends gefunden. Nur ein Umſtand könnte dem unerfahrenen Fremden auffallen: hier iſt ein bequemer Strand, ein üppiger Boden und gutes Waſſer: dennoch ſieht man nirgends eine Paepae oder auch nur die Spuren einer polyneſiſchen Behauſung.

Nur wenige Jahre ſind es her, daß dieſes Tal ein Ort war, den Dſchungel erſtickte, ein heiß umſtrittenes Land und der Kampfplatz von Kannibalen. Zwei verſchiedene Stämme erhoben Anſpruch darauf - keiner von beiden vermochte indes ſeine Forderungen zu begründen, und die Wege waren verödet oder nur von Waffentragenden beſucht. Aus eben dieſen Gründen zeigt es heute ein ſo lachendes Geſicht: gerodet und bepflanzt, bebaut und verſorgt mit Schienenſträngen, Boot- und Badehäuſern. Denn da es Niemands Land war, wurde es um ſo bereitwilliger einem Fremden überlaſſen. Der Fremde war Kapitän John Hart. Ima-Hati, »Gebrochener Arm«, nannten ihn die Eingebo-

renen, da er, als er das erstemal die Inseln besuchte, seinen einen Arm in der Schlinge trug. Kapitän Hart war ein Engländer von Geburt, aber amerikanischer Untertan. Der Gedanke, Baumwollpflanzungen anzulegen, war ihm auf den Marquesas während des amerikanischen Sezessionskrieges gekommen, und anfänglich wurde er auch von Erfolg belohnt. Seine Pflanzung in Anaho war äußerst produktiv; polynesische Baumwolle wird hoch bezahlt, und die Eingeborenen stritten sich mitunter, wer wohl mächtiger sei, Ima-Hati oder die Franzosen, wobei sie sich zugunsten des Kapitäns entschieden, weil er, obwohl die Franzosen die meisten Schiffe hatten, doch mehr Geld besaß.
Kapitän Hart suchte sich Taahauku als passenden Ort aus, erwarb es und bot die Oberaufsicht Mr. Robert Stewart, einem Schotten aus Fifeshire, an, der sich schon seit einiger Zeit im Lande aufhielt, aber erst kürzlich durch den Krieg gegen Tauata ruiniert worden war. Mr. Stewart war im Grunde gegen das Abenteuer, da er Atuona und seinen berüchtigten Häuptling Moipu kannte. Einmal, so erzählte er mir, wäre er gegen Abend dort gelandet und hätte die Überbleibsel eines geschlachteten Mannes und einer Frau gefunden. Bei diesem unerwarteten und grausigem Anblick hatte einer von Moipus jungen Kriegern einen Menschenfuß ergriffen, den Fremden provozierend angestarrt und grinsend die Ferse angeknabbert. Keiner wird sich wundern, daß Mr. Stewart auf der Stelle in den Busch entfloh, die ganze Nacht dort in großer Furcht verbrachte und sich bei Tagesanbruch auf dem Seewege auf und davon machte. »Atuona war immer schon ein schlim-

mer Ort«, bemerkte Mr. Stewart mit ſeinem heimatlichen Fifeſhire-Akzent. Trotz dieſes gräßlichen Auftakts nahm er das Angebot des Kapitäns an, wurde mit drei Chineſen in Taahauku abgeſetzt und machte ſich ans Werk, den Dſchungel auszuroden.

In jenen Zeiten gab es faſt unabläſſig Krieg zwiſchen den Männern Atuonas und denen von Haamau, und eines Tages erklang von jenſeits des Tales der Kampf oder vielmehr der Kampflärm den ganzen, langen Nachmittag; das Echo der Schüſſe und der beleidigenden Zurufe der feindlichen Stämme ſchwang ſich von Berg zu Berg über die Köpfe Mr. Stewarts und ſeiner Chineſen hinweg. Einen richtigen Kampf gab es gar nicht – das Ganze glich vielmehr dem Streiten von Schulbuben, nur daß irgendein Narr den Kindern Gewehre in die Hand gedrückt hatte. Ein einziger Mann kam durch Überanſtrengung beim Laufen um; das war der einzige Unglücksfall. Bei Anbruch der Nacht hörten die Schüſſe und die Beleidigungen auf; die Männer von Haamau zogen ſich zurück und der Sieg wurde auf Grund irgendeines okkulten Prinzips Moipu zugeſprochen. Vielleicht aus dieſem Anlaſſe veranſtaltete Moipu eines Tages ein Feſt, und es erſchien unter Geleitſchutz auch eine Abordnung aus Haamau, um daran teilzunehmen. Dieſe kam früh am Tage durch Taahauku und wurde von einigen jungen Kriegern Moipus, die die Ehrenwache bilden ſollten, dort empfangen. Sie waren noch nicht lange wieder gegangen, als ein Mann, ſeine Frau und ein zwölfjähriges Mädchen, ihre Tochter, aus Haamau erſchienen, die Pilze brachten. Eine Reihe von Burſchen aus Atuona umlungerten den Laden, da jedoch an jenem Tage Waffenruhe herrſchte, vermutete niemand Gefahr. Die Pilze wurden abgewogen und bezahlt; der Mann aus Haamau wollte in den Verkaufspreis auch das Schleifen ſeiner Axt inbegriffen haben, und als Mr. Stewart die Mühe, die das verurſachte, beanſtandete, boten einige der Burſchen aus Atuona ſich an, ſie für ihn zu ſchleifen und ſetzten ſie auf den Schleifſtein. Während ſie dabei waren, flüſterte ein befreundeter Eingeborener Mr. Stewart zu, er möge auf der Hut ſein, ſchlimme Dinge ſtänden bevor, und ganz plötzlich wurde der Mann aus Haamau gepackt, und Kopf und Arm wurden ihm vom Rumpfe getrennt, wobei die friſch geſchliffene Axt den Kopf mit einem einzigen Schlage abhieb. Während der erſten Aufregung gelang es dem Mädchen, in den Baumwollpflanzungen zu entkommen, und Mr. Stewart ſchob die Frau in das Haus hinein, das er von außen abſchloß. Damit, nahm er an, habe die Sache ihr Ende gefunden. Allein die Angelegenheit hatte ſich nicht ohne Lärm abgeſpielt. Er wurde auch von einem älteren Mädchen gehört, das ſich unterwegs verſpätet hatte und das jetzt, nach ihrem Vater ſchreiend, angelaufen kam. Auch ſie wurde ergriffen und geköpft; was ſie inzwiſchen mit der Axt getan hatten, weiß ich nicht, aber das Inſtrument, mit dem ſie ihr Schlächterhandwerk verrichteten, war ſtumpf geworden, das Blut ſchoß in Strömen hervor und malte ſie von Kopf bis zu Füßen in Rot. Gräßlich von den Spuren ihres Verbrechens entſtellt, kehrte die Geſellſchaft nach Atuona zurück, die Köpfe für Moipu mit ſich führend. Man kann ſich leicht denken, wie dies das Feſt auseinanderſprengte; doch iſt zu bemerken, daß man die Gäſte in Ehren abziehen ließ. Sie kamen denn auch völlig verſtört in Taahauku an. Kurz darauf wurde das Tal von ſchreienden, triumphierenden Kriegern erfüllt, und da zur ſelben Zeit auch ein Warnungsbrief für Mr. Stewart eintraf, flüchteten er und ſeine Chineſen in die proteſtantiſche Miſſion nach Atuona. Noch in der gleichen Nacht überrannte man den Laden, die Leichen wurden in eine Grube geworfen und die Gräber mit Blättern bedeckt. Zwei Tage ſpäter lief das Schiff ein, und da alles ruhiger geworden war, landeten Mr. Stewart und der Kapitän in Taahauku, um den Schaden zu berechnen und das Grab zu beſichtigen, das ſich bereits durch den Geruch verriet. Während ſie ſo beſchäftigt waren, erſchien von jenſeits der Berge von Atuona eine Abteilung von Moipus jungen Kriegern, mit rotem Flanell ausſtaffiert, um ihre kriegeriſchen Abſichten zu bekunden, grub die Leichen aus, wuſch ſie im Fluß und trug ſie auf Stöcken geſpießt davon. In jener Nacht begann das Feſt.

Wer Mr. Stewart vor dieſem Erlebnis kannte, erklärt, daß er ſich danach völlig veränderte. Er harrte jedoch auf ſeinem Poſten aus. Doch als einige Zeit ſpäter die Pflanzung ſchon feſt begründet war und er ſechzig Chineſen ſowie ſiebzig Eingeborene beſchäftigte, ſah er abermals gefährliche Zeiten nahen. Es hieß, die Männer von Haamau hätten geſchworen, die Siedelung zu plündern und zu zerſtören; fortwährend trafen Briefe von dem Hawaiiſchen Miſſionar ein, der die Rolle der Nachrichtenabteilung ſpielte, und ſechs Wochen lang ſchliefen Mr. Stewart und drei andere Weiße nachts in dem Baumwollagerhaus hinter einer Rampe von Warenballen und übten (was ihre beste Verteidigung bedeutete) sich ostentativ Tag für Tag am Strande im Schießen. Häufig fanden sich die Eingeborenen ein, um ihnen zuzusehen, und der Angriff, falls er überhaupt geplant war, was ich bezweifle, wurde niemals ausgeführt, denn die Eingeborenen zeichnen sich mehr durch Klatschereien als durch Proben ihrer Energie aus. Wie man mir sagt, bietet der letzte Krieg der Franzosen hierfür ein gutes Beispiel. Die Stämme, die am Meere wohnten, beschuldigten die in den Bergen fortgesetzt, Pläne zu hegen, die sie niemals den Mut hatten, zu verwirklichen. Und die gleichen Berichte über ihre Zaghaftigkeit in offenem Kampfe sind mir von vielen Seiten zugegangen. Kapitän Hart landete einmal kurz nach einem Gefecht in einer bestimmten Bucht; ein Mann war an der Hand verwundet, eine alte Frau und zwei Kinder waren getötet worden, und der Kapitän benutzte die Gelegenheit, um die Hand zu verbinden und beide Parteien wegen einer so elenden Sache zu verhöhnen. Zwar stimmt es, daß diese Kriege häufig eine rein formale Angelegenheit sind, vergleichbar etwa Duellen bis zum ersten Blutvergießen. Kapitän Hart besuchte eines Tages eine Bucht, wo ein derartiger Krieg zwischen zwei Brüdern ausgefochten wurde, von denen der eine es angeblich an Höflichkeit gegen die Gäste des anderen hatte fehlen lassen. Etwa die Hälfte der Bevölkerung diente abwechselnd auf verschiedenen Seiten, um sich, wenn der Friede wiederhergestellt war, mit beiden gut zu stehen. Die Befestigungen der beiden Kriegführenden lagen einander dicht gegenüber. Schweine wurden gebraten, und gutgeölte Krieger mit gutgeölten Waffen ſtolzierten auf den Paepaes einher oder ſetzten ſich zum Schmauſe nieder. Indeſſen konnten auch die dringendſten Geſchäfte nicht erledigt werden, alle Gedanken konzentrierten ſich angeblich auf dieſen Scheinkrieg. Wenige Tage ſpäter wurde durch einen bedauerlichen Zufall ein Mann getötet, ſofort fühlte man, daß die Sache doch zu weit gediehen ſei, und der Streit wurde augenblicklich beigelegt. Aber ſelbſt die ernſthafteren Kriege werden in ähnlichem Geiſte geführt; ein Geſchenk von Schweinen und ein Feſtmahl bilden unweigerlich das Ende. Das Töten eines einzigen Mannes gilt als großer Sieg, der Mord wehrloſer Einzelperſonen als heroiſche Tat.

Auf allen dieſen Inſeln liegt am Fuße der Klippen der Fiſchplatz. Zwiſchen Taahauku und Atuona ſahen wir einige Männer, in der Hauptſache aber Frauen, einige von ihnen faſt nackt, andere in dünne weiße oder ſcharlachrote Gewänder gekleidet auf kleinen, giſchtumſpülten Vorſprüngen hocken – wobei der braune Fels ſie überſchattete und dieſer wieder von Konvulvuli überdacht war, als wolle man ſie vollſtändig von aller Hilfe abſchneiden. Dort pflegten ſie den größeren Teil des Vormittags über zu angeln und die Fiſche, ſo raſch ſie ſie fingen, roh und noch lebend an Ort und Stelle zu verzehren. Solch wehrloſe Weſen töteten die Krieger von der gegenüberliegenden Inſel Tauata, um ſie nach Hauſe zu ſchleppen und zu verſpeiſen und wurden daraufhin als ſtreitbare, heldenmütige Männer angeſehen. Über eine dieſer Expeditionen kann ich den Bericht eines Augenzeugen wiedergeben. »Portugal-Joe,«

Herrn Keanes Koch, ruderte eines Tages unter der Besatzung eines Atuonaer Bootes mit, als sie einen Fremden gewahrten, der mitsamt einigen Fischen und einem Stück Tapu in einem Kanoe fuhr. Die Männer aus Atuona riefen ihn an und forderten ihn auf, heranzukommen und mit ihnen zu rauchen. Er willigte ein, wohl weil er keine Wahl hatte; aber der arme Teufel wußte, was ihm bevorstand und schien, wie Joe sich ausdrückte, »keine Lust zum Rauchen zu haben.« Einige Fragen wurden an ihn gerichtet, wo er herkäme und was er hier zu suchen hätte usw. Er mußte sie beantworten, ebenso wie er gezwungen war, während das Herz ihm in der Brust verdorrte, die verhaßte Pfeife herauszuziehen. Und dann beugte sich ganz plötzlich ein Riesenkerl aus Joes Boot zu dem Fremden herüber, riß ihn aus dem Kanoe heraus, stieß ihm ein Messer in den Nacken, – nach innen abwärts – Joe zeigte das mit einer Pantomime, die ausdrucksvoller als alle Worte war – und hielt ihn wie einen Vogel unter Wasser, bis sein Zappeln aufhörte. Worauf man das Langschwein an Bord zog, die Bootsspitze nach Atuona zurückdrehte, und diese marquesanischen Helden in Triumph nach Hause ruderten. Moipu erwartete sie am Strande und frohlockte mit ihnen bei ihrer Ankunft. Der arme Joe führte an jenem Tage bleichen Antlitzes das Ruder, obwohl er für sich selbst keine Bedenken hegte. »Sie waren sehr gut zu mir – gaben mir viel zu essen: weiße Männer wollen sie nicht fressen«, sagte er.

Wenn auch Mr. Stewarts Erlebnisse die furchtbarsten waren, war es doch Kapitän Hart selbst, der das gefährlichste Abenteuer bestand. Hart hatte Timau, dem

Häuptling einer benachbarten Bucht, ein Stück Land abgekauft und eine Anzahl Chineſen als Arbeiter dort hingebracht. Als er eines Tages wieder einmal die Station beſuchte, fand er ſeine Chineſen ſchreckerfüllt am Strande verſammelt: Timau hatte ſie vertrieben, ſich ihrer Habe bemächtigt und befand ſich mit ſeinen jungen Kriegern in voller Kriegsausrüſtung an Ort und Stelle. Sofort wurde ein Boot nach Taahauku geſandt, um Verſtärkungen herbeizuholen. Während ſie auf die Rückkehr warteten, konnten ſie vom Deck des Schoners aus Timau und ſeine Leute bis Mitternacht auf der Anhöhe den Kriegstanz tanzen ſehen; und ſobald das Boot eintraf (ſamt drei mit Chaſſepots bewaffneten Gendarmen, zwei Weißen aus der Taahaukuer Station und einigen einheimiſchen Kriegern) machte ſich die ganze Geſellſchaft auf den Weg, um den Häuptling, noch ehe er aufwachte, gefangen zu nehmen. Es war noch vor Tagesanbruch in einer ſehr hellen Mondnacht, als ſie die Anhöhe erreichten, wo Timau in einer Hütte aus Palmzweigen ſeinen Rauſch verſchlief. Die Angreifer waren völlig exponiert, das Innere der Hütte ganz im Dunkeln, die Lage alles andere als geheuer. Die Gendarmen knieten mit angeſchlagenem Gewehre nieder, und Kapitän Hart ging ganz allein vorwärts. Als er ſich der Tür näherte, hörte er, wie im Inneren der Hütte der Hahn eines Gewehres geſpannt wurde, und aus ſchierer Selbſtverteidigung, weil ihm kein anderer Weg übrigblieb, drang er in das Haus ein und begann mit Timau zu ringen. »Timau, komm mit mir!,« ſchrie er, aber Timau, ein baumlanger, weit über ſechs Fuß hoher

Kerl, deſſen Augen von allzuvielem Kava rot unterlaufen waren, warf ihn auf die Seite, und der Kapitän feuerte, in der beſtimmten Erwartung, entweder erſchoſſen oder totgeſchlagen zu werden, auf gut Glück im Dunkeln ſeine Piſtole ab. Als ſie dann ſpäter Timau hinaus ins Mondlicht ſchleppten, war er ſchon tot, und nach dieſem unvorhergeſehenen Ende ihres Vorſtoßes zogen die Weißen ſich unter dem ſtändigen Feuer der Eingeborenen nach ihren Booten zurück. Kapitän Hart, der an Beliebtheit mit Biſchof Dordillon wetteiferte, teilte mit ihm die Politik äußerſter Nachſicht gegenüber den Eingeborenen, die er als Kinder behandelte, indem er alle ihre Fehler entſchuldigte und fortgeſetzt nur die mildeſten Gegenmaßnahmen befürwortete. Der Tod Timaus lag ihm daher ziemlich ſchwer auf der Seele, zumal des Häuptlings Gewehr ungeladen in der Hütte aufgefunden wurde. Einem weniger zarten Gewiſſen wird dieſer Vorfall als geringfügig erſcheinen. Wenn ein betrunkener Wilder gerade in dem Augenblick einen Gewehrhahn ſpannt, da ein Offizier ohne jede Deckung auf ihn losgeht, kann letzterer nicht warten, bis er ſich vergewiſſert hat, daß die Waffe ungeladen iſt.

Ich ſprach ſoeben von der Beliebtheit des Kapitäns. Das iſt auch eines der Dinge, die einem Fremden auf den Marqueſas am meiſten auffallen. Dieſer ſtößt ſofort auf zwei Namen, die ihm beide neu ſind und ſich beide einer großen Lokalberühmtheit, ſowie lebhafter Zuneigung und tiefen Reſpektes erfreuen – auf den des Biſchofs und den des Kapitäns. So ſpürte ich denn den ſtarken Wunſch, den noch lebenden Träger des einen

Namens kennenzulernen, ein Wunſch, der auch zur Bereicherung dieſer Seiten in Erfüllung ging. Viel ſpäter in dem Place Douloureuſe auf Molokai ſtieß ich abermals auf eine Spur jener tiefen und liebevollen Anhänglichkeit. Dort lebte ein blinder Ausſätziger, ein alter Matroſe – ein »alter Seebär«, wie er ſich nannte, der lange Zeit die öſtlichen Inſeln befahren hatte. Ihn pflegte ich zu beſuchen und ihm die neuſten Nachrichten von dem Schauplatz ſeiner vergangenen Tätigkeit zu übermitteln. In echt polyneſiſchem Stil beſtanden ſie hauptſächlich aus Berichten über Schiffsunglück, und zufällig erwähnte ich auch einmal einen nicht ſehr geſchickten Kapitän, der eines von Kapitän Harts Schiffen verloren hatte. Da brach der Ausſätzige in laute Klagen aus. »Hat er ein Schiff John Harts verloren?« fragte er, »armer John Hart! Ach, tut mir das leid, daß es John Harts Schiff war«, und ſo weiter, mit einem Überſchwang, den ich hier nicht wiedergebe.

Vielleicht wäre es anders mit Kapitän Harts Popularität beſtellt geweſen, hätten ſeine Geſchäfte auch weiterhin floriert. Erfolg erzeugt den Ruhm, tötet indes die Liebe, die das Unglück nährt. Und das Unglück, das die Unternehmungen des Kapitäns verfolgte, war in der Tat von ſeltſamer Art. Er ſtand auf dem Höhepunkt ſeiner Laufbahn. Ile Maſſe war ihm von den Franzoſen als Entſchädigung für die Räubereien in Taahauku überlaſſen worden. Aber Ile Maſſe eignete ſich nur zur Viehzucht, und ſeine beiden Hauptſtationen lagen auf Anaho in Nuka-hiva nach Nordoſten und in Taahauku auf Hiva-oa nach Südweſten zu. Alle beide wurden am gleichen Tage von einer Flutwelle hinweggeſpült, die in keiner anderen Bucht oder Inſel der ganzen Gruppe geſpürt wurde. Die Südküſte Hivaoas wurde überall mit Holzwerk und Kampferkiſten, die Waren enthielten, überſchwemmt, die auf die Ankündigung einer angemeſſenen Belohnung hin auch ehrlicherweiſe von den Eingeborenen abgeliefert wurden. Dem Anſchein nach waren ſie alle nicht geöffnet worden, und ein Teil des Holzes war ſogar ſchon in ihre Häuſer eingebaut geweſen. Aber die Wiedererlangung des Strandgutes vermochte doch nichts an dem Reſultate zu ändern. Unmöglich konnte der Kapitän einem ſo mißgünſtigen Geſchicke widerſtehen, und mit ſeinem Fall endete auch der Wohlſtand auf den Marqueſas. Anaho iſt in Wahrheit ausgeſtorben, Taahauku nur noch ein Schatten ſeines alten Seins. Es iſt auch keine neue Pflanzung an ihrer Stelle entſtanden.

*

## DREIZEHNTES KAPITEL

### *Charaktäre*

*

IN DER EINFAHRT VON ATUONA HERRSCHTE noch ein gewiſſer Verkehr, ſehr verſchieden in der Tat von der toten Stille und Schläfrigkeit, die auf der Schweſterinſel Nuka-hiva laſtete. Segelſchiffe ſah man von der Mündung auslaufen; mitunter war es ein von eingeborenen Rowdies bemannter Walfiſchfänger, ſchwer beladen mit verkaufsbereiter Kopra, mitunter auch ein einzelnes Kanoe, auf der Einkaufsſuche nach Gebrauchsartikeln. Der Ankerplatz wurde außerdem noch von Fiſchern beſucht, nicht nur von Weibsleuten, die einſam auf den Klippen hockten, nein, von ganzen Geſellſchaften, die manchmal am Strande ein Feuer anzündeten und dort ihr Lager aufſchlugen, manchmal aber auch mitten im Hafen in ihrem Kanoe liegenblieben und abwechſelnd ins Waſſer ſprangen, das ſie dann acht oder neun Fuß hoch aufpeitſchten, wohl um die Fiſche in ihre Netze zu treiben. Die Waren, die die Käufer mitbrachten, waren mitunter von recht ſonderbarer Art. Einmal ſah ich ein Ruderboot mit einem einzigen Schinken, der an einer Stange befeſtigt am Sterne baumelte, heimkehren; ein anderes Mal kam ein reizender junger Burſche, der vorzügliche Manieren hatte und korrektes Franzöſiſch, wenn auch mit kindlichem Akzent, ſprach, in Mr. Keanes Laden. Er war bildhübſch und dazu noch etwas von einem Dandy, was nicht nur aus ſeiner leuchtenden Kleidung, ſondern auch aus der Art ſeiner Einkäufe hervorging. Dieſe beſtanden aus fünf Stück Schiffszwieback, einer Flaſche Parfüm und zwei Beutelchen Waſchblau. Er kam aus Tauata, wohin er noch in der gleichen Nacht, der tückiſchen Tiefe trotzend, ſamt ſeinen Jungmädchenſchätzen zurückkehrte. Die Mehrzahl der Eingeborenen war indes weniger gut anzuſehen: lauter hochgewachſene, kräftige, guttätowierte Burſchen mit beunruhigenden Mannieren. Sie hatten etwas Grobes, Höhniſches an ſich, das mich gar oft an den Pöbel der Großſtädte erinnerte. Eines Abends fuhr um die Dämmerſtunde ein Walfiſchboot gerade an dem Teil des Strandes an Land, wo ich mich allein befand. Ihm entſtiegen ſechs oder ſieben grobſchlächtige Geſellen. Alle konnten genug Engliſch um mir «Adieu« oder »Guten Morgen«, das ſie als eine geſteigerte Höflichkeitsformel zu empfinden ſchienen, zu wünſchen. Dann ging es zu Scherzen und Spötteleien über. Rauh lachend und mit frechem Ausdruck umringten ſie mich von allen Seiten, ſo daß ich froh war, von ihnen loszukommen. Noch war ich nicht Mr. Stewart begegnet, ſonſt hätte ich an seine erſte Landung auf Atuona denken müſſen und an den Witzbold, der den Hacken anknabberte. Aber ihre Nachbarſchaft wollte mir nicht behagen. Ich wußte, wäre ich ein Schiffbrüchiger außer Reichweite von menſchlicher Hilfe geweſen, mir wäre ſehr übel zumute geworden.

Auch waren es nicht nur Einheimiſche, die hier kamen und gingen. Ein ſonderbarer Zufall ereignete ſich, während wir dort vor Anker lagen. Eines Tages ſahen wir einen Schoner im Meere auftauchen und auf die

Einfahrt zuhalten. Nun kannten wir jeden Schoner in der Inſelgruppe, aber dieſer erſchien uns größer als alle anderen und war außerdem nach engliſcher Art getakelt, und endlich, als er etwas weiter draußen als die »Casco« Anker warf, hißte er auch die blaue Flagge. Dem Gerüchte nach befanden ſich zur Zeit nicht weniger als vier Yachten im Pazifik, aber es war doch recht merkwürdig, daß zwei davon gleichzeitig Seite an Seite vor dieſem weltverlorenen Inſelchen lagen. Noch merkwürdiger war es, daß ich in dem Beſitzer der Nyanza, Kapitän Dewar, einen Landsmann und zwar aus der gleichen Grafſchaft wie ich wiederfinden ſollte, den ich als Knaben die Küſte der Alpes Maritimes hatte entlang wandern ſehen.

Außerdem empfingen wir Beſuch von einem Weißen der hieſigen Küſte, der in einem überfüllten und von Einheimiſchen bemannten Walfiſchboot erſchien und wieder verſchwand, da er in den Sonntagszeitungen von Yachten geleſen hatte und den glühenden Wunſch hegte, eine zu ſehen. Sie nannten ihn Kapitän Chaſe, ein alter Walfiſchfänger, vierſchrötig und weißbärtig, mit dem ſchleppenden Akzent der amerikaniſchen Mittelſtaaten. Jahrelang hauſte er ſchon hier im Lande, ein zuverläſſiger Kamerad in allen Gefechten und einer jener unfehlbaren Schützen, deren Übungen beim Scheibenſchießen den Kriegern von Haamau ſolchen Schrekken eingejagt hatten. Kapitän Chaſe wohnte weiter öſtlich in einer Bucht namens Hanamate zuſammen mit einem Mr. M'Callum; vielmehr hatten ſie zuſammen dort gewohnt, ſich jetzt aber in Freundſchaft getrennt. Den Kapitän trifft man an dem einen Ende der

Bucht in einer Ruine von einem Hause, in Gesellschaft eines chinesischen Dieners, und in dem gegenüberliegenden Winkel steht auf einer hohen Paepae eine zweite Behausung. Die Brandung steigt an dieser Stelle steil auf. Wellen von sechs bis sieben Fuß Höhe zerschellen hier direkt an der Mauer des Hauses, das unablässig von ihrem Dröhnen widertönt und daher nur für einsiedlerische oder doch zum mindesten einsilbige Bewohner geeignet ist. Hier erfreut sich Mr. M'Callum zusammen mit einem Shakespeare und einem Burns der Gesellschaft der Wogen. Sein Name sowie der Burns bezeugen sein schottisches Blut, doch ist er in Amerika geboren, irgendwo im äußersten Osten, und war von Beruf Schiffszimmermann. Lange war er angestellt, als Führer einer Abteilung von hundert Indianern bei Kap Flattery, um Wracks auseinanderzubrechen. Zahlreiche Weiße, die man über die Südsee verstreut findet, repräsentieren das künstlerische Element ihrer Klasse. Sie genießen nicht nur die Poesie ihres neuen Lebens, sondern sind eigens auf der Suche nach ihr dorthin gekommen. Ich war einmal Schiffsgenosse eines Mannes, der, obwohl nicht mehr jung, seine erste Seereise machte aus schierer Liebe zu Samoa. Wenige Reisebriefe in einer Zeitung hatten ihn auf seine Pilgerfahrt geschickt. Mr. M'Callum bot ein anderes derartiges Beispiel. Auch er hatte von der Südsee gelesen; er liebte solche Lektüre und ließ das Bild der fremden Welt sich in seinem Herzen einnisten, bis er es schließlich nicht mehr aushielt und, ein neuer Rudel, nach seiner ungekannten Heimat aufbrach. Nun lebt er schon seit Jahren in Hiva-oa, wo er zufrieden schließlich auch ſeine Knochen zur Ruhe legen wird. Er ſpürt keinen Wunſch, die Stätten ſeiner Jugend wiederzuſehen – es ſei denn ein einziges Mal vielleicht die rauhe Winterlandſchaft von Kap Flattery. Und doch iſt er ein tatenluſtiger Mann, voll von Plänen. Er hat den Einheimiſchen Land abgekauft, hat fünftauſend Kokospalmen gepflanzt, hat ſeinen Blick bereits auf eine wüſte Inſel gerichtet, die er gerne pachten möchte, und einen Schoner auf dem Stapel, den er ſelber entworfen und gebaut hat und auch zu vollenden hofft. Mr. M'Callum und ich haben uns nie kennengelernt; wie die galanten Troubadoure korreſpondierten wir nur in Verſen miteinander. Er und Biſchof Dordillon ſind die beiden Dichter der Marqueſas.

Unſer Hauptbeſucher jedoch war ein gewiſſer Mapiao, ein großer Tahuku – welches Prieſter, Zauberer, Tätowierer, Ausüber aller Künſte, mit einem Wort, eine eſoteriſche Perſönlichkeit bedeutet – ein Mann, berühmt wegen ſeiner Beredſamkeit bei allen öffentlichen Anläſſen und durch ſeinen Geiſt im Privatgeſpräch. Sein erſtes Auftauchen war charakteriſtiſch für den ganzen Menſchen. Lärmend kam er zu dem öſtlichen Landeplatz gelaufen, wo die Brandung gefährlich hoch ging. Alle unſere Zeichen, doch lieber um die Bucht herum zugehen, mißachtete er. Er ſetzte ſeinen Willen durch. Mit einiger Gefahr für unſere Jolle wurde er an Bord gebracht und ſetzte ſich in einem Winkel des Kockpits an ſeine Arbeit. Wir hatten ihn engagiert, Altmännerbärte zu einem Kranz zu flechten da er darin ein Experte ſein ſollte. Seinen eigenen Bart (den er der Sicherheit halber als Seemannsknoten geſchlungen trug) ſtellte nicht nur die Zierde ſeines Alters, ſondern einen höchſt wertvollen Beſitz dar. Man ſchätzte ihn auf hundert Dollar, und da Bruder Michael noch nie erlebt hatte, daß ein Eingeborener mehr als dieſe Summe Biſchof Dordillon zur Aufbewahrung gegeben hatte, war unſer Freund dank dem, was er an ſeinem Kinne trug, ein reicher Mann. Er hatte im Typus etwas von einem Oſtindier, war aber ſtärker und größer, mit einer Hakennaſe, ſchmalem Geſicht und hoher Stirn, das Ganze vielfältig tätowiert. Ich kann getroſt behaupten, niemals zuvor oder nachher einen ſo läſtigen Gaſt bewirtet zu haben. Bei der geringſten Kleinigkeit beanſpruchte er Bedienung; er lehnte es ab, ſich ſelbſt aus dem Waſſerbehälter Waſſer zu ſchöpfen, ja, er ſtreckte nicht einmal den Arm aus, um das Glas in Empfang zu nehmen, ſondern man mußte es ihm direkt in die Hand geben. Wenn man ihm die Hilfe verweigerte, kreuzte er die Arme über der Bruſt, neigte den Kopf und verzichtete darauf; aber die Arbeit mußte es dann büßen. Früh am Vormittage verlangte er Zwieback und Lachs; Zwieback und Schinken wurden ihm gebracht. Beides muſterte er mit unergründlichen Blicken und winkte, daß man es beiſeite ſetzen ſollte. Eine Reihe von Bedenken ſtürmte auf mich ein: die Arbeit, mit der er beſchäftigt war, war vermutlich in hohem Grade tapu; von rechtswegen müßte ſie vielleicht auf einer tapu Plattform verrichtet werden, der ſich kein weibliches Weſen nahen durfte; vielleicht gehörten Fiſche zu der vorgeſchriebenen Nahrung. Ich brachte ihm daher einige eingeſalzene Fiſche zuſammen mit einem Glaſe Rum. Bei dieſem Anblick wurde Mapiao ungewöhnlich lebendig. Er deutete auf den Zenit und hielt eine lange Rede, von der ich nur das Wort »umati« – Sonne – verſtand und bedeutete mir, ich ſolle auch dieſe Leckerbiſſen beiſeite ſtellen. Endlich hatte ich den Sinn erfaßt – und Tag für Tag war das Programm das gleiche. Früh am Morgen mußte ſein Eſſen auf dem Kajütendach in angemeſſener Entfernung, ihm direkt vor Augen, aber gerade außer Reichweite, aufgeſtellt werden, und erſt wenn die paſſende Stunde, nämlich Mittag, geſchlagen hatte, ließ ſich der Künſtler herbei, davon zu eſſen. Dieſe Feierlichkeit war der Anlaß zu einem lächerlichen Mißverſtändnis. Er ſaß wie gewöhnlich mit ſeiner Flechtarbeit beſchäftigt da, ſein Eſſen ſtand auf dem Dach und nicht weit davon ein Glas Waſſer. Es ſcheint, daß er zu trinken wünſchte. Natürlich war er ein viel zu vornehmer Herr, um aufzuſtehen und ſich ſelbſt das Waſſer zu holen; als er daher meine Frau gewahr wurde, winkte er ihr gebieteriſch zu, daß ſie es ihm reichen möchte. Der Wink wurde mißverſtanden. Meine Frau war inzwiſchen auf jede Exzentrizität von ſeiten unſeres Gaſtes gefaßt und warf, ſtatt ihm das Waſſer zu reichen, das Eſſen über Bord. Ich muß hier Mapiao Gerechtigkeit widerfahren laſſen: alle lachten, er aber lachte am lauteſten.

Die Handreichungen, die er verlangte, waren indes das wenigſt Läſtige; ſeine Reden verſetzten uns dauernd in Verlegenheit. Er war ganz offenbar ein geübter Cauſeur; die Feinheit ſeiner Nuancierungen, die Eleganz ſeiner Geſten und ſein ausdrucksvolles Minenſpiel beſagten das zur Genüge. Währenddeſſen ſaßen wir wie Ausländer in einem Theater; wir konnten die Schauſpieler irgendeine wichtige Sache aufführen, und zwar mit Glanz aufführen ſehen, allein die Handlung des Stückes blieb uns unverſtändlich. Ortsnamen, der Name Kapitän Harts, gelegentliche unzuſammenhängende Worte, narrten uns, ohne uns aufzuklären, und je weniger wir verſtanden, um ſo ritterlicher und heftiger wurden Mapiaos Sturmangriffe, um ſo reichlicher ſeine Geſten. Wir ſahen, daß ſeine Eitelkeit Qualen litt: er war an einen Ort gekommen, wo die Edelſteine ſeiner geſellſchaftlichen Talente keine Beachtung finden konnten, und er hatte Zeiten der Verzweiflung, in denen er von allen Verſuchen abließ, ſowie Augenblicke der Gereiztheit, da er uns mit unverhohlener Verachtung betrachtete. Jedoch zeigte er mir gegenüber, als dem Neophyten eines verwandten Myſteriums bis zuletzt einen gewiſſen Reſpekt. Während wir unter der Plane in verſchiedenen Ecken des Kockpits einander gegenüber ſaßen, er die Barthaare verſtorbener Männer flechtend, ich Runen auf ein Folioblatt Papier ziehend, pflegte er mir zuzunicken, wie ein Tahuku dem anderen; oder er kam zu mir herüber, ſtudierte eine Weile das formloſe Gekritzel und ermutigte mich mit einem herzhaften »Mitai! gut!« So mag ein tauber Maler ein entferntes Mitgefühl mit irgendeinem Muſiker bezeugt haben als Sklave und Meiſter einer unverſtandenen, aber verwandten Kunſt. Eine brotloſe Kunſt war es zweifellos in ſeinen Augen; – aber man muß eben Barbaren gegenüber nachſichtig ſein – chaque pays a ses coutumes – das, fühlte er, war das richtige Prinzip.

Die Zeit kam, da ſeine Arbeiten, die eher denen Penelopes als denen des Herkules glichen, ſich nicht länger ausſpinnen ließen und nichts übrigblieb, als ihn zu bezahlen und ſich zu verabſchieden. Einer langen, gelehrten Rede auf Marqueſaniſch entnahm ich, daß ſein Sinn auf Angelhaken gerichtet war. Mit drei Stück von dieſen und einigen Dollars war er meiner Anſicht nach nicht ſchlecht belohnt dafür, daß er die Vormittage eſſend, trinkend, ſeine Anſichten auseinanderſetzend und die Schiffsgeſellſchaft in ſeine Dienſte preſſend in unſerem Kockpit verbringen durfte. Nichtsdeſtoweniger war er ein Mann von ſo hochfahrendem Weſen und glich ſo ſehr einem Onkel von mir, der von Rechts wegen hätte verrückt werden und ſich tätowieren laſſen müſſen, daß ich mich, als wir beide an Land gegangen waren, bei ihm erkundigte, ob er auch zufrieden wäre. »Mitai ehipe?« fragte ich. Und er erwiderte ſalbungsvoll, indem er mir die Hand entgegenſtreckte: »Mitai ehipe, mitai kaekae, kaoha nui!«, was, frei überſetzt, bedeutet: »Das Schiff iſt gut, die Verpflegung war vortrefflich, und wir ſcheiden als Freunde.« Worauf er in gebeugter Haltung wie einer, den man tief beleidigt hat, am Strande davonzog.

Ich meinerſeits ſah ihm mit Erleichterung nach. Es wäre jedoch intereſſant zu wiſſen, wie Mapiao über unſere Beziehungen dachte. Seine Anſprüche waren vermutlich in gutem Glauben geſtellt. Zahlloſe Hinderniſſe, fortgeſetzter, der Unwiſſenheit entſprungener Spott, hatten ihn nicht vom Wege abbringen können. Er hatte ſein Eſſen herrichten laſſen, hatte es, wie es ſich ziemte, bei der Arbeit im Auge behalten, es zur feſtgeſetzten Stunde verzehrt; er war nach allen Richtungen hin bedient und verwöhnt worden und konnte zum Schluß mit gutem Gewissen seinen Lohn entgegennehmen in dem Bewußtsein, das Mysterium korrekt vollzogen, die Bärte nach Vorschrift geflochten und uns (uns selbst zum Trotz) richtig gedient zu haben. Seine Ansicht von unserer Dummheit muß selbst für ihn, den redegewaltigen Sprecher, unaussprechlich gewesen sein. Niemals mischte er sich in meine Tahuku-Arbeit ein; als höflicher Mann lobte er das, was ihm als eitel Nichts erschien; voller Zuvorkommenheit nahm er an, daß ich ein kompetenter Kenner meines Mysteriums sei: so verlangte es die Haltung eines höflichen und intelligenten Mannes. Wir unsererseits – die doch am meisten zu gewinnen oder zu verlieren hatten, da ja das Produkt uns gehören sollte – wir, die wir unsere Unfähigkeit schon allein durch den Akt, daß wir seine Dienste mieten mußten, bezeugt hatten – waren niemals müde gewesen, seine gewichtigen Arbeiten zu stören, ja, wir hatten mitunter den Unverstand und die Unhöflichkeit gehabt, zu lachen.

*

## VIERZEHNTES KAPITEL

### *Ein Tal der Kannibalen*

*

DIE STRASSE VON TAAHAUKU NACH ATUONA zieht ſich in halber Höhe am nordweſtlichen Ufer des Ankerplatzes hin, umſäumt und mitunter auch beſchattet von den leuchtenden Blüten des Flamboyant – den wiſſenſchaftlichen Namen kenne ich nicht. An der Wegbiegung taucht Atuona auf: ein langgeſtreckter Strand, ein Stück ſchwere, laut tönende Brandung, ein Uferdorf unter den Bäumen verſtreut und die gefurchten Berge, die ſich über einer ſchmalen, üppigen Schlucht begegnen. Vielleicht rührte mich der gräßliche Ruf, der dieſem Ort anhaftete; wie dem auch ſei, mir erſchien er als bei weitem der ſchönſte, ominöſeſte und melancholiſchſte Fleck der Erde. Schön war er jedenfalls und in noch höherem Maße geſund. Das geſunde Klima der ganzen Gruppe iſt einfach erſtaunlich; das von Atuona aber grenzt faſt ans Wunderbare. In Atuona, einem Dorfe hart an den Rändern eines Uferſumpfs, ſtehen die Häuſer alle in den Tümpeln der Tarogärten. Wir finden jede Vorbedingung für tropiſche Krankheiten und Unbequemlichkeiten, und doch gibt es hier nicht einmal Mücken – ja, auch nicht die läſtige Tagfliege Nuka-hivas – und auch das Fieber, ſowie ſeine Begleiterin, die polyneſiſche Fe'efe'e (Elephantiaſis) ſind dort unbekannt.

Taahauku iſt die Hauptſtation der Franzoſen auf der Menſchenfreſſerinſel Hiva-oa. Der dortige Gendarmerieſergeant genießt das Prädikat eines Vizegouverneurs und hat die franzöſiſche Flagge über einem anſehnlich großen Grundſtück gehißt. Ein Chineſe, ein Heimatloſer von der Pflanzung, betreibt in dem hinteren Teil des Dorfes eine Wirtſchaft, und die Miſſion iſt durch die Nonnenſchule und durch Bruder Michaels Kirche gut vertreten. Vater Orens, ein wunderbarer Achtziger, deſſen Geſtalt noch kaum gebeugt iſt, mit noch feurig jungen Augen, hat an dieſem Orte ſeit 1843 gelebt, gezittert und gelitten. Wieder und immer wieder, wenn Moipu Kokosnusſchnaps gebrannt hatte, wurde er von ſeinem Haus in die Wälder vertrieben. »Eine Maus im Ohre einer Katze« hätte eine ſorgenfreiere Ruheſtatt gehabt, und doch bin ich noch nie einem Manne begegnet, dem man die Jahre weniger anſah. Er ließ es ſich nicht nehmen, uns die Kirche zu zeigen, die noch immer mit den kunſtloſen Dekorationen des Biſchofs geſchmückt war – dem letzten Werk ſeiner fleißigen, alten Hände und dem letzten irdiſchen Vergnügen eines Mannes, der ſo viel von einem Helden hatte. In der Sakriſtei mußten wir die heiligen Geräte bewundern, insbeſondere ein Gewand, das eine »vraie curiosité« ſein ſollte, weil es von einem Gendarmen geſtiftet war. Für den Proteſtanten iſt immer etwas Peinliches an dem Eifer, mit dem erwachſene Geiſtliche derartige Nichtigkeiten betrachten, aber es war rührend und angenehm zu ſehen, wie Orens ſeine heiligen Schätze zeigte und wie ſeine alten Augen dabei ſtrahlten.

26. Auguſt. Das Tal hinter dem Dorfe verengte ſich bald zu einer bloßen Schlucht, die faſt erſtickt von Nutz-

bäumen war. Ein Fluß ſtrömte durch ſie hindurch. Zu Häupten bildeten hohe Kokospalmen das untere Dach; darüber, von einer Berglehne zur anderen, war die Schlucht von Wolken überſpannt, ſo daß wir inmitten einer ſtrotzenden Vegetation gleichſam in einem glühenden Treibhaus ſchritten. Auf beiden Seiten ſpien alle paar hundert Meter weit, ſtatt der hausloſen, niederdrückenden Paepaes Nuka-hivas, volksreiche Wohnſtätten ihre Inſaſſen aus, die den Paſſanten ein »Kaoha!« zuſchrien. Auch die Landſtraße war geſchäftig: Scharen von Mädchen, darunter hübſche und häßliche wie in weniger begünſtigten Ländern; Männer, Brotfrüchte tragend; Nonnen, mit einer kleinen Schutzwache von Zöglingen; ein Reiter auf einem Pferd, zogen fortwährend grüßend an uns vorüber. Bald war es ein Chineſe, der an das Tor ſeines Blumengartens trat und uns in erſtklaſſigem Engliſch »Guten Tag« wünſchte; bald waren es ein paar Eingeborene, die uns am Wegrande zum Niederſitzen nötigten, uns mit Mumienäpfeln bewirteten und mit Trommeln auf einer Blechbüchſe unterhielten. Allein trotz dieſer Fülle von Menſchen und Früchten iſt auch hier der Tod am Werk. Die Bevölkerung in dem geſamten Tale von Atuona überſteigt auch nach höchſter Schätzung noch keine ſechshundert Seelen, und als ich zufällig danach fragte, zählte mir Bruder Michael zehn Perſonen auf, von denen er wußte, daß ſie unheilbar erkrankt ſeien. Hier war es auch, daß ich meine Neugier bezüglich eines in voller Auflöſung befindlichen Eingeborenenhauſes befriedigen konnte. Es war direkt auf die Paepae heraufgefallen; ungeſchlacht ſpreizten ſich die Stützen am Boden,

Der Regen und die Termiten hatten ihren Kampf dagegen begonnen. Was von ihm übriggeblieben war, ſchien noch ganz feſt zu ſein, doch war das meiſte ſchon untergraben, und es war leicht zu ſehen, daß die Inſekten ſeine Mauern wie Brot verzehrten und daß der Regen gleich Vitriol in ſie hineinfraß.

Dicht vor uns ſchlenderte ein junger Dandy in feinſter Tätowierung und mit einem Paar weißer Flanellhoſen bekleidet unbekümmert einher. Plötzlich, und anſcheinend ohne Urſache, drehte er ſich um, nahm uns in Beſchlag und führte uns, ohne auf unſere Einwände zu achten, auf einem Nebenpfad an das Flußufer. Hier in einem Winkelchen von wohltuender Lieblichkeit, wo üppig wucherndes Grün aller Art uns beſchattete, kehrte er nach kurzer Zeit mit einer Kokosnuß, einem Stückchen Sandelholz als koſtbare Gabe und einem Stock zurück – letzteren hatte er in der Einfalt ſeiner Eitelkeit mitgebracht, um verfrühtes Lob von uns zu ernten. Nur das eine Ende des Stockes war bisher geſchnitzt, obwohl das Ganze durch Bleiſtiftlinien in Abſchnitte eingeteilt war, und als ich anbot, ihn ihm abzukaufen, ſchrak Poni – das war des Künſtlers Name – voller Entſetzen zurück. Ich ließ mich aber nicht abbringen und weigerte mich einfach, den Stock zurückzugeben, denn ich hatte mich ſchon lange gewundert, daß ein Volk, das in ſeiner Tätowierung ein ſo großes Talent arabesker Erfindung zeigt, dies nirgends anders zum Ausdruck brachte. Hier endlich hatte ich etwas gefunden, in dem ſich die gleiche Gabe mit anderen Mitteln auswirkte; und was die Unvollſtändigkeit betraf, ſo galt ſie mir in dieſen Zeiten des Humbugs und der

Fälſchung als ein willkommenes Zeichen der Echtheit.
Ich konnte nun weder meine Gründe noch meine Ab-
ſichten Poni auseinanderſetzen; ich konnte ihm nur
den Stock hinhalten und ihn auffordern, mir zur Gen-
darmerie zu folgen, wo ich Dolmetſcher und Geld vor-
finden würde. Inzwiſchen ſchenkten wir ihm eine
Bootspfeife als Gegengabe für ſein Sandelholz, auf der
er, während er hinter uns drein ſchritt, die ganze Zeit
über blies. Und ununterbrochen ſtrömten aus den Häu-
ſern am Wege kleine Gruppen von Mädchen in Rot
oder von Männern in weißer Kleidung heraus. Und
allen dieſen mußte Poni auseinanderſetzen, wer die
Fremden ſeien, was ſie hier machten und weshalb er,
Poni, auf der Pfeife blies; weswegen er jetzt auf das
Amt mitmüßte, ungewiß ob er beſtraft oder belohnt
werden ſollte, im großen und ganzen aber doch hoff-
nungsvoll und inzwiſchen höchlichſt getröſtet durch
die Bootspfeife. Worauf er ſich von der letzten Gruppe
von Inquirenten frei machte und die ſchrille Pfeife
wieder einmal hinter uns ertönte.

27. Auguſt. Ich habe einen umfangreichen Rundritt
durch das Tal in Begleitung Bruder Michaels gemacht.
Wir hatten zwei geſetzte Gäule, wie ſie für dieſe rauhen
Pfade paſſen, beſtiegen; das Wetter war wundervoll und
die Geſellſchaft, in der ich mich befand, nicht weniger
angenehm als die Umgebung, durch die wir kamen.
Zuerſt klommen wir einen ſteilen Abhang zu dem Gipfel
eines jener verſchnörkelten Felsvorſprünge hinauf, die
aus der Entfernung geſehen Licht und Schatten auf der
Berglehne begrenzen. Das Terrain fiel auf beiden Seiten
faſt ſenkrecht ab. Auf beiden Seiten aus abgrundtiefen

Schluchten ſtiegen der Sang der reißenden Waſſer und der Rauch von Herdfeuern zu uns auf. Hier und dort teilten ſich die Laubhügel, und unſere Blicke tauchten in eine der tief eingeniſteten Siedlungen unter. Und immer noch erhob ſich vor uns die ſchroffe Bergſchranke, übergrünt, wo man meinen konnte, daß kaum eine Glockenblume Wurzel faſſen würde, und gezeichnet mit dem Zickzack eines menſchlichen Pfades, wo eine Geiß ſchwerlich umherklettern möchte. In Wahrheit iſt all dieſe Mühe auch umſonſt geweſen, denn ſelbſt die Marqueſaner halten dieſen Weg für ungangbar. Sie ſetzen ihre Pferde bei dem Aufſtieg nicht aufs Spiel, und die weſtwärts davon hauſen, ziehen es vor, in Kanoes zu kommen und zu gehen. Noch nie habe ich erlebt, daß ein Berg aus der Nähe ſo wenig einbüßte: wohl eine Folge ſeiner außerordentlichen Steilheit. Als wir uns umdrehten, war ich erſtaunt, einen ſo weiten Ausblick hinter uns zu finden, und eine ſo hohe Schulter blauen Meeres, gekrönt von der walfiſchähnlichen Inſel Motane. Dennoch war der Berg dem Augenſchein nach nicht zuſammengeſchrumpft, ja, ich hätte ſogar glauben können, als ich aufblickte, um ſeine Größe zu meſſen, daß er höher denn je vor mir aufragte.

Wir bogen jetzt in verſteckte Wege ein, überſchritten und vernahmen aus größerer Nähe die ſtreitenden Waſſerläufe und ſchmeckten die Kühle jener Blattniſchen, in denen die Behauſungen eingebettet waren. Um uns herum ſangen, während wir abſtiegen, die Vögel. Auf dem ganzen Wege wurde mein Führer von Stimmen begrüßt: »Mikäel, – Kaoha, Mikäel!« Von den Türſchwellen, von den Baumwollfeldern oder aus den Tiefen der Haine, in denen die polyneſiſche Kaſtanie grünt, erklangen dieſe freundſchaftlichen Rufe und wurden im Vorübergehen heiter erwidert. Bei einer ſcharfen Biegung des Tales ſtießen wir auf ein Haus, das auf einer wohlgebauten Paepae neben einem eiligen Bach ruhte und klaftertief unter dem kühlen Laube begraben war. Luſtig brannte in Erwartung des Abendeſſens unter dem offenen Poipoiſchuppen das Feuer. Und jetzt vereinigten ſich die Rufe zu einem Chor; die Bewohner ſtürzten aus dem Hauſe hervor und zwangen uns, abzuſitzen und auszuruhen. Sie ſchienen eine zahlreiche Familie zu ſein: wir ſahen zum mindeſten acht Perſonen, und eine von dieſen beehrte mich mit beſonderer Aufmerkſamkeit. Das war die Mutter, eine alte Frau mit runzeligem Geſicht, aber vollem ſchwarzen Haar und noch jugendlich ſtraffen Brüſten. Sie ging bis zu den Hüften nackt. Bei unſerer Ankunft bemerkte ich, daß ſie mich ins Auge faßte, ſtatt mich jedoch zu begrüßen, verſchwand ſie ſofort im Buſch. Von dort kehrte ſie mit zwei karmeſinroten Blüten zurück. »Adieu!« lautete ihr Gruß, der nicht ohne Koketterie entboten wurde, und damit drückte ſie mir die Blumen in die Hand. – »Adieu! Ich Inglis ſprechen!« Von einem Walfiſchfänger, der, wie ſie mir erzählte, ein »viel netter Kerl« geweſen ſei, habe ſie die Sprache gelernt, und ich mußte daran denken, wie ſchön ſie wohl in ihrer Jugend geweſen war und konnte nicht umhin zu vermuten, daß irgendeine Erinnerung an ihren Walfiſchfängergalan ſie zu dieſen Aufmerkſamkeiten gegen mich bewog. Auch fragte ich mich im ſtillen, was wohl aus ihrem Liebhaber geworden ſei? Durch welchen Schmutz und Regen, zu welchen Seehäfen war er inzwiſchen wohl gewandert; in welchen dumpfen, ſchreienden Trinkhöhlen hatte er ſich vergnügt und in welchem Siechenhaus hatte er ſeinen letzten Traum von den Marqueſas ausgeträumt? Inzwiſchen aber hatte ſie, die glücklichere von beiden, auf ihrer grünen Inſel weitergelebt. Das Geſpräch in dieſer weltverlorenen Berghütte drehte ſich in der Hauptſache um Mapiao und ſeine Beſuche auf der »Casco«, von denen die Nachricht ſich wahrſcheinlich ſchon über die ganze Inſel verbeitet hatte, ſo daß es auf Hiva-oa keine Paepae gab, auf der dies Thema nicht erregt erörtet und kommentiert wurde.

Kurz danach kamen wir an eine heilige Stätte, die am Fuße der Schlucht gelegen war. Zwei Wege durchſchnitten den Platz und mündeten in der Mitte ineinander. Bis auf dieſe Trennung war das Amphitheater ſeltſam vollkommen und erinnerte auf eine rohe Art an alte römiſche Bauten. Dichtes Laub und das Bergmaſſiv tauchten es in willkommenen Schatten. Auf den Bänken ſaß verſchiedenes junges Volk, in Gruppen und auch vereinzelt, darunter ein ſtattliches, hübſches Mädchen von etwa vierzehn Jahren, das Bruder Michael ſogleich auffiel. Weshalb ſei ſie nicht in der Schule? Sie ſei mit der Schule jetzt fertig. Was ſie denn hier täte? Sie lebe jetzt hier. Weshalb denn? Ein tiefes Erröten war die einzige Antwort. Die Art, in der Bruder Michael ſie befragte, war keineswegs ſtreng; die Verwirrung des Mädchens ſelbſt erzählte ihre Geſchichte. »Elle a honte«, lautete der Kommentar, den der Miſſionar im

Weiterreiten machte. Dicht daneben badete an einer ruhigen Stelle im Fluß zwiſchen zwei Steinen ein erwachſenes nacktes Mädchen, und es amüſierte mich, zu ſehen, mit welcher Eile und wie aufrichtig erſchreckt ſie ſich in ihre vielfarbigen Unterkleider warf. Selbſt aus dieſen Töchtern von Kannibalen ſprach deutlich die Scham.

Hiva-oa iſt auch der Ort, wo, dank dem unverbeſſerlichen Kannibalismus der Eingeborenen, der lokale Glauben am ſchärfſten unterdrückt worden iſt. Hier war es, wo man drei Häupter des dortigen Kultes unter eine Brücke ſetzte und die Frauen des Tales zwang, auf der Landſtraße über ihren Köpfen hinweg zu defilieren, während die armen, entehrten Burſchen – nach einſtimmiger Ausſage aller Augenzeugen – tränenüberſtrömt daſaßen. Nicht genug, daß man einen Weg direkt durch die heilige Stätte hindurch führte, man ließ zwei Wege ſich dort ſchneiden. Es iſt kein Grund, anzunehmen, daß dies mit Abſicht geſchah; vielleicht iſt es auch unmöglich, allen den vielen heiligen Stätten hierzulande auszuweichen. Doch bleiben dieſe Dinge nicht ohne Folgen. Es iſt ſchon einmal die Rede von der Achtung geweſen, die die Marqueſaner den Toten bezeugen, eine Achtung, die in der Tat in einem ſeltſamen Widerſpruch zu ihrer Nichtachtung des Todes ſteht. So begegneten wir zum Beiſpiel am Anfang dieſes Rittes einem kleineren Häuptling, der ſich natürlich erkundigte, wohin wir gingen und als größere Sehenswürdigkeit empfahl: »Zeigen Sie ihm doch lieber den Friedhof!« Ich beſichtigte ihn denn auch; er war erſt vor kurzem eröffnet, der dritte in den letzten acht Jahren. Sie ſind tüchtige Baumeiſter hier in Hiva-oa; auf meinem Ritt ſah ich Paepaes, die kein europäiſcher Maurer hätte bauen können; ſo glatt war das ſchwarze vulkaniſche Geſtein ineinander gefügt; ſo ſchnurgerade waren die Ecken ausgerichtet; ſo exakt horizontal der Boden. Aber die Einfriedungsmauer des Kirchhofes war eine Sache für ſich; ſie ſchien ein Werk der Liebe zu ſein. Die Pietät gegenüber den Toten iſt alſo noch immer lebendig. Und nun bedenke man, welche Folgen das wiederholte Brüskieren des Volksempfindens haben kann. Von den vier Gefangenen im Atuonaer Gefängnis waren drei natürlich Diebe; der vierte war wegen Grabſchändung eingeſperrt. Er hatte einen Teil des Friedhofs abgetragen – um an Ort und Stelle ein Feſt zu geben, wie er vor Gericht ausſagte – Böſes hätte er ſich dabei nicht gedacht. Weshalb ſollte er auch? Man hatte ihn mit Gewalt gezwungen, die heiligen Stätten ſeines Glaubens zu zerſtören; als er davor zurückſchreckte, hatte man ihn als einen abergläubiſchen Narren verlacht. Und jetzt erwartet man von ihm, daß er, gleichſam aus ſich heraus, unſere europäiſchen Vorurteile reſpektierten ſoll.

*

## FÜNFZEHNTES KAPITEL

### *Die beiden Häuptlinge von Atuona*

*

ZUFÄLLIG, ALS DIE »CASCO« DURCH DIE BORdelais-Engen nach Taahauku fuhr, kam ſie ſehr dicht unter Land, an der gegenüberliegenden Inſel Tauata, vorbei, wo man die Häuſer in einem Wäldchen hoher Kokospalmen unterſcheiden konnte. Bruder Michael wies mit der Hand dorthin. »Jetzt bin ich zu Hauſe«, ſagte er; »ich glaube, ich bin ziemlich hoch an dieſen Kokosnüſſen beteiligt, und in jenem Hauſe wohnt Madame meine Mutter mit ihren zwei Gatten!« »Mit zwei Gatten?« erkundigte ſich jemand. »C'est ma honte«, entgegnete trocken der Bruder.

Beiläufig ein Wort über die zwei Gatten. Ich glaube, der Bruder hat ſich etwas ungenau ausgedrückt. Es kommt allem Anſchein nach häufig genug vor, daß eine Eingeborenendame zwei Männer hat, mit denen ſie zuſammenlebt, aber dieſe ſind nicht beide ihre Gatten. Der erſte iſt und bleibt der eigentliche Gemahl; die Frau trägt auch weiterhin ſeinen Namen, und die Stellung des zweiten Gatten oder Pikios iſt, wenn auch ganz geſetzlich, doch eine untergeordnete. Wir hatten einmal Gelegenheit, einen ſolchen Haushalt kennenzulernen. Der Pikio war abſolut anerkannt, zeigte ſich auch ganz öffentlich mit dem Gatten, wo es galt, die Dame gegen Beleidigungen zu ſchützen; das Paar machte wie zwei Brüder gemeinſame Sache. Zu Hauſe dagegen trat die Ungleichheit deutlicher hervor. Der rechtmäßige Gatte ſetzte ſich in Poſitur, um die Gäſte zu empfangen und zu unterhalten; inzwiſchen lief der Pikio ganz wie ein gemieteter Diener hin und her, um die Kokosnüſſe zu holen, und ich merkte, daß man dieſe Dienſte ſogar lieber von ihm als von dem Sohne verrichten ließ. Es iſt klar, daß wir es hier nicht mit einem zweiten Gatten, ſondern mit einem geduldeten Liebhaber zu tun haben. Nur daß auf den Marqueſas der Betreffende, ſtatt ſeiner Dame Fächer und Mantel zu tragen, ſich herbeilaſſen muß, die Hausarbeit des Gatten zu verrichten.

Der Anblick von Bruder Michaels Familienbeſitz lenkte das Geſpräch vorübergehend auf die Methoden und Konſequenzen künſtlicher Verwandtſchaft. Unſere Neugier wurde in hohem Maße gereizt; der Bruder erbot ſich, uns alle miteinander adoptieren zu laſſen; ſo wurden wir denn zwei Tage darauf die Kinder Paaaeuas, des eingeſetzten Häuptlings von Atuona. Ich war außerſtande, der Zeremonie beizuwohnen, die primitiv einfach war. Die beiden Mrs. Stevenſon und Mr. Osbourne ſetzten ſich zuſammen mit Paaaeua, ſeiner Frau und einem ihrer Adoptivkinder, dem Sohne eines auf See verunglückten Öſterreichers, zu einem ausgezeichneten polyneſiſchen Mahl hin, deſſen wichtigſter und einzig unerläßlicher Gang aus Schweinefleiſch beſtand. Eine Menſchenmenge ſtand währenddeſſen herum und beobachtete ſie durch die Ritzen des Hauſes; aber niemand, nicht einmal Bruder Michael, durfte daran teilnehmen, denn die Mahlzeit galt als Sakrament und als Schöpferin oder Ausdruck des neuen

Verwandtſchaftsverhältnis. Auf Tahiti werden die Dinge nicht ſo ſtreng genommen; als Ori und ich »Brüderſchaft machten«, ſaßen unſer beider Familien am Tiſche mit, indeſſen nahm man an, daß nur er und ich, die wir mit beſtimmter Abſicht aßen, von der Zeremonie beeinflußt wurden. Für die Adoption eines Kindes iſt keine Formalität erforderlich; das Kind wird von den natürlichen Eltern ſeiner neuen Familie übergeben und wächſt heran, um das Vermögen ſeiner Adoptiveltern zu erben. Zweifellos werden auch Geſchenke ausgetauſcht wie bei allen feierlichen geſellſchaftlichen oder politiſchen Gelegenheiten, doch hörte ich noch niemals von einem Bankett – vielleicht genügt einfach die Gegenwart des Kindes bei den täglichen Mahlzeiten. Den Sinn dieſes Gedankens finden wir in dem arabiſchen Glauben wieder, daß gemeinſame Nahrung auch gemeinſames Blut bildet, ſowie in dem Axiom, auf den dieſer Satz ſich gründet: »Der iſt der Vater des Kindes, der ihm ſeinen Morgentrank gibt.« Auf den Marqueſas iſt das Empfinden hierfür alſo im Schwinden und iſt auf Tahiti ſchon ganz ausgeſtorben.

Welches iſt nun die Natur der Verpflichtung, die bei ſolch einer Feierlichkeit eingegangen wird? Sie verändert ſich je nach dem Charakter derer, die daran teilgenommen haben, ſowie nach den beſonderen Umſtänden des Falles. So wäre es zum Beiſpiel lächerlich geweſen, unſere Adoption in Atuona allzu ernſt zu nehmen. Von ſeiten Paaaeuas war es eine Frage des geſellſchaftlichen Ehrgeizes; als er darein willigte, uns in ſeine Familie aufzunehmen, hatte er uns noch nicht einmal geſehen. Er wußte nur, daß wir unermeßlich reich waren und in einem ſchwimmenden Palaſt einherfuhren. Wir unſererſeits aßen von ſeinem gebakkenen Fleiſch nicht mit dem wahren animus affiliandi, ſondern aus reiner Neugier. Die ganze Angelegenheit war eine Formſache und eine Galaaffäre, wie wenn zwei europäiſche Herrſcher ſich Vetter nennen. Trotzdem hätte ſich Paaaeua, wären wir in Atuona geblieben, verpflichtet gefühlt, uns auf ſeinem Lande einen Wohnſitz anzuweiſen und uns eine Abteilung junger Männer zur Bedienung, ſowie Kokospalmen für unſeren Unterhalt zur Verfügung zu ſtellen. Ich habe vorhin den Öſterreicher erwähnt. Dieſer war auf einem Kohlenſchiff geweſen, das zuſammen mit einem Schweſterſchiff vom Clyde ausſegelte; beide Fahrzeuge umfuhren Kap Horn und beide fingen, obwohl ſie zur Zeit ein paar hundert Seemeilen voneinander entfernt waren, etwa im gleichen Augenblick Feuer. Das eine wurde zerſtört; der verlaſſene eiſerne Rumpf des anderen wurde nach langem Herumtreiben endlich aufgegriffen, neu ausgebaut, fährt heute wieder als Schiff umher und iſt in San Francisco beheimatet. Eine Bootsladung mit Seeleuten von einem dieſer Schiffsunglücke erreichte nach langen Entbehrungen die Inſel Hiva-oa. Einige dieſer Männer ſchworen, ſich nie wieder den Gefahren der See auszuſetzen, doch war von ihnen allen einzig der Öſterreicher dem Schwure wirklich treu. Er iſt geblieben, wo er landete und will dort ſterben, wo er lebt. Bei einem ſolchen Manne, der zufällig unter Polyneſier geraten und bei ihnen Wurzel geſchlagen hat, kann dieſes Einleben nur mit dem

Pfropfprozeß eines Gärtners verglichen werden. Er geht mit Leib und Seele in dem anſäſſigen Volke auf, hört vollſtändig auf, ein Fremdling zu ſein, geht Blutsbrüderſchaft ein, teilt den Wohlſtand und das Anſehen ſeiner neuen Familie und hat nach deren Anſicht auch die moraliſche Verpflichtung, ſie ebenſo großmütig an den Früchten ſeiner europäiſchen Kenntniſſe und Fertigkeiten teilnehmen zu laſſen. Dieſe ungeſchriebene Verpflichtung aber ſtellt wiederum den Faktor dar, an dem ſo viele Weiße ſich ſtoßen. Um im Augenblick einen Vorteil zu erringen – ſagen wir, es gilt, einen Platz für einen Laden angewieſen zu erhalten – macht der Weiße ſich den polyneſiſchen Brauch zunutze und wird für einen Tag der Sohn oder Bruder eines Eingeborenen, indem er ſich im ſtillen gelobt, nachher der Leiter einen Tritt zu geben, durch die er ſein Ziel erklommen hat, und dieſe Verwandtſchaft, ſobald er ſie läſtig findet, zurückzuweiſen. Da merkt er, daß zu jedem Handel zwei Parteien gehören. Vielleicht iſt ſein polyneſiſcher Verwandter ein einfältiger Menſch, der dieſe Blutsbande ernſt nimmt; vielleicht iſt er auch nur ein Schlaukopf, der den Pakt ebenfalls im Hinblick auf ſeinen Vorteil geſchloſſen hat. In beiden Fällen wird der Laden geplündert, das Haus wimmelt von faulen Eingeborenen, und je reicher der Mann wird, um ſo zahlreicher, müßiger und zärtlicher werden ſeine braunen Verwandten. Den meiſten gelingt es unter dieſen Umſtänden, ſich ihre Freiheit zu erkaufen oder ſie brutal zu erzwingen; viele aber vegetieren auch ohne Hoffnung, von Paraſiten aufgefreſſen, dahin.

Wir hatten keinerlei Urſache, uns wie Bruder Michael

zu ſchämen. Unſere neuen Verwandten waren freundlich, ſanftmütig, höflich und freigiebig. Die Frau war ein überaus mütterliches Weſen, der Mann eine Perſönlichkeit, die bei ſeinen Vorgeſetzten mit Recht in hohem Anſehen ſtand. Genug iſt bereits erzählt worden, um zu zeigen, daß Moipu abgeſetzt zu werden verdiente; in Paaaeua haben die Franzoſen einen würdigen Erſatzmann gefunden. Paaaeua ging ſtets tadellos gekleidet; er ſah aus wie der verkörperte Anſtand, etwa wie ein dunkelhäutiger, hübſcher, dummer und wahrſcheinlich auch religiöſer junger Mann auf dem direkten Wege von einem europäiſchen Begräbnis. Er trug ſeinen Ernſt gleich einem Schmuck zur Schau. Keiner hätte mit größerer Genauigkeit den gewünſchten Charakter eines eingeſetzten Häuptlings, eines Vorpoſtens der Ziviliſation, darſtellen können. Und doch – ſollten die Franzoſen das Land räumen und die einheimiſchen Sitten wieder aufleben, ſo ſieht ihn die Phantaſie mit Altmännerbärten gekrönt als einer der erſten ſich zu einem Menſchenfreſſermahl drängen. Aber es darf nicht ſcheinen, als wolle ich Paaaeua unrecht tun. Seine Ehrbarkeit war mehr als nur ein Anſtrich; ſein Sinn für Schicklichkeit ſtählte ihn für unerwartete Kämpfe.

Eines Abends waren Kapitän Otis und Mr. Osbourne an Land ins Dorf gegangen. Alles war in Aufruhr; der Tanz hatte gerade begonnen; offenbar ſollte es eine Nacht des Vergnügens werden, und unſere Abenteurer freuten ſich unbändig über den Glücksfall. Ein ſtarker Regenſchauer trieb ſie in das Haus Paaaeuas, wo man ſie willkommen hieß, ſie in ein Zimmer lockte und dort einſchloß. Mit der Zeit ließ der Regen nach, das Feſt ſollte nun allen Ernſtes beginnen, und die jungen Bravos von Atuona umſtrichen das Haus und riefen meinen Mitreiſenden durch die Spalten der Wände zu. Spät in der Nacht wiederholten ſich die Rufe, die mitunter mit Spott vermiſcht waren; noch ſpäter verſuchten die Gefangenen, gequält und angelockt vom Lärm des Feſtes, abermals zu entfliehen. Aber alles war vergebens; quer vor der Türſchwelle lag jener gottesfürchtige Hausvater, Paaaeua, und tat, als ſchliefe er feſt: meine Freunde mußten ihren Jux aufgeben. In dieſem ſo entzückend europäiſchen Vorfall vermochten wir drei verſchiedene Motive zu entdecken. Erſtens fühlte ſich Paaaeua für die ihm anvertrauten Seelen verantwortlich: es handelte ſich um junge Leute, und er hielt es für richtig, ſie von dem Roſenpfad der Sünde abzuhalten. Zweitens ſtand er im öffentlichen Leben, und es ſchickte ſich nicht, daß ſeine Gäſte bei einem Feſte erſchienen, das er mißbilligte. So mag ein ſtrenger Geiſtlicher daheim zu ſeinem weltlichen Gaſte ſprechen: »Geh ins Theater, wenn du magſt, aber – nichts für ungut – nicht von meinem Hauſe aus.« Drittens war Paaaeua eiferſüchtig und nicht ganz ohne Grund (wie ſpäter noch gezeigt werden wird), und die Feſtgenoſſen waren die Satelliten ſeines unmittelbaren Rivalen, Moipus.

Die Adoption hatte großes Aufſehen im Dorfe erregt; mit einem Schlage waren wir Fremden populär geworden. Paaaeua zog in ſeiner ſchwierigen Stellung als eingeſetzter Häuptling Kraft und Würde aus dieſer neuen Verbindung, und nur Moipu und ſeine Anhänger waren unzufrieden. Kapitän Hart, der von ihm ausgeraubt und mit dem Tode bedroht war, Vater Orens, auf den er gefeuert und den er wiederholt in die Wälder getrieben hatte, meine eigene Familie, ja ſelbſt die franzöſiſchen Beamten – alle ſchienen von einer unwiderſtehlichen Neigung für dieſen Menſchen befallen zu ſein. Sein Sturz hatte ihn weich gemacht; ſein Sohn ſollte nach ſeinem Tode Paaaeuas Nachfolger in der Häuptlingswürde werden, und er lebte während unſeres Beſuches, in dem am Strande gelegenen Teile des Dorfes in einem ſchönen Hauſe, mitſamt einer ſtarken Gefolgſchaft junger Männer, ſeinen ehemaligen Kriegern und Jagdgenoſſen. In dieſer Geſellſchaft wurden das Erſcheinen der »Casco«, die Adoption, das Mahl, mit dem wir uns an Bord revanchierten, und die zwiſchen den Weißen und ihren neuen Verwandten ausgetauſchten Geſchenke zweifellos Gegenſtand erbitterter und eifriger Kommentare. Man fühlte, daß vor noch gar nicht ſo langer Zeit die Ehren einem anderen zugefallen wären. In dieſer ungewöhnlichen Affäre, dieſem Empfang eines bisher gänzlich unbekannten, fremdländiſchen Potentaten hätte Moipu noch vor wenigen Jahren die Rolle eines Helden und Gaſtgebers geſpielt; und ſeine jungen Männer hätten als anerkannte Führer der Geſellſchaft die verſchiedenen Feſtlichkeiten mit ihrer Gegenwart beehrt. Und jetzt mußte durch die boshafte Mißgunſt des Schickſals Moipu unbemerkt in ſeinem Hauſe ſitzen; und ſeine jungen Leute waren gezwungen, als Zuſchauer daneben zu ſtehen, während ihre Rivalen tafelten. Wer weiß, vielleicht fühlte auch Mr. Grévy einen Anflug von Bitterkeit gegenüber ſeinem Nachfolger, als er ihn auf dem breiten Podium der Zentenarfeier von 89 agieren ſah; jedenfalls bedeutete der Beſuch der »Casco«, den Moipu nur um wenige Jahre verpaßte, für Atuona ein ungewöhnlicheres Ereignis als die Zentenarfeier für Frankreich; und der entthronte Häuptling beſchloß, ſich in der Öffentlichkeit zu rehabilitieren.

Mr. Osbourne war zum Photographieren nach Atuona hineingegangen; die Einwohnerſchaft des Dorfes hatte ſich bei dieſem Anlaß auf dem Platz vor der Kirche verſammelt, und Paaaeua ſpielte, aufs Höchſte entzückt über das Auftreten ſeiner neuen Familie, den Zeremonienmeiſter. Man hatte die Kirche mitſamt der luſtigen Architektur aufgenommen, die Nonnen mit ihren Zöglingen, verſchiedene Fräulein in ihren uralten und ſelten unkleidſamen Tapagewändern und Vater Orens in einer Gruppe ſeiner Gemeindekinder. Ich weiß nicht, was ſonſt noch alles geplant war, als der Photograph bemerkte, wie in der Menge eine plötzliche Senſation entſtand, und ſich umſehend, gewahrte er die ungemein ſtattliche Figur eines Mannes, der am Saume eines Gebüſchs auftauchte und gleichgültig auf ihn zu ſchlenderte. Dieſer Gleichmut war ganz zweifellos nur angenommen; es war klar, daß Moipu erſchienen war, um Aufmerkſamkeit zu erregen, und der Erfolg war augenblicklich. Er wurde vorgeſtellt; er war höflich, ja zuvorkommend und ſtets unendlich überlegen und ſelbſtſicher: ein geſchickter Schauſpieler. Schließlich ſchlug man ihm vor, doch in ſeiner Kriegsausrüſtung zu kommen; huldvoll willigte er ein und kehrte in jenem ſeltſamen, unpaſſenden und übel berüchtigten Aufputz zurück (der ſeiner ſtattlichen Perſon indes vortrefflich ſtand), um in einem Kreis von Bewunderern einherzuſtolzieren und von jetzt an der Mittelpunkt zu ſein. So hatte Moipu gleichſam zufällig ſeine Vorſtellung bei den weißen Fremdlingen erzwungen, hatte es ſich als Gunſt abringen laſſen, ſich in vollem Kriegsſchmuck zeigen zu dürfen, hatte ſeinen Rivalen zu einem Schauſpieler zweiten Ranges auf der ſo heiß umſtrittenen Bühne des Dorftheaters herabgedrückt. Paaaeua ſpürte den Schlag empfindlich und ſtellte mit einem Temperament, das wir uns an ihm nicht hatten träumen laſſen, ſeine Priorität wieder her. Es erwies ſich als unmöglich, eine Photographie von Moipu allein aufzunehmen; jedesmal, wenn er ſich vor dem Apparat in Poſitur ſetzte, ſtellte ſich ſein Nachfolger unaufgefordert an ſeine Seite und behauptete ſanft aber beſtimmt ſeinen Platz. Das Porträt der beiden, Jakob und Eſau, wie ſie Schulter an Schulter daſtehen, der eine in ſeinem barbariſchen Aufputz, der andere in ſeiner ſorgfältigen europäiſchen Kleidung, ſtellt gleichſam die leibhaftige Vergangenheit und Gegenwart ihrer Inſel dar, während die Zukunft wohl am beſten in einem Friedhof mit ſeinen ſchlichten Kreuzen ſymboliſiert würde.

Wir ſind alleſamt überzeugt, daß Moipu ſeinen Schlachtplan von Anfang bis zu Ende ſorgfältig erwogen hatte. Er nötigte Mr. Osbourne in ſein Haus, entnahm einer alten Seemannskiſte verſchiedene Geſchenke und zitierte Vater Orens als Dolmetſcher her. Dann ſchlug Moipu ganz offiziell vor, mit Mata-Galahi – Glasauge – ſo lautete der nicht ſehr wohlklingende Name, unter

dem Mr. Osbourne auf den Marquesas bekannt war, »Brüderschaft zu machen.« Diese Zeremonie fand an Bord der »Casco« statt. Paaaeua war als ganz gewöhnlicher Mensch mit seiner Familie erschienen, und seine Geschenke, reich an der Zahl, waren einander in Abständen von verschiedenen Tagen gefolgt. Moipu trat, wie um den Gegensatz hervorzuheben, mit einem gewissen feudalen Pomp auf, umgeben von seinen Anhängern, die alle möglichen Geschenke, angefangen mit Büscheln von Altmännerbärten bis zu frommen kleinen katholischen Stichen, trugen.
Ich war dem Manne auch früher schon im Dorfe begegnet und haßte ihn auf den ersten Blick. Seine Züge und sein Benehmen hatten etwas unbeschreiblich Pöbelhaftes, so daß mich Widerwillen packte; und wenn von Menschenfresserei die Rede war, und er leise und grausam, teils prahlerisch, teils verlegen vor sich hin lachte, wie einer der sich an eine flotte Sünde erinnert, mischte sich direkt körperlicher Ekel in meine Abneigung. Ich weiß, mein Standpunkt ist nicht grade menschlich und nicht im geringsten der eines Reisenden. Im Privatleben nahm der Mann sich sogar vorteilhafter aus. Etwas Negroides in seinem Charakter wie in seinem Äußeren war mir allerdings nach wie vor unangenehm. Doch wurde sein scheußlicher Mund reizvoll, wenn er lächelte, seine Figur und seine Haltung waren ausgesprochen edel und seine Augen einfach prachtvoll. In seiner Freude an Marmelade und Pickles, in seinem Entzücken über die vielfach reflektierenden Spiegel des Eßsaals an Bord, die natürlich auch eine endlos wiederholte Zahl von Moipus und Ma-

ta-Galahis zurückwarfen, zeigte er ſich als liebenswürdiges Kind. Und doch bin ich mir meines Urteils nicht ganz ſicher: was wie Kindlichkeit anmutete, konnte auch höfiſche Verſtellung ſein. Seine Manieren erſchienen mir über jeden Tadel erhaben, und wenn ich an die heitere Zerſtreutheit denke, mit der er ſich das erſtemal an unſere Geſellſchaft heranmachte, und ihn vor mir ſehe, wie er auf Händen und Füßen über die Kajütenſofas hinkroch, den Plüſch betaſtete, in die Betten griff und einem rieſigen, überdreſſierten Affen gleich mit geſteigerter Betonung ſeine »Mitais« hervorſtieß, bin ich immer mehr davon überzeugt, daß beides nur Berechnung war. Dann frage ich mich auch, ob Moipu mit dieſer höflichen Heuchelei auch wirklich alleine ſtand, und ob die »Casco« auf den Marqueſas in Wahrheit ſo bewundert wurde, wie unſere Beſucher es uns glauben machen wollten.

Ich will meine Darſtellung eines unverbeſſerlichen Kannibalengranden mit zwei einander widerſprechenden Zügen ſchließen. Als Lieblingsleckerbiſſen galt ihm die menſchliche Hand, von der er auch heute noch mit häßlicher Lüſternheit ſpricht. Und als er ſich von meiner Frau verabſchiedete, ihre Hand in der ſeinen hielt und mit Tränen im Auge in dem hohen Falſett der vornehmen marqueſaniſchen Geſellſchaft eine improviſierte Rede herunterleierte, hinterließ er bei ihr einen ſentimentalen Eindruck, den zu teilen ich bisher vergeblich mich bemühte.

# DIE PAUMOTU-INSELN

*

## ERSTES KAPITEL

### *Der gefährliche Archipel. Atolle in Sicht*

*

FRÜH AM MORGEN DES 4. SEPTEMBERS SCHLEPP-te uns ein von Eingeborenen bemanntes Walfiſchfängerboot durch die ſchmale grüne Waſſerſtraße des Ankerplatzes und um das giſchtſprühende Vorgebirge herum. An Land war es heiß und ſchwül, dennoch war der Morgen klar wie Kriſtall. Nur die Berge von Atuona trugen Wolkenkutten und der Meeresſtrom der Paſſatwinde ſtrömte ohne Unterlaß. Als wir aus dem unmittelbaren Schutz des Landes hervorkrochen, erreichten wir endlich die Grenze der Regionen, in denen ſich der Lufthauch ſpürbar machte. Der Wind blähte ſtoßweiſe und immer regelmäßiger wurden unſere Segel; die »Casco« legte ſich auf die Seite und machte ſich an ihr Tagewerk; das überholte Walfiſchboot klammerte ſich einen lärmenden Moment lang an ihren Bug; das als Lotſenpreis ausgemachte Brot, der Rum und der Tabak wurden hinübergereicht; ein weiterer Moment und das Boot befand ſich in unſerem Kielwaſſer und unſere bisherigen Piloten ſchrien uns zur Aufmunterung ihre Abſchiedsgrüße nach.

Dieſe waren um ſo ermutigender, als unſer Kurs uns nach Gegenden führte, die von den bisherigen ſo ganz verſchieden waren und für uns, wenn auch nur eine kurze Fahrt, ſo doch einen neuen Teil der Schöpfung bedeuteten. Jenes weite Gebiet des Ozeans, das nur recht ungenau als die »Südſee« bezeichnet wird, erſtreckt ſich von einem tropiſchen Erdteil zum anderen, von rund 120 Grad weſtlicher nach 150 Grad öſtlicher Breite und bildet ein Parallelogramm von hundert mal ſiebenundvierzig Graden dort, wo die Grade am weiteſten auseinanderliegen. Ein großer Teil dieſes Gebietes iſt leer, ein anderer iſt dicht mit Inſeln beſtreut, und dieſe Inſeln ſind von zweierlei Art. Kein Thema nimmt in Südſeegeſprächen einen ſo breiten Raum ein, wie der Unterſchied zwiſchen den »niedrigen« und den »hohen« Inſeln, und in der Tat gibt es auch nirgends in der Natur einen auffallenderen. Verſchiedener iſt auch nicht der Himalaya von der Sahara. Auf der einen Seite erheben ſich hauptſächlich in Gruppen von acht bis zwölf an der Zahl vulkaniſche Inſeln aus dem Meere; wenige haben eine geringere Höhe als viertauſend Fuß; die eine überſteigt ſogar dreizehntauſend Fuß. Die Gipfel ſind häufig in Wolken gehüllt, alle ſind mit Wäldern bekleidet, reich an Nahrung und bemerkenswert durch ihre maleriſche, großartige Szenerie. Auf der anderen Seite haben wir die Atolle; Gebilde von problematiſcher Entſtehung und Geſchichte, in rohen Umriſſen von ringförmiger Geſtalt mit einer Lagune in ihrer Mitte. Selten meſſen ſie in ihrer größten Ausdehnung mehr als eine viertel Meile; oft erheben ſie ſich an ihrer höchſten Stelle nicht über Menſchenmaß hinaus. Der Menſch ſelbſt, die Ratte und die Landkrabbe ſind ihre hauptſächlichſten Bewohner. Ihr Pflanzenreichtum iſt auch nicht größer, und dem Auge zeigen ſie ſich ſelbſt in ihrer vollkommenſten Form nur als ein Ring aus blendendem Sand und grünem Laub, das blaue Meer umſchließend und von ihm wiederum beſpült.

In keiner Gegend der Welt liegen die Atolle ſo dicht beiſammen, nirgends findet man ſie in ſo verſchiedenen Größen, und an keiner Stelle drohen der Schiffahrt ſo zahlreiche Gefahren wie in dem Archipel, durch den wir jetzt fuhren. Das rieſige Netz der Paſſatwinde wird aus irgendeinem Grunde durch dieſes Labyrinth von Riffen geſtört; der Wind ſpringt oft um, Böen von Weſten und Südweſten ſind häufig, und Orkane kommen ebenfalls vor. Die Strömungen ſind zudem unendlich kompliziert; die ſchärfſte Berechnung wird zur Farce, auf Karten iſt kein Verlaß mehr; ja, ſo zahlreich ſind die Inſeln, ſo groß iſt die Ähnlichkeit, die zwiſchen ihnen herrſcht, daß man, ſelbſt wenn man irgendeinen Punkt genau identifiziert hat, mitunter um keinen Grad klüger iſt. Der Ruf, der dieſer Gegend vorausgeht, iſt daher der denkbar ſchlechteſte; Verſicherungsgeſellſchaften ſchließen dieſen Bezirk in ihren Policen ausdrücklich aus, und mein Kapitän wagte ſich nicht ohne Beſorgnis mit der »Casco« in dieſe Gewäſſer hinein. Ja, ich glaube ſogar, es beſteht irgendeine ungeſchriebene Vereinbarung, daß Jachten dieſen trügeriſchen Archipel zu meiden haben, und es bedurfte meiner ganzen Feſtigkeit ſowie Mr. Otis privater Abenteuerluſt, um unſeren Kurs hierher zu lenken.

Einige Tage ſegelten wir ununterbrochen vor einem ruhigen Paſſat und mit einer ſtändigen weſtlichen Strömung nach Lee, und gegen Sonnenuntergang des ſiebenten Tages ſollten wir Takaroa, eine der von Cook entdeckten ſogenannten St.-Georges-Inſeln, ſichten.

Die Sonne ging unter, eine kurze Zeit verſtrich, und der alte Mond, halbklar und von einem ſilbernen Hof umgeben, der bald ſein Nachfolger werden ſollte, ſegelte hinter zunehmenden Wolken dahin. Endlich hatte er uns ganz verlaſſen; Sterne jeder Größe und jeden Glanzes, Wolken von jeder nur möglichen Form machten ſein gedämpftes Licht ihm ſtreitig, und noch immer ſpähten wir vergeblich nach Takaroa aus. Der Maat ſtand am Bugſprit, ſeine hohe graue Geſtalt ſchoß bergauf, bergab gegen den Sternenhimmel und noch immer

»nihil aſtra praeter
Vidit et undas.«

Wir anderen hatten uns um den Backbord Ankerdavit geſchart und ſtarrten nicht weniger eifrig aber mit geringerer Hoffnung auf den dunklen Horizont. Inſeln ſahen wir die Fülle, aber ſie waren »vom Stoff, aus dem die Träume ſind« und ſchwanden im Handumdrehen dahin, nur um an anderer Stelle wieder emporzutauchen, und endlich begannen nicht nur Inſeln, nein, glänzende, ſchwankende Lichter im Dunkeln aufzublitzen, Leuchttürme des Gedankens oder des übermüdeten Nervus opticus, die im Vorüberfahren erſtrahlten und uns feierlich zublinzelten. Schließlich gab auch der Maat die Sache auf, kletterte von ſeinem unbequemen Ausguck wieder an Deck und erklärte, wir hätten uns verfahren. Er war zudem der einzige an Bord, der dieſe Gewäſſer kannte, der alleinige Pilot, den wir zu dieſem Zwecke in Tai-o-hae geheuert hatten. Wenn er alſo erklärte, wir hätten Takaroa verfehlt, ſo war es nicht an uns, dieſe Tatſache zu beſtreiten, ſondern uns, wenn möglich, mit ihr abzufinden. Das eine war ſicher, wir waren von unſerer ſüdlichen Richtung abgekommen. Die Zickzacklinie unſeres Kielwaſſers, ſowie unſer etwas betrunken ausſehender Kurs auf der Karte bezeugten mit nicht geringerer Sicherheit das Vorhandenſein einer ſtarken weſtlichen Strömung. So blieb uns denn keine Wahl, als zu folgern, daß wir wieder nach leewärts geraten waren, und das Beſte, was wir tun konnten, war, die »Casco« unter dem Winde beizudrehen, ſcharf aufzupaſſen und den Morgen abzuwarten.

In jener Nacht ſchlief ich, wie es damals meine nicht ganz ungefährliche Gewohnheit war, an Deck auf der Bank am Kockpit. Plötzlich ſtörte mich eine gewiſſe Unruhe und ich erwachte, um den ganzen Oſten in mattes orangefarbenes Licht getaucht zu ſehen. Schon war die Kompaßlampe vor der Helligkeit des Tages verblaßt und der Steuermann beugte ſich aufgeregt über das Rad. »Da iſt ſie, Herr«, rief er und deutete direkt in das Auge der Morgendämmerung hinein. Eine Weile konnte ich nichts entdecken, mit Ausnahme der bläulichen Trümmer der morgendlichen Wolkenmauer, die wie ſchmelzende Eisberge weit am Horizont entlang verſtreut lagen. Dann ſtieg die Sonne auf, bohrte eine Lücke in dieſe Débris von Nebel und zeigte uns ein unbedeutendes Inſelchen, das flach wie ein Teller auf dem Meeresſpiegel ruhte und mit Palmen von disproportionierter Größe geſpickt war.

Soweit war alles in Ordnung. Hier war ganz entſchieden ein Atoll, und nicht minder klar war es, daß wir uns in dem Archipel befanden. Aber welches Atoll war es? Und wo befanden wir uns? Die Inſel war viel zu klein, um Takarao zu ſein; ringsum lagen, außer Tikei, keine ſo kleinen Inſelchen; und Tikei, eine von Roggeweins ſogenannten Inſeln des Verderbens, ſchien gar nicht in Frage zu kommen. War ſie es trotzdem, ſo mußten wir ſtatt nach Weſten zu treiben, etwa dreißig Meilen nach Luv geraten ſein. Und die Strömung? Unſerer Beobachtung zufolge hatte ſie uns die ganze Zeit über abgetrieben: nach der abweichenden Richtung unſeres Kielwaſſers zu urteilen, trieb ſie uns auch jetzt noch von der Richtung ab. Wann hatte ſie aufgehört? Wann wieder begonnen? Und welche Art von Strömung hatte uns inzwiſchen wieder oſtwärts getrieben? Auf dieſe für die Schiffahrt in jenen Inſeln ſo typiſchen Fragen wußte ich keine Antwort. Zum mindeſten war die Frageſtellung richtig, denn es ſtellte ſich heraus, daß wir tatſächlich nach Tikei geraten waren. Das war unſer erſtes Erlebnis in dem gefährlichen Archipel: wir hatten unſer Ziel um rund dreißig Seemeilen verfehlt.

Der Anblick Tikeis, wie es ſo unmittelbar in den ſtrahlenden Morgenhimmel hineingepflanzt, aller Farben beraubt und von disproportionierten Bäumen entſtellt wie ein Beſen von ſtacheligen Reiſern, vor uns lag, war nicht gerade angetan, uns für die Atolle einzunehmen. Später am Tage ſahen wir unter günſtigeren Bedingungen die Inſel Taiaro. »Im Meere verloren« iſt vielleicht die Bedeutung des Wortes.

Und ſo fanden wir es auch, verloren in der Bläue von Meer und Himmel: ein Ring aus weißem Sand, grünem Unterholz und wehenden Palmen, juwelengleich an Farben, von einer feenhaften, überirdischen Anmut. Rings um das Eiland herum wogte weiß wie Schnee die Brandung, die sich an einer Stelle weit draußen im Meer an einer anscheinend von keiner Karte verzeichneten Untiefe brach. Es gab keinen Rauch, keine Spur von einem Menschen, und die Insel ist auch wirklich nicht bewohnt und wird nur selten aufgesucht. Trotzdem beobachtete ein Händler (ein gewisser Narii Salmon) vom Ufer aus das unerwartete Schiff. Seitdem habe ich viele Monate auf den niedrigen Inseln zugebracht; ich kenne die Langeweile ihrer eintönigen Tage, die Ödigkeit der Kost, die dort geboten wird. Wie groß auch immer der Neid sein mochte, mit dem wir von Deck aus auf diese grünen Wäldchen blickten, mit zehnmal größerem Neid sahen Mr. Salmon und seine Genossen uns in unserem schmucken Schiff aufs freie Meer zusteuern.

Die Nacht kam über die Maßen lieblich. Nachdem der Mond untergegangen war, wurde der Himmel zu einem Wunder an Sternen. Und während ich im Kockpit lag und zu dem Steuermann aufblickte, verfolgten mich Emersons Verse:

»Einsamer Seemann segelt bei Nacht
Staunend unter Sternen hin.«

In dieser funkelnden, matten Dämmerung stießen wir etwa um vier Glas auf unser drittes Atoll, Raraka. Der flache Saum der Insel schnitt unmittelbar mit dem Horizonte ab, so daß ich zuerst an einen Treidelpfad erinnert wurde, und es fast aussah, als führen wir einen ausgebauten, ſchiffbaren Strom hinauf. Schließlich tauchte ein roter Stern auf, der etwa die Stellung und die Leuchtkraft eines Gefahrſignals hatte, und im gleichen Augenblick kam mir ein anderes Gleichnis: es sah aus, als führen wir dicht an der Böſchung einer Eiſenbahnlinie vorbei, und ganz inſtinktiv begann das Auge nach den Telegraphenſtangen zu ſuchen und das Ohr auf das Geräuſch des Zuges zu warten. Hier und dort in weiten Abſtänden hoben ſich matte Baumwipfel von der Ebene ab. Und der Lärm der Brandung begleitete uns jetzt mit ſchläfrigem, eintönigem Geräuſch, dann mit drohendem, rhythmiſchem Donnern.

Die Inſel lag faſt gerade von Oſten nach Weſten geſtreckt und verſperrte uns den Weg nach Fakarava. Wir mußten uns daher hart an der Küſte halten, bis wir den weſtlichen Zipfel erreicht hatten, wo wir durch eine etwa acht Meilen breite Straße ſüdwärts zwiſchen Raraka und der Nachbarinſel Kauehi hindurchfahren konnten. Wir hatten freien Wind und eine leichte Luft, doch zogen bald tintenſchwarze Wolken auf, und von Zeit zu Zeit wetterleuchtete es, jedoch ohne Donner. Irgend etwas – ich weiß nicht was – trieb uns wiederholt der Inſel zu. Wir ſteuerten immer mehr nach Norden, aber man hätte meinen können, die Küſte ahme unſer Manöver nach und überhole uns von neuem. Ein- oder zweimal lag Raraka wieder vor uns – wieder wurde nach Seemannsart der gänzlich unſchuldige Steuermann geſcholten – und wieder drehte die »Casco« ab. Hätte man von mir verlangt, nur mit der Erfahrung, die ich damals hatte, die Geſtalt jener Inſel aufzuzeichnen, ich glaube, ich hätte sie als eine Reihe von bogenfensterähnlichen Vorsprüngen abgebildet, von denen jeder nach Norden zu den anderen überragte, die Richtung des Landes aber hätte ich von Südosten nach Nordwesten verlegt, und dabei zog es sich in Wirklichkeit fast schnurgerade von Osten nach Westen hin.

Eben hatten wir unser Manöver wiederholt und uns vom Lande abgedreht – vor noch kaum fünf Minuten war die Eisenbahnböschung verschwunden und das Geräusch der Brandung verklungen – als ich schon wieder Land sichtete, und zwar nicht nur auf der Wetterseite, sondern direkt vor uns. Ich wählte indes die Rolle der vorsichtigen Landratte und sagte bis zuletzt gar nichts; bald jedoch merkten meine Matrosen es selbst.

»Land in Sicht«, sagte der Steuermann.

»Bei Gott, es ist Kauehi!« rief der Maat.

Und es war Kauehi. Und damit fingen die Kartographen an, mir leid zu tun. Wir fuhren knapp drei und einen halben Knoten, und man wollte mir weiß machen, wir hätten innerhalb von fünf Minuten die eine Insel außer Sicht gelassen, hätten rund acht Meilen offene See passiert und wären um ein Haar auf die nächste Insel aufgelaufen. Aber mein Kapitän hatte auch Mitleid mit sich selbst, in einem derartigen Labyrinth umherirren zu müssen, drehte die »Casco« bei, setzte sich auf die Sternreeling und wartete ab, bis der Morgen da war. Er hatte genug von der Nacht in den Paumotu.

Bei Tagesanbruch des 9. Septembers begannen wir Kauehi zu umfahren, und erhielten jetzt Gelegenheit, die Geographie der Atolle aus nächster Nähe zu studieren. Hier und da ragte der entlegenere Teil der Küste über den anderen empor; stellenweise tauchte das nahe Ende ganz im Meere unter und öffnete sich zu einer breiten Wasserstraße, die tief in die Lagune hineinführte. An andrer Stelle waren beide Seiten gleichmäßig abgeplattet, so daß wir in gerader Richtung durch den lückenreichen Ring hindurch bis auf den fernen Horizont im Süden blicken konnten. Man stelle sich einen ins Ungeheuer vergrößerten, auf dem Wasser schwimmenden Reifen eines Entenjägers vor, der mit grünem Schilf verkleidet ist, um den Kopf zu verdecken – Wasser im Inneren, Wasser draußen – und man hat das vollkommene Bild eines Atolls. Man stelle sich vor, daß der eine Teil seines Schilfkranzes beraubt worden ist, und man sieht das Atoll Kauehi vor sich. Und was das Bild der beiden Ufer aus nächster Nähe anbetrifft, so denke man sich eine alte römische Heerstraße, die über einen nassen Sumpf führt, die hier versunken ist und dort wieder auftaucht, von grünen Büscheln von Dickicht gekrönt, nur daß hier anstatt des fauligen Sumpfwassers der lebendige Ozean teils kochend gegen die dünne Schranke anläuft, teils sie unter sich begräbt. Der Eindruck, den wir in der vorigen Nacht in der Dunkelheit empfingen, wurde am Tage also bestätigt und nicht korrigiert. Wir waren in der Tat durch einen reinen Hohlweg des Meeres, ein Werk der Natur, hindurchgesegelt, der indes nicht größer war als manches Werk von Menschenhand.

Das Eiland war unbewohnt, es bestand nur aus grünem Unterholz und weißem Sand, in dem tiefblauen

Waſſer eingebettet; ſelbſt Kokospalmen waren rar, wenn auch einige von ihnen die leuchtende Symphonie der Farben durch ihre goldgelben Fächer vervollſtändigten. Lange Zeit fand ſich kein Zeichen von etwas anderem als vegetabiliſchem Leben, hörte man keinen Laut außer dem ſtändigen Murren der Brandung. Schweigend und verlaſſen glitten dieſe ſchönen Küſten an uns vorüber, verſanken und tauchten wieder mit ihren grünen Dickichtbüſcheln aus dem Meere auf. Dann kamen ein, zwei Vögel dahergeflogen und umkreiſten uns ſchreiend; raſch wuchs ihre Zahl, und bald ſahen wir vor uns ein überquellendes Vogelleben. An dieſer Stelle lag die ringförmige Inſel faſt ganz unter Waſſer begraben und trug nur hier und da auf ihrer unterirdiſchen Sohle ein kleines, bewaldetes Inſelchen. Über einer dieſer Inſeln ſchwebten und ſchwirrten die Vögel in ſchier unglaublich dichten Schwärmen, wie etwa Mücken oder Bienen bei uns daheim; abwechſelnd weiß und ſchwarz blitzte die wogende, zitternde Maſſe auf, und das Geſchrei der Tiere übertönte die Stimme der Brandung mit ſchrillem, ſchnarrendem Gekreiſch. So kündigt, wenn man ein Inſeltal hinabgeht, ein ähnliches Geräuſch die Nähe einer Mühle und eines reißenden Fluſſes an. Einige Streifzügler waren uns, wie geſagt, entgegengekommen; andere wieder umflatterten noch bei unſerer Ausfahrt das Schiff. Endlich erſtarb das Schreien; das letzte Paar Schwingen blieb hinter uns zurück, und noch einmal huſchten die flachen Ufer Kauehis lautlos wie ein Bild an uns vorüber. Ich vermutete damals, daß die Vögel wie die Ameiſen oder Menſchen in einer gewiſſen ſozialen Gemeinſchaft zuſammenlebten. Seither hat man mir – ob mit Recht, weiß ich nicht – berichtet, daß die ganze Inſel oder wenigſtens ein großer Teil von ihr ſo bevölkert iſt, und daß dieſes Zuſammendrängen auf einen Fleck der Beweis für die Gegenwart einer Expedition von Eierſammlern von einer der benachbarten, bewohnten Atolle wäre. So kam es, daß die »Casco« ähnlich wie am Tage vorher in Taiaro unter dem Feuer heimlich beobachtender Augen an Kauehi vorüberfuhr. Das Eine wenigſtens iſt ſicher: ſelbſt auf dieſen ſchmalen Bandſtreifen Landes kann ſich eine ganze Armee verborgen halten, ohne daß der Seemann im Vorbeiſegeln ihre Gegenwart entdecken würde.

*

## ZWEITES KAPITEL

### *Fakarava: Atolle in der Nähe*

*

KURZ VOR ZWÖLF UHR FUHREN WIR AN DER Küſte unſeres Beſtimmungsortes, Fakarava, entlang: die Luft war ſehr leicht, das Meer faſt glatt, obwohl wir nach wie vor von einem ſtändigen Gemurmel, das vom Strande her wie das Geräuſch eines fernen Zuges zu uns herüberdrang, begleitet wurden. Die Inſel hat eine ungeheure Länge; die Lagune, die ſie umſpannt, mißt dreißig mal zehn oder zwölf Meilen, und der Korallentreidelpfad, den man als Land bezeichnet, achtzig bis neunzig Meilen in der Länge ſowie zirka zweihundert Meter in der Breite. Der Teil, an dem wir vorüberfuhren, lag ganz über Waſſer; das Unterholz war von ſatter grüner Farbe, der krönende Wald von Kokospalmen zog ſich wie eine lückenloſe Kette hin – ein Beweis, obwohl ich das damals noch nicht wußte, für das Eingreifen von Menſchenhand. Denn wieder einmal waren wir, und auch diesmal unbewußt, in der Nähe unſerer Mitmenſchen, und jener verödete Strand lag in Schußweite von der Hauptſtadt des Archipels entfernt. Aber das Leben eines Atolls ſpielt ſich, wenn es nicht eingepfercht iſt, ganz auf der Lagunenſeite der Inſel ab. Dort liegen die Dörfer, dort ſchiffen die Kanoes, dort ſind ſie an den Strand gezogen. Das Meeresufer iſt ein verfluchter, gemiedener Ort, geeignet nur für Zauberei und Schiffsunglücke, und dem Aberglauben der Eingeborenen zufolge der Lieblingsaufenthalt blutrünſtiger Geſpenſter.

Nach einer Weile ſahen wir eine Lücke in dieſer niedrigen Schutzwehr; die Wälder nahmen ein Ende; eine funkelnde Landzunge ragte weit in das Meer hinein und gab durch eine ſmaragdgrüne Untiefe die Einfahrt zu erkennen. Als wir uns ihr näherten, trafen uns die Wellen mit verſtärkter Macht – es iſt der Punkt, an dem der kleine private Ozean der Lagune ſeinen Urſprung und ſein Ende hat; und hier, am Tore der Einfahrt, mißt er ſich vergeblich mit dem majeſtätiſcheren Gewoge des Pazifik. Die »Casco« reagierte kaum, aber zuzeiten und unter beſonderen Umſtänden ſpeien dieſe Hafenmündungen wahre Sintfluten aus, unter denen die Schiffe verſchlagen, entmaſtet und begraben werden. Denn – man ſtelle ſich das vor – die Lagune iſt bis auf dieſen einen knapp ſchiffbaren Punkt hermetiſch abgeſchloſſen; man ſtelle ſich vor, wie Flut und Wind in ſtundenlanger Arbeit in jener Hürde aus Korallen einen Überſchuß an Waſſer anſammeln – dann wechſelt die Flut, der Wind fällt – einzig die geöffneten Schleuſen eines großen Staubeckens daheim vermögen uns einen Begriff von der Wucht des unwiderſtehlichen Waſſerſchwalls zu geben.

Kaum hatten wir den Kurs direkt auf die Einfahrt zu genommen, als jeder Kopf ſich über die Reeling beugte. Denn das ſeichte Waſſer unter uns hatte im Handumdrehen die erſtaunlichſten blauen und grauen Farbtöne angenommen. Auf ſeinem klaren Grunde blühte die vielverzweigte Koralle, und die Fiſche des Binnenmeeres, gefleckt, geſtreift, ja manche mit papageienähnlichen Schnäbeln verſehen, ſchoſſen deutlich ſichtbar hin und her. Ich habe im Laufe meines Lebens für Sehenswürdigkeiten ſchon manches Stück Geld ausgegeben, nichts aber war ſo überraſchend und lohnend wie dieſer erſte Blick über Bord auf die Lagune von Fakarava. Doch mag der Leſer ſich keinen trügeriſchen Hoffnungen hingeben. Seither habe ich wohl ein Dutzend Atolle in verſchiedenen Teilen des Pazifik beſucht, ohne daß das Erlebnis ſich wiederholt hätte. Jene wundervolle Farbe und Durchſichtigkeit des Waſſers unter dem Meeresſpiegel und die Scharen von Regenbogenfiſchen ſollten mich nie wieder entzücken. Noch ehe wir unſere Blicke von jenem faſzinierenden Schauſpiel erheben konnten, war der Schoner ſchon durch die Einfahrt geglitten und befand ſich in voller Fahrt auf dem Binnenmeere. Die Ufer ſind hier ſo flach und die Lagune ſelbſt ſo ausgedehnt, daß ſie ſich an den meiſten Stellen unbegrenzt bis an den Horizont erſtreckt. Nur ganz vereinzelt, wo das Riff gleich einem Siegelring am Finger ein kleines Inſelchen trug, ſah man einen dünnen Strich von Palmen gegen den Himmel gezeichnet. Hier und da ſtreckte ſich die dichte Mauer des Waldes meilenlang ins Weite; und vor uns, unter dem höchſten Palmenhain, ſchimmerten weiß ein paar Häuſer – Rotoava, die Hauptniederlaſſung in den Paumotu. Nach dreimaligem Kreuzen erreichten wir die Anſiedlung und gingen dicht an der Küſte in dem erſten glatten Waſſer vor Anker, das wir ſeit unſerer Ausreiſe von San Francisco getroffen hatten. Es war hier fünf Faden tief, trotzdem konnte man den ganzen lieben Tag lang über die Reeling gelehnt nach den ſchwindenden Kabeln, den Korallenbänken und den regenbogenfarbigen Fiſchen ſchauen.

Fakarava ist nur aus nautischen Gründen zum Regierungssitz erhoben worden. Seine Lage ist exzentrisch, seine Produktion selbst für eine flache Insel ärmlich, die Bevölkerung weder zahlreich noch – für die hiesige Gegend – arbeitsam. Aber die Lagune hat zwei gute Einfahrten, die eine leewärts, die andere nach dem Meere zu gelegen, so daß man bei jedem Wind aus- und einfahren kann, und dieser Vorteil ist für die Regierung jener verstreuten Inseln entscheidend. Eine Mole aus Korallen, eine Landungstreppe, ein Hafenlicht auf einem kleinen Leuchtturm, zwei geräumige Regierungsbungalows hinter einem stattlichen Zaun verleihen dem Nordende von Rotoava einen Anstrich von Bedeutung. Dieser wird noch verstärkt durch das leere Gefängnis auf der einen und durch die Gendarmeriestation auf der anderen Seite. Letztere ist über und über mit Anschlägen in Tahitiisch beklebt, mit Gesetzesbekanntmachungen über den Grundbesitz aus Papeete und mit republikanischen Kundgebungen aus Paris, die (wenn auch etwas veraltet) mit »Jules Grévy, Périhidente«, unterzeichnet sind. Ganz am äußersten Ende begrenzt eine kleine katholische Kapelle samt Glockenturm die Stadt, und dazwischen, auf dem glatten Boden aus weißem Korallensand, unter einem luftigen Baldachin von Kokospalmen, liegen die verstreuten Häuser der Eingeborenen, hier hart an der Lagune, um die Brise zu erhaschen, dort, um des Schattens willen, tief unter den Palmen vergraben.

Keine Menschenseele ließ sich blicken. Wäre nicht der ferne Donner der Brandung gewesen, man hätte in jener Hauptstadt eine Stecknadel zu Boden fallen hören können. Etwas Geſpanntes lag in dieſer unerwarteten Stille, noch ſpannender war indes das unerwartete Geräuſch. Vor uns dehnte ſich bis an den Horizont ein Meer, das ſich wie ein Binnenſee ſanft kräuſelte; und ſiehe da! Dicht hinter unſerem Rücken ſtürmte ein zweites Meer mit hartnäckiger Wut gegen die Ufer an! Nachts wurde die Laterne hochgezogen und beleuchtete einen leeren Landungsſteg. Aus einem der Häuſer drangen Lichter und Stimmen; dort, erzählte man mir, ſäßen die Einwohner beim Kartenſpiel. In geringer Entfernung aus der tiefen Dunkelheit des Palmenhains ſahen wir die Glut und rochen wir den aromatiſchen Duft von verbrannten Kokosnußſchalen, den Überreſten des abendlichen Mahles. Grillen zirpten; eine ſchrille Tierſtimme pfiff aus einem Büſchel Seegras und die Moskitos ſummten und ſtachen. Andere Spuren von Menſchen, Vögeln oder Inſekten gab es in jener Nacht nicht. Der jetzt drei Tage alte Mond, der noch als ſilberne Sichel auf einer matten Scheibe glänzte, ſchimmerte mit ſtarken, unregelmäßigen Strahlen durch den Palmenbaldachin. Die Gaſſen, durch die wir ſchritten, waren eben und von Unkraut gereinigt wie Boulevards; hier und dort waren Pflanzen ins Freie geſtellt und dunkle Hütten, einige von Veranden umſchloſſen, ſchmiegten ſich in den Schatten hinein. Ein öffentlicher Park bei Nacht, ein teurer, modiſcher Badeort zur toten Saiſon bieten ähnliche Ausblicke und Bilder. Und währenddeſſen plätſcherte in einem fort zur einen Hand der ſtille See, während zur anderen in der Dunkelheit der große Ozean grollte. Doch am ſtärkſten packte mich der Zauber Fakaravas in den ſchweigenden Stunden nach Mitternacht, als ich, ſtatt vernünftigerweiſe zu ſchlafen, wach an Bord der »Casco« lag. Der Mond war untergegangen. Die Hafenlaterne und zwei der größeren Planeten hinterließen vielfarbige Spuren auf der Lagune. Vom Lande her drangen von Zeit zu Zeit die aufmunternden Wachtrufe der Hähne über das Orgelgebraus der Brandung hinweg. Und dei Gedanke an dieſe entvölkerte Hauptſtadt, an dieſen weit ausgeſponnenen Faden von einer Inſel mit ihrer Krone von Kokospalmen und ihrem Saum von Wogen, an das ruhige Binnenmeer, das ſich vor mir ausbreitete, bis es die Sterne am Himmel berührte, kehrte die ganzen Stunden hindurch wieder und immer wieder und erfüllte mich mit Entzücken.

Solange ich auf dieſer Inſel weilte, begleiteten mich dieſe Gedanken. Ich legte mich ſchlafen und erwachte wieder, ohne daß das Gefühl für meine Umgebung ſich je abſtumpfte. Niemals wurde ich es müde, das Bild jenes engen Hohlwegs heraufzubeſchwören, in dem ich meine Behauſung aufgeſchlagen hatte, wo ich, behaglich zuſammengerollt gleich einer Schlange, den Gefahren des wütenden Ozeans trotzte. Niemals bekam ich es ſatt, vom einen Ufer zum anderen zu wandern – ein winziger Spaziergang, die reinſte Deckpromenade – von den ſchattigen, gaſtfreundlichen Ufern der Lagune zu der blendenden Wüſte da draußen, zu der unbezähmbaren Brandung des gegenüberliegenden Strandes. Das Bewußtſein der Unſicherheit auf einem ſo fadenſchmalen Landſtrich iſt geradezu phantaſtiſch. Orkane und ungeheure Flutwellen ſchwemmen dieſe elenden kleinen Hinderniſſe hinweg; Okeanos beſinnt ſich auf ſeine Kraft und ſchüttelt ſeinen weißen Bart über der unfruchtbaren Koralle. Fakarava ſelbſt hat häufig gelitten; die Bäume unmittelbar hinter meinem Hauſe waren erſt kürzlich gepflanzt worden, und Anaa hat ſich erſt jetzt von einem noch ſchwereren Schlage erholt. Ich kannte jemanden, der auf jener Inſel zu Hauſe war. Er erzählte mir, daß er und zwei Schiffskapitäne eines Tages an den Strand gegangen wären. Dort ſahen ſie eine Weile den anſtürmenden Wellen zu, bis einer der Kapitäne plötzlich die Hand vor Augen hielt und erklärte, er könne es nicht länger ertragen. Das war am Nachmittage; kurz nach Mitternacht brach die See wie eine Sintflut über die Inſel herein; die Niederlaſſung wurde mit Ausnahme von Kirche und Pfarrhaus dem Erdboden gleichgemacht; und als der Morgen graute fanden ſich die Überlebenden an eine Bruſtwehr aus entwurzelten Kokospalmen und Häuſertrümmern angeklammert.

Indes ſind die Gefahren noch das wenigſte. Der Menſch iſt weit empfindlicher gegen Unbequemlichkeiten, und unbequem iſt das Leben auf einem Atoll. Zwar gibt es Atolle – und das werden die älteſten ſein –, wo ſich eine tiefe Humusſchicht gebildet hat, und wo die wertvollſten Fruchtbäume gedeihen. Ich bin einmal auf einem Atoll ebenſo erſtaunt wie bewundernd in einem Wald rieſiger Brotfruchtbäume ſpazierengegangen, wobei ich Bananen aß und über Taroknollen ſtolperte. Das war auf dem Atoll Namorik in der Marſchallgruppe, doch bildet es eine einzigartige Ausnahme. Um nun das gerade Gegenteil anzuführen, das weit eher dem Durchſchnitt entſpricht, mag hier eine Schilderung der Bodenverhältniſſe von Fakarava folgen. Die Oberfläche des ſchmalen Landſtreifens beſteht größtenteils aus brüchigem Korallenkalk, der an vulkaniſchen Klinker erinnert, und der dem nackten Fuße Qualen bereitet. Auf einigen Atollen, wenn auch nicht auf Fakarava, gibt er, wenn man dagegen ſchlägt, einen lonoren, metalliſchen Klang. Hier und dort trifft man auf außerordentlich feine, weiße Sandbänke – das ſind die wenigſt fruchtbaren Gegenden. Was an Pflanzen vorhanden iſt, entſpringt dem riſſigen Korallengeſtein, auf dem es prachtvoll gedeiht und jenes wunderbare, üppige Grün erzeugt, das die Schönheit der Atolle vom Meere her geſehen ausmacht. Vor allem blüht die Kokospalme auf jenem ſtrengen Boden, ſenkt ihre Wurzeln tief bis in das ſalzige, klare Waſſer hinab und wiegt ihr grünes Haupt ſtolz im Winde mit jedem nur möglichen Anzeichen von Geſundheit und Vergnügen. Und doch muß ſelbſt der Kokospalme im Schößlingsalter fremde Nahrung zugeführt werden; in vielen Gegenden des niedrigen Archipels werden daher mit jeder Nuß auch ein Stück Schiffszwieback und ein roſtiger Nagel eingegraben. Der nächſtwichtigſte Baum iſt der Pandanus, der auch ein Fruchtbaum iſt; auch er hält ſich tapfer auf dieſer kargen Erde. Außerdem wuchert hier allüberall ein grüner Strauch, Miki; gelegentlich ſieht man einen Purao, ferner ſind auch verſchiedene Arten von Unkraut reichlich vorhanden. Nach M. Cuzent beträgt die Zahl der Pflanzenarten, die auf einem Atoll wie Fakarava heimiſch ſind, noch nicht zwanzig. Kein Hälmchen Gras, kein Stäubchen Humus ſind hier zu finden, außer wenn letzterer ſackweiſe eingeführt wird, um etwas wie einen Garten vorzutäuſchen, einen Garten, wie er auf den Fenſterköpfen unſerer Groß-ſtädte gedeiht. Das Inſektenleben iſt mitunter überaus reich; eine Wolke Moskitos oder, was viel ſchlimmer iſt, dichte Schwärme von Fliegen überzogen unſer Eſſen mit einem ſchwarzen Schleier und trieben uns auf Apemama manchmal direkt vom Tiſche weg; und ſelbſt auf Fakarava waren die Moskitos eine Plage. Die Landkrabbe ſieht man in ihre Löcher watſcheln, und die Ratten belagern des Nachts die Häuſer und die künſtlichen Gärten. Die Krabbe ſchmeckt vorzüglich; von der Ratte ſagt man es auch – ich habe den Verſuch noch nicht gemacht. Pandanusfrüchte werden auf den Gilbertinſeln zu einem wohlſchmekkenden Leckerbiſſen verarbeitet, ſo wie er nach einem langen Diner als Deſſert willkommen iſt; als richtige, ſolide Mahlzeit habe ich nichts dafür übrig. Die übrige Nahrung läßt ſich auf einem unfruchtbaren Atoll wie Fakarava – um den beliebteſten Witz des Archipels anzuführen – in dem einen Wort: Kokosnuß-Beefſteak, ausdrücken. Grüne Kokosnuß, reife Kokosnuß, gekeimte Kokosnuß, Kokosnuß zum Eſſen, Kokosnuß zum Trinken, rohe Kokosnuß, gekochte Kokosnuß, heiße und kalte Kokosnuß – daraus beſteht hier der Speiſezettel. Einige der Zwiſchengerichte ſind zweifellos delikat. Gekeimte Kokosnuß in der Schale gekocht und mit dem Löffel gegeſſen gibt einen guten Pudding; Kokosnußmilch – der ausgepreßte Saft der reifen Nuß, nicht das Waſſer der unreifen – ſchmeckt angenehm im Kaffee und ſtellt in der ganzen Südſee ein wertvolles Hilfsmittel der Kochkunſt dar, und Kokosnußſalat iſt, wenn man Millionär iſt und es ſich leiſten kann, den Gegenwert eines ganzen Kornfeldes zum Deſſert zu verzehren, ein Gericht, deſſen man ſich mit Liebe erinnert. Aber alles in allem herrſcht eine endloſe Eintönigkeit, und die Iſraeliten der niedrigen Inſeln murren mitunter über ihr Manna. Der Leſer wird glauben, ich hätte das Meer vergeſſen. Sicher iſt, daß die Ufer von tieriſchem Leben wimmeln, das auf beiden Küſten ſehr verſchieden iſt. In der Lagune bildet das Waſſer ſeichte Stellen über einem Boden von feinem, ſchleimigem Sand, der hier und da mit Büſcheln lebender Koralle gefleckt iſt. Daran ſchließt ſich eine Sandbank, von der Flut gebildet, über der das Waſſer plätſchert und rauſcht. Auf den Korallenbänken wächſt in großen Mengen die eßbare Rieſenmuſchel Tridacna; etwas tiefer liegen die Bänke der Perlenauſter, und hier ſchwimmen auch die leuchtenden Fiſche, die uns bei unſerer Einfahrt ſo entzückten, und die alle mehr oder minder bunt gefärbt ſind. Dagegen ſind die Muſcheln weiß wie Kalk oder von mattroſa Kolorit, ſo zart gefärbt wie überhaupt nur möglich; viele ſind abgeſtorben und werden von der Flut arg hin- und hergeworfen. Jedoch nach dem offenen Meere zu, auf den Bänken der abſchüſſigen Küſte, die ganze Breite des Riffes entlang bis dort, wo der Giſcht hoch aufſprüht, in jedem Spalt, in jedem verſtreuten Bruchſtück des Korallengeſteins, enthüllt ſich die ganze Mannigfaltigkeit der Meeresfauna in den ſeltenſten, erſtaunlichſten, reichhaltigſten und leuchtendſten Farben. Das Riff ſelbſt iſt vollkommen farblos, aber es iſt überall von irgendeinem Schalentier beſetzt. Purpurn und rot und weiß, grün, gelb, gefleckt, geſtreift und marmoriert, tragen die lebenden Muſcheln die Livree des toten Riffs – falls es wirklich tot iſt – ſo daß das Auge fortgeſetzt getäuſcht wird und der Sammler unausgeſetzt ſich irrt. Ebenſo oft habe ich Muſcheln für Steine, wie Steine für Muſcheln gehalten. Vorwiegend iſt die Koralle hier rotgefleckt, und es iſt einfach erſtaunlich, wie viele Muſchelarten ſich dem angepaßt und die rotgefleckte Verkleidung angenommen haben. Eine Muſchel, die ich in Mengen bereits auf den Marqueſas angetroffen hatte, fand ich hier wieder, in allem, bis auf die roten Flecke, unverändert. Eine kleine, hurtige Krabbe trug die nämliche Zeichnung. Der Fall des Einſiedler- oder Taſchenkrebſes iſt noch eindeutiger, da er auf bewußter Wahl beruht. Dieſer unangenehme kleine Strandräuber, Kehrichtreiniger und Squatter hat den Wert eines gefleckten Hauſes kennengelernt; ſolange es nur die rechte Farbe hat, gibt er ſich auch mit dem lumpigſten Gehäuſe zufrieden, verkriecht ſich irgendwo in einem zerbrochenen Gewinde und zieht halbnackt durch die Welt. Niemals aber habe ich ihn in dieſer unvollkommenen Rüſtung getroffen, wenn ſie nicht mit den roten Flecken gezeichnet war.

Etwa zweihundert Meter entfernt liegt das Ufer der Lagune. Man ſammle die Muſcheln von beiden Geſtaden und halte ſie nebeneinander: man würde meinen, ſie ſtammten von verſchiedenen Hemiſphären, ſo verſchieden ſind ſie: die einen ſo blaß, die anderen ſo bunt; die einen in der Hauptſache weiß, die anderen in den mannigfachſten Farbtönen und mit den roten

Flecken wie mit einer Krankheit behaftet. Das erſcheint um ſo ſeltſamer, als die Einſiedlerkrebſe hin und her wandern: ich habe ſie am Brunnen des Gouvernementsgebäudes geſehen, der etwa auf halber Strecke liegt. Ohne Zweifel ſind viele Muſcheln in der Lagune abgeſtorben. Weshalb iſt das aber der Fall? Zweifellos haben die lebenden Muſcheln einen ganz anderen Hintergrund für ihr Mimikri. Weshalb ſind ſie aber ſo verſchieden? Hier ſtehen wir an der Schwelle von Rätſeln.

Beide Geſtade wimmeln, wie geſagt, von Leben. Auf der Seeſeite von gewiſſen Atollen iſt dieſer Überſchuß an Leben ſogar widerlich: das Geſtein, auf dem man geht, iſt von ihm unterminiert. Ich habe – vor allem auf Funafuti und Arorai*) – große Stücke alten verwitterten Felſens abgebrochen, der unter meinen Schlägen wie Eiſen erklang, und die Bruchſtelle wimmelte von hängenden Würmern, die ſo lang wie meine Hand und ſo dick wie ein Kinderfinger waren, eine mattroſa Farbe hatten und in einer Dichte von etwa drei bis vier Stück pro Quadratzoll an dem Steine klebten. Selbſt in der Lagune, wo gewiſſe Schalentiere zu kränkeln ſcheinen, gedeihen andere wieder außerordentlich und machen den Reichtum dieſer Inſel aus. Auch Fiſche ſind im Überfluß vorhanden; die Lagune gleicht einem abgeſchloſſenen Fiſchteich, der das Entzücken jedes fetten Abtes bilden würde; Haie ſchwärmen hier zu Hunderten, um ſich von dieſer Fülle zu nähren, und man könnte meinen, der Menſch brauche nur ſeiner Angel zu rüſten. Aber leider iſt dem nicht ſo! Von die-

*) Arorai in der Gilbert-, Funafuti in der Ellice-Inſelgruppe.

ſen bemalten Fiſchen, wie ſie ſcharenweiſe die »Casco« bei ihrer Einfahrt umſchwammen, tragen einige giftige Stacheln, bei anderen iſt das Fleiſch giftig. Der Fremde muß entweder auf ſie verzichten oder läuft Gefahr, ſich eine ſchmerzhafte, wenn nicht gar lebensgefährliche Krankheit zuzuziehen. Der Eingeborene der betreffenden Inſel iſt hierin ein zuverläſſiger Führer; man verpflanze ihn jedoch auf die Nachbarinſel, und er iſt nicht weniger hilflos als man ſelbſt. Denn das ganze iſt eine Frage ſowohl des Ortes, wie der Zeit. Ein Fiſch, den man in der Lagune gefangen hat, kann tödlich wirken; der gleiche Fiſch, am gleichen Tage im Meere, nur wenige hundert Meter von der Einfahrt gefiſcht, kann ein bekömmliches Gericht abgeben; in der Nähe der Nachbarinſel kann das gerade Gegenteil der Fall ſein, und vielleicht vierzehn Tage ſpäter wird man ſie ganz ohne Unterſchied hier wie dort eſſen können. Den Eingeborenen zufolge werden dieſe Zufälle durch die Bewegungen der Himmelskörper regiert. Der ſchöne Planet Venus ſpielt eine große Rolle in dieſen Inſelmärchen – und Gebräuchen; unter anderen, zum Teil ſchrecklicheren Funktionen beſtimmt er auch die Zeiten guter Fiſche. Mit Venus in der Phaſe, wie ſie zurzeit herrſchte, waren gewiſſe Fiſche in der Lagune giftig; mit Venus in der anderen Phaſe waren die gleichen Fiſche ganz ungefährlich und ein geſchätztes Nahrungsmittel. Die Weißen erklären dieſe Veränderungen durch Veränderungen in der Koralle.

Einen letzten Zug von Grauen erhält die Vorſtellung von dieſem gefährlichen, ringförmigen Hohlweg im Meere durch das Bewußtſein, daß ſelbſt der Fels, ſoweit er vorhanden ist, nicht wirklich aus ehrlichem Felsgestein, sondern aus organischer, teils lebender, teils faulender Substanz besteht; daß selbst der saubere Ozean und die bunten Fische in ihm vergiftet sind, ja, daß das härteste Gestein von Würmern unterwühlt und auch das winzigste Staubkorn giftgeschwängert ist wie eine Apothekerdroge.

*

## DRITTES KAPITEL

### *Zu vermieten: Ein Haus auf einer der niedrigen Inſeln*

*

OBWOHL DIE INSEL ZU KEINER ZEIT SEHR dicht bevölkert war, fand ich ſie durch eine Reihe von Zufällen ſo verlaſſen, daß auch nicht ein menſchlicher Laut die toten Stunden belebte. Wir gingen in der einem gutgehaltenen öffentlichen Park gleichenden Stadt zwiſchen Reihen verſchloſſener Häuſer ſpazieren, ohne auch nur einen Zettel in einem der Fenſter aushängen zu ſehen, der auf die Vermietbarkeit der hinteren Räume hätte ſchließen laſſen, und als wir endlich im Gouvernementsgebäude unſeren Beſuch abſtatteten, empfing uns der Gouverneur, Mr. Donat, ganz alleine und bewirtete uns in dem Sitzungsſaal und Gerichtshof jenes weitläufigen Archipels zwiſchen Bergen von gerichtlichen Vorladungen und Steuerzetteln mit Kokosnußpunſch. Die Unbeliebtheit des vorigen Vizegouverneurs war der Anlaß zu dieſem Auszug der Kinder Israels geweſen; die eingeborenen Beamten hatten ihre Stellungen aufgegeben und ſich auf ihre Kokosplantagen in den entlegeneren Bezirken der Inſel zurückgezogen. Als Antwort darauf hatte der Gouverneur von Papeete ein Dekret erlaſſen, daß alles Land in den Paumotu bis zu einem gewiſſen Tage abgeſteckt und regiſtriert ſein müßte. Nun ſind die Bewohner dieſes Archipels aber halbe Nomaden: von den wenigſten kann man ſagen, daß ſie zu dieſem oder jenem Atoll gehören.

Jeder gehört verſchiedenen Inſeln an, auf denen er Anteile ſein eigen nennt oder Verwandte beſitzt. Die Einwohner von Rotoava zum Beiſpiel, beſitzen ſamt und ſonders, Mann, Weib und Kind, vom Gendarmen angefangen bis zu dem mormoniſchen Propheten und Schulmeiſter – ich wollte es Land nennen – ſagen wir aber lieber Korallenblöcke und heranwachſende Kokospalmen auf irgendeiner Nachbarinſel. Dorthin waren ſie – mit dem Gendarmen an der Spitze – vor rund zwei Tagen ausgewandert. Alle zogen mit, die Säuglinge an der Mutterbruſt, der Schulmeiſter mit ſeinen ganzen Schülern, die Schüler mit ihren Schiefertafeln und Büchern, und dort zankten ſie ſich jetzt um ihre Grenzen. Ich höre in Gedanken ihre ſchrillen Stimmen ſich mit dem Lärm der Brandung und dem Gekreiſch der flatternden Seevögel miſchen. Die Vollſtändigkeit ihrer Flucht war einfach bewundernswert; ſie glich dem Auszug der Wandervögel und ließ nichts zurück als leere Häuſer, die gleich den alten Vogelneſtern im Frühjahr wieder bewohnt werden ſollten. Man ſieht, ſelbſt der gute, harmloſe und doch ſo unentbehrliche Magiſter hatte ſich darein gefügt. Etwa fünfzig Menſchen waren ausgezogen und nur ſieben, erzählte man mir ſpäter, ſeien geblieben. Als ich jedoch an Bord der »Casco« ein Feſt veranſtaltete, beehrten mehr als ſieben, ja, weit eher ſiebenmal ſieben mich mit ihrer Gegenwart. Von wo ſie kamen, wie ſie davon gehört hatten und wohin ſie, nachdem ſie gegeſſen hatten, wieder verſchwanden, iſt mehr als ich zu erraten vermag. Wenn ich den Sagen der niedrigen Inſeln glauben wollte, und dem, was ſie von der furchtbaren

Gegenwart der Geister erzählen, welche die Menschen die Meeresküste jedes Atolls meiden heißt, hätte ich denken können, daß einige vierzig Stück derer, die mit uns tafelten, zu dieser Gelegenheit aus dem Reiche der Toten wiedergekehrt seien.

Die Einsamkeit, die hier herrschte, brachte uns auf den Gedanken, ein Haus zu mieten und vorübergehend Bewohner der Insel zu werden – eine Einrichtung, an der ich, wenn möglich, seither stets festgehalten habe. Zu diesem Zweck vertraute Mr. Donat uns einem gewissen Taniera Mahinui an, der in seiner Person die einander etwas widersprechenden Eigenschaften eines Katecheten und eines Sträflings vereinigte. Der Leser wird hierüber lächeln, ich erkläre aber ausdrücklich, daß er für beide Berufe Talent besaß. Seine Eignung für den Sträflingsberuf hatte er bereits durch einen soliden, ordentlichen Diebstahl bewiesen, von der Art, die in allen Ländern der Welt den Schuldigen in das Gefängnis bringt. Taniera war ein Mann von Geburt – noch vor kurzem Häuptling eines Distriktes von achthundert Seelen auf Anaa, wie er uns mit Vorliebe erzählte. In einer bösen Stunde war es den Behörden in Papeete eingefallen, die Häuptlinge mit der Eintreibung der Steuern zu beauftragen. Es ist sehr die Frage, ob man überhaupt Steuern eingetrieben hat; sicher ist aber, daß niemals welche an den Staat abgeführt wurden, und Taniera, der sich durch einen Besuch in Papeete sowie durch das Frequentieren verschiedener teurer Lokale ausgezeichnet hatte, wurde zum Sündenbock ausersehen. Der Leser beachte die Tatsache, daß nicht Taniera, sondern die Behörden in Papeete die erſten waren, die einen Fehler begingen. Die Anklage, die erhoben wurde, ſtand in keinem Verhältnis zu dem Verbrechen. Ich habe noch nie von einem Polyneſier gehört, der fähig geweſen wäre, eine derartige Bürde zu tragen; ehrliche, aufrichtige Hawaiier – insbeſondere einer, der vor den Weißen als unbeugſamer Richter in hohem Anſehen ſtand – ſind auf dem ſchmalen Pfade eines Treuhänders geſtrauchelt. Und Taniera war, als er in der Klemme ſaß, zu ſtolz, um ſeine Komplizen zu verraten; andere hatten die Beute mit ihm geteilt, die Strafe litt er allein. Er wurde zu fünf Jahren verurteilt. Dieſe Zeit war noch nicht abgelaufen, als ich die Freude ſeiner Bekanntſchaft hatte; noch immer lebte er von der Gefängniskoſt – ſie war das einzige und nicht einmal unwillkommene Überbleibſel ſeiner Ketten, und er ſah, wenn ich mich nicht irre, mit etwas wie Beſorgnis dem Tage ſeiner Freilaſſung entgegen. Denn er war ſich der Schmach ſeiner Lage gar nicht bewußt, beklagte ſich über nichts als über die magere Tafel des Ortes, an den er verbannt war, ſehnte ſich nach nichts anderem als nach dem Geflügel, den Eiern und den Fiſchen ſeiner eigenen, reicheren Inſel. Was ſeine Gemeindekinder betraf, ſo hielten ſie deshalb nicht einen Deut weniger von ihm. Ein Schuljunge, der als Strafaufgabe zehntauſend Zeilen Griechiſch zu lernen hat und zu dem Zweck Karzer erhält, ſteht bei ſeinen Kameraden in hohem Anſehn. So war es auch mit Taniera: er war ein Geſchlagener, kein Entehrter, einer, der unter der Geißel der unfaßbaren Götter ſeufzte, ein Hiob, oder ſagen wir ein Daniel, der in die Löwengrube gefallen war. Sehr möglich, daß auch Lieder gedichtet wurden zu Ehren dieſes frommen Robin Hoods. Andererſeits eignete er ſich vorzüglich für das Amt, das er in der Kirche bekleidete, da er von Natur aus ein ernſter, rückſichtsvoller, gütiger Menſch war mit einem feierlichen, charaktervollen Geſicht und einem ſonnigen Lächeln, ein Meiſter in den verſchiedenſten Gewerben, ein Erbauer ſowohl von Schiffen wie von Häuſern und zudem noch mit einem Rednertalent begabt, das am Grabe des kürzlich verſtorbenen Häuptlings von Fakarava ſämtliche Anweſenden zu Tränen rührte. Niemals bin ich einem Menſchen mit einer ſo ſtark ausgeprägten kirchlichen Neigung begegnet; er liebte das Disputieren und ließ ſich mit Vorliebe über das Dogma und die Geſchichte der verſchiedenen Sekten unterrichten, und als ich ihm eines Tages die Stiche in einem Bande von Chambers Enzyklopädie zeigte, ſparte er ſeine ganze Begeiſterung – ausgenommen für die Abbildung eines Affen – für Kardinalshüte, Weihrauchgefäße, Leuchter und Kathedralen auf. Ja, mir kam es vor, als flüſtere ihm bei der Betrachtung des Kardinalshutes eine Stimme heimlich ins Ohr: »Auch dein Fuß ſteht bereits auf der erſten Sproſſe dieſer Leiter.«

Unter Tanieras Anleitung waren wir ſehr bald in dem meiner Anſicht nach beſtmöblierten Privathauſe Fakaravas eingerichtet. Dieſes lag dicht hinter der Kirche auf einem langgeſtreckten, ovalen Streifen kultivierten Landes. Über dreihundert Säcke Erde ſind für den Garten des Gouvernementsgebäudes aus Tahiti importiert worden, und dieſer Vorgang muß ſehr bald wiederholt werden, denn die Erde wird vom Winde weggefegt, verſinkt in den Spalten des Korallenfelſens und verſchwindet ſchließlich ganz. Ich weiß nicht, wieviel Erde für den Garten meiner Villa gebraucht wurde, jedenfalls nicht wenig, denn eine Allee blühender Bananen führte zu dem Gartentor, und auf dem übrigen Grund und Boden, der mit den üblichen, klinkerähnlichen Bruchſtücken zertrümmerter Koralle bedeckt war, gediehen nicht nur Kokospalmen und Mikis, ſondern ſogar Feigenbäume zu einem köſtlichen, friſchen Grün. Natürlich gab es dafür auch nicht ein Hälmchen Gras. Im Vordergrunde trennte ein Staketenzaun das Grundſtück von der weißen Landſtraße, dem palmenumſäumten Ufer der Lagune und der Lagune ſelbſt, die tagsüber die Wolken und nachts die Sterne widerſpiegelte. Rückwärts ſchützte uns eine Baſtei von unzementierten Korallenblöcken vor dem ſchalen Streifen Buſch und dem nahen Ozean, deſſen Brüllen und Rauſchen in den Räumen des Hauſes widerhallte.

Das Haus ſelbſt war einſtöckig mit einer vorderen und einer hinteren Veranda. Es enthielt drei Räume, drei Nähmaſchinen, drei Seemannskiſten, Stühle, Tiſche, ein paar Betten, eine Wiege, ein doppelläufiges Gewehr, einige vergrößerte, bunte Photographien, ein paar Öldrucke nach Wilkie und Mulready und eine franzöſiſche Lithographie mit der Aufſchrift: »Le Brigade du Général Lepasset brûlant son drapeau devant Metz«. Unter dem erhöhten Unterbau des Hauſes fanden wir noch einen roſtigen Ofen, den wir hervorholten und einſetzten. Dicht dabei war in dem Korallengeſtein die Grube ausgegraben, aus dem wir unſer ſalziges Waſſer bezogen. Außerdem war lebendes Inventar vorhanden: Hähne und Hühner und ein paar ſchlechterzogene Katzen, die Taniera jeden Morgen bei Tagesanbruch mit geſchabter Kokosnuß fütterte. Seine Stimme war unſere regelmäßige Reveille, die heiter durch den Garten klang: »Pooty – pooty – poo – poo – poo!«

Stand unſer Haus auch weit entfernt von den öffentlichen Gebäuden, ſo ſchaffte doch die Nachbarſchaft der Kirche uns eine »günſtige« Lage, wie es in den Anzeigen heißt, und ermöglichte es uns, manch heimlichen Einblick in das Eingeborenenleben zu gewinnen. Jeden Morgen, nachdem er das Geflügel gefüttert hatte, ſetzte Taniera die Glocke in dem kleinen Glockenturm in Bewegung; und die Gläubigen, nicht ſehr groß an Zahl, verſammelten ſich zum Gebet. Einmal nahm ich daran teil: es war Sonntag, und die Zuhörerſchaft beſtand aus ſieben Frauen und acht Männern. Eine Frau ſpielte den Vorſänger; ſie hub an mit einer langausgezogenen Note; der Katechet fiel bei dem zweiten Takt ein, und ihm folgte geſchloſſen die ganze Gemeinde. Einige hatten gedruckte Geſangbücher, nach denen ſie ſich richteten; die anderen füllten die Lücken mit »eh–eh–eh«, dem Paumotiſchen »La, la, la« aus. Dem Geſang folgten ein, zwei antiphoniſche Gebete, und dann erhob ſich Taniera von ſeiner Bank in der vorderſten Reihe, wo er in ſeiner Katechetenkleidung geſeſſen hatte, trat hinter die Altarſchranke, öffnete ſeine tahitiſche Bibel und begann nach einigen Notizen zu predigen. Ein einziges Wort konnte ich verſtehen – den Namen Gottes; aber der Prediger beherrſchte mit geſchmackvollem Ausdruck ſeine Stimme, bediente ſich nur ſelten und dann ſehr ausdrucksvoller Geſten und machte durchaus den Eindruck der Aufrichtigkeit. Der ſchlichte Gottesdienſt, die Eingeborenenbibel, die meiſt nach engliſchem Muſter gehaltenen Geſänge: »God save the Queen« ſoll eine Lieblingsmelodie ſein – alles, mit Ausnahme einiger Papierblumen auf dem Altar, erſchien nicht nur zufällig ſondern ausgeſprochen proteſtantiſch. So ſind die Katholiken ihren Proſelyten auf den niedrigen Inſeln entgegengekommen.

Taniera beſaß die Schlüſſel des Hauſes; mit ihm hatte ich das Geſchäft abgeſchloſſen, falls man eine Sache als Geſchäft bezeichnen kann, in der alles meinem freien Willen überlaſſen war; er war es auch, der die Katzen und das Geflügel fütterte, und der uns öfters beſuchte, um als anerkannter Freund des Hauſes mit unſerem Tiſch vorliebzunehmen. Daher betrachteten wir ihn in der Unſchuld unſeres Herzens lange Zeit als unſeren Hauswirt. Dieſer Glaube ſollte im Laufe unſerer Erfahrungen erſchüttert werden, wurde aber nicht, wie in dieſem Kapitel noch gezeigt werden wird, durch klarere Verhältniſſe abgelöſt.

Es kamen einige Tage voll ſtickiger Ruhe und großer Hitze; man warnte vor dem Muſchelnſammeln am Meeresſtrande, wo von zehn bis vier Uhr nachmittags Gefahr eines Sonnenſtiches beſtand; ſelbſt die höchſten Palmen ſtanden regungslos, keine Stimme war zu hören bis auf die des Ozeans von der entlegeneren Küſte. Endlich, etwa um vier Uhr nachmittags, kräuſelten leichte Wellen den Spiegel der Lagune, bald erwachte in den Wipfeln der Bäume der willkommene Atem des Paſſats, und alle Häuſer und Gaſſen der Inſel wurden ausgefächelt. Für mehr als ein verzaubertes Schiff, das lange ſchon angeſichts der grünen Küſte in einer Flaute gelegen hatte, brachte der Wind die erſehnte Erlöſung, und bis zum Morgengrauen des folgenden Tages waren ein Schoner ſowie zwei Kutter im Hafen von Rotoava vor Anker gegangen. Nicht nur auf dem offenen Meer, auch in der Lagune ſelbſt entſtand mit der belebenden Briſe ein ſchwacher Verkehr. Unter anderem war auch ein gewiſſer François, ein Halbblut, mit dem erſten Strahl von Tageslicht in ſeinem eigenen, halboffenen Kutter in See gegangen. Früher hatte François eine Hofſtelle innegehabt: er war, glaube ich, Zimmerreiniger im Gouvernementsgebäude geweſen. Als der Unfriede mit dem Vizegouverneur ausbrach, hatte er ſeine Ehren beiſeite geworfen und war nach den entlegeneren Teilen des Atolls geflohen, um dort ſeinen Kohl – oder zum mindeſten ſeine Kokosnüſſe zu bauen. Von dort wurde er durch Bedürfniſſe, denen ſelbſt ein Cincinnatus ſich nicht hätte entziehen können, nach dem Sitz ſeiner früheren Funktionen getrieben, um eine halbe Tonne Kopra gegen das erforderliche Mehl auszutauſchen. Und hier verläßt ihn vorerſt unſere Geſchichte, um zu unſerem Hauſe zurückzukehren.

Dort erſchien etwa um ſieben Uhr abends plötzlich der Katechet mit der heiteren Miene eines Mannes, der ſeines Willkomms ſicher iſt, mit einem großen Schlüſſelbund bewaffnet. Er begann auch ſogleich die Schlüſſel an den Kiſten zu erproben, die er nacheinander in die Mitte der Zimmer zog. Bald tauchten die Köpfe von Zuſchauern im Eingang auf, die alle ihre Ratſchläge anboten. Alles umſonſt! Entweder waren es die falſchen Schlüſſel oder die falſchen Kiſten oder der falſche Mann, der ſich an ihnen verſuchte. Eine kleine Weile arbeitete Taniera ärgerlich und ungeduldig an den Schlöſſern herum, dann griff er zu der etwas ſummariſchen Methode der Axt. Eine der Kiſten wurde erbrochen, ein Armvoll Männer- wie Weiberkleidung herausgefiſcht und den Fremden auf der Veranda ausgehändigt.

Dieſe waren François und ſeine Frau mit ihrem Kind. Etwa um acht Uhr morgens war ihr Kutter in der Mitte der Lagune beim Umlegen des Segels gekentert. Es gelang ihnen jedoch, das Boot wieder umzudrehen, worauf ſie das Kind, obwohl das Schiff noch voll Waſſer war, wieder an Bord ſetzten. Das Großſegel war fortgeſchwemmt worden, aber das Klüverſegel trieb das Fahrzeug langſam vorwärts, und François ſowie die Frau ſchwammen hinterdrein, wobei ſie das Steuerruder mit den Händen dirigierten. Die Kälte war bitter, ihre Erſchöpfung wurde mit der Zeit unerträglich und die Furcht vor den Haien verfolgte ſie in jenem Jagdgrund von Raubfiſchen unabläſſig. Wieder und immer wieder wollte François, das Halbblut, den Kampf aufgeben und verſinken, aber die Frau, die vollblütige Tochter einer amphibiſchen Raſſe, ließ nicht nach, ihn mit aufmunternden Worten zu stützen. Hier fällt mir eine Frau aus Hawaii ein, die bei hohem Seegang mit ihrem Gatten – ich wage es gar nicht zu ſagen, wieviele Meilen ſchwamm – und ſchließlich mit der Leiche in den Armen das Ufer erreichte. Es war etwa fünf Uhr nachmittags, alſo nach neunſtündigem Schwimmen, als François und ſeine Frau in Rotoava an Land gingen. Sie hatten den harten Kampf mutig gewonnen, und ſofort kam die kindliche Seite des Eingeborenencharakters zum Vorſchein. Sie hatten in ihren triefenden Kleidern gegeſſen und ihre Geſchichte wieder und immer wieder erzählt; der Körper des Weibes, dem meine Frau beim Umkleiden half, war kalt wie Eis, und François brachte, nachdem er ein trockenes baumwollenes Hemd und eine neue Hoſe angezogen hatte, den Reſt des Abends auf meinem Fußboden zwiſchen zwei offenen Türen in einem ſtarken Luftzug zu. Und doch ſprach François, der Sohn eines franzöſiſchen Vaters, ein ausgezeichnetes Franzöſiſch und machte den Eindruck eines intelligenten Mannes.

Unſer erſter Gedanke war natürlich, daß der Katechet, getreu ſeinem apoſtoliſchen Berufe, die, ſo da nackend gingen, aus ſeinem Überſchuß bekleidete. Dann kam es aber heraus, daß François lediglich ſein Eigentum reklamierte. François war in Wirklichkeit der Hausherr. Dabei wird man bemerkt haben, daß er beſcheiden auf der Veranda ſtehengeblieben war, während Taniera ſeine ungeübte Hand an den Schlöſſern verſuchte; und ſelbſt jetzt, als ſeine wahre Stellung zutage trat, war der einzige Gebrauch, den er von ſeinem Beſitz machte, der, ſein und ſeiner Familie Kleider auf dem Zaune zu trocknen. Taniera blieb nach wie vor der Freund des Hauſes. Taniera fütterte auch weiterhin die Hühner und machte uns täglich

ſeinen Beſuch, während François ſich ſchüchtern im Hintergrunde hielt. Aber es ſollte noch merkwürdiger kommen. Da François doch ſeine ganze Kutterladung, die halbe Tonne Kopra, eine Axt, Schüſſeln, Meſſer und Kleider verloren hatte – da er gewiſſermaßen ſein Leben von vorn anfangen mußte und noch nicht einmal das Mehl, das er brauchte, gekauft oder bezahlt hatte – bot ich ihm an, ihm alles, was er brauchte, von der Miete vorzuſchießen. Zu meinem unauslöſchlichen Erſtaunen ſchlug er es aus, und der Grund, den er dafür anführte, lautete – falls man ihn wirklich als Grund bezeichnen kann, da er die Sachlage nur noch mehr verwirrte – Taniera ſei ſein Freund. Man höre, ſein Freund, nicht etwa ſein Gläubiger. Ich erkundigte mich hiernach noch eingehend, und man verſicherte mir, Taniera könnte als Verbannter auf einer fremden Inſel vielleicht ſelber Schulden haben, unmöglich aber jemandes Gläubiger ſein.
Kurz danach wurden wir eines Morgens in aller Frühe durch die geräuſchvolle Gegenwart eines Fremden im Hofe geweckt, und wir entdeckten, daß unſer Lager von einer hochgewachſenen, hageren alten Eingeborenendame überraſcht worden war, die, wie wir ſofort ſahen, in Witwentracht ging. Auf den erſten Blick erkannte man, daß ſie eine bedeutende Frau war, eine jener ſtreng praktiſchen, von Energie ſtrotzenden Hausfrauen mit allen Anlagen eines prachtvollen, leicht überquellenden Temperaments. In der Tat war an ihr, mit Ausnahme ihrer Haut, nichts Polyneſiſches. Dieſer Typ kommt häufig vor und wird überall höchlichſt reſpektiert. Es tat uns förmlich wohl, zu ſehen, wie ſie das

Grundſtück aufräumte, die Pflanzen begoß, die Hühner inſpizierte, ſie fütterte und zurechtſtutzte, wobei ſie in einer zornigen, planvollen Weiſe von allem Beſitz ergriff. Als ſie ſich dann dem Hauſe näherte, ließ unſere Sympathie ſchon merklich nach, und als ſie gar die erbrochene Kiſte entdeckte, wünſchte ich mich lebhaft an einen anderen Ort. Wir konnten uns auch nicht durch ein Wort verſtändigen, aber ihr ganzer, magerer Körper bebte in beredter Empörung. »Meine Kiſte!« ſchrie ſie, mit beſonderer Betonung auf der erſten Silbe. »Meine Kiſte – und dazu noch erbrochen! Eine nette Wirtſchaft!« Ich beeilte mich, die ganze Schuld auf die wahrhaft Schuldigen abzuwälzen – auf François und ſeine Frau, und fand, daß ich da vom Regen in die Traufe geraten war. Sie wiederholte ihre Namen erſt voller Unglauben, dann in Verzweiflung. Eine Zeitlang ſchien ſie völlig betäubt, dann fing ſie an, die Kiſte zu leeren, wobei ſie die Sachen auf dem Boden aufhäufte und offenbar den Schaden, den François angerichtet hatte, berechnete, und nach einer Weile ſahen wir ſie in ein heftiges Geſpräch mit Taniera verwickelt, der auch ſchuldbewußt die Ohren hängen zu laſſen ſchien.

Hier alſo hatten wir nach allen wohlbekannten Anzeichen zu ſchließen endlich meine Hauswirtin; hier war jeder Charakterzug eines Hausbeſitzers voll entwickelt. Sollte ich mich ihr mit der noch ſchwebenden Frage der Miete nähern? Ich legte die Sache einem Ratgeber vor. »Unſinn!« rief der. »Das iſt doch nur die Alte, die Mutter. Das Haus gehört ihr ja gar nicht. Ich glaube, das Haus gehört dem Manne da«, und damit wies er auf eine der kolorierten Photographien, die an den Wänden hingen. Hierauf gab ich alle Hoffnung auf, je hinter die Sache zu kommen, und als die Zeit herannahte, in der ich Abſchied nehmen mußte, zahlte ich in dem Gerichtsſaal des Archipels in der furchtbaren Gegenwart des ſtellvertretenden Gouverneurs ordnungsgewäß an Taniera meine Miete. Er war es zufrieden und ich auch. Aber was hatte er nur damit zu ſchaffen? Mr. Donat, der vollziehende Gerichtsbeamte, der obendrein noch einheimiſches Blut in den Adern hatte, vermochte kein Licht auf dieſes Geheimnis zu werfen; mehr kann man von einer ſchlichten Zivilperſon mit einer Neigung für Literatur auch nicht verlangen.

*

## VIERTES KAPITEL

## *Lebensgewohnheiten und Sekten auf den Paumotu*

*

AUCH DER OBERFLÄCHLICHSTE LESER WIRD bemerkt haben, daß hier eine andere Luft als auf den Marqueſas wehte. Das von allerlei Gerät angefüllte Haus, die geſchäftige Hausfrau ihre Habe überzählend, der ernſthafte, doktrinäre Paſtor, der hartnäckige Kampf ums Leben in der Lagune: das alles ſind Charakterzüge einer neuen Welt. In einer Broſchüre (ich will den Autor lieber nicht nennen) las ich einmal, daß der Paumote am meiſten dem Marqueſaner gleicht. Ich dagegen halte die beiden Raſſen, obwohl ſie enge Nachbarn ſind, für die beiden Pole der Inſelwelt. Die Marqueſaner ſind ohne Frage die ſchönſten und gleichzeitig mit die höchſtgewachſenen Menſchen der Erde; der Paumote mißt im Durchſchnitt einen guten Zoll weniger und iſt nicht einmal hübſch. Der Marqueſaner iſt freigiebig, träge, gefühllos gegenüber der Religion und kindlich lax gegen ſich ſelbſt – der Paumote habgierig, zäh, unternehmungsluſtig, ein religiöſer Disputant mit einem leichten Hang zur Askeſe in ſeinem Charakter.

Noch vor wenigen Jahren waren die Einwohner des Archipels ſchlaue Wilde. Ihre Inſeln hätte man als Sireneninſeln bezeichnen können, nicht nur wegen des Zauber, den ſie auf den vorbeifahrenden Seemann ausüben, ſondern auch wegen der Gefahren, die ihn an

Land erwarteten. Auch heute noch lauert auf den entlegeneren Eilanden die Gefahr; ſelbſt der ziviliſierte Paumote fürchtet ſich, zu landen und ſich mit ſeinem rückſtändigen Bruder einzulaſſen. Aber bis auf dieſe Ausnahmen gehören jene Schrecken der Vergangenheit an, wenn ſie auch noch zu der Zeit, als unſere Generation in der Wiege lag, lebendige Wirklichkeit waren. Vor 1830–40 zum Beiſpiel war es überaus gefährlich, ſich Hao zu nähern, da dort Schiffe geentert und die Beſatzungen entführt wurden. Noch im Jahre 1856 ſtach der Schoner Sarah Ann bei Papeete in See, ohne je wieder geſehen zu werden. Frauen waren an Bord und Kinder, die Gattin des Kapitäns, ein Kindermädchen, ein Baby und die zwei jungen Söhne eines Kapitäns Steven, die zur Erziehung auf den Kontinent gebracht werden ſollten. Alle, nahm man an, ſeien in einem Sturm ums Leben gekommen. Ein Jahr ſpäter ſtieß der Kapitän der »Julia« auf einer Fahrt entlang jener Inſel, die abwechſelnd Bligh, Lagoon und Tenatangi genannt wird, auf eine Schar bewaffneter und mit bunten Stoffen bekleideter Eingeborenen, die dem Kurſe des Schoners folgten. Dies erregte ſofort Verdacht; die Mutter der verlorengegangenen Kinder ſparte nicht mit Geld, und als die erſte Expedition, die den Ort verödet gefunden und ſich begnügt hatte, ein paar Schüſſe abzufeuern zurückgekehrt war, rüſtete die Frau eine neue Expedition aus, die ſie ſelbſt begleitete. Keine Menſchenſeele erſchien, um ſie zu empfangen, oder Widerſtand zu leiſten; eine Weile ſtreiften ſie zwiſchen verlaſſenen Hütten und leeren Dickichten umher; dann bildeten ſie zwei Abteilungen und machten ſich auf den Weg, um den Pandanus-Dſchungel von einem Ende der Inſel bis zum anderen zu durchſuchen. Ein einziger Mann blieb an dem Landungsplatz zurück – Teina, ein Häuptling aus Anaa, der Führer der bewaffneten Eingeborenen, die der Expedition als Truppen dienten. Nun, da ſeine Kameraden ſich auf ihrem mühſeligen Streifzug in alle Richtungen zerſtreut hatten, ſenkte ſich tiefſtes Schweigen auf den Ort, und dieſe Stille ſollte den Einwohnern der Inſel zum Verderben werden. Teina hörte ein Geräuſch wie von fallenden Steinen und ſpähte umher in der Erwartung, eine Krabbe zu ſehen. Statt deſſen entdeckte er eine braune Menſchenhand, die ſich aus einem Spalt in der Erde ſchob. Ein Schrei rief die Aufklärungstruppen zurück und kündigte den vergrabenen Feiglingen den Tod an. In einer unterirdiſchen Höhle fand man ſechzehn Wilde, die zwiſchen Menſchenknochen und allerlei ſeltſamen, ſcheußlichen Kurioſitäten hockten. Eine davon war ein Kopf mit langen, goldblonden Haaren, den man als den der Kapitänsfrau erkennen wollte; eine andere war der halbe Körper eines europäiſchen Kindes, den man in der Sonne getrocknet und zweifellos zu irgendeiner Zauberei auf einen Stock geſpießt hatte.

Der Paumote möchte gern reich ſein, er ſpart, knauſert, vergräbt ſein Geld in der Erde und ſcheut keine Arbeit. Für einen Dollar pro Mann verbrachten zwei Eingeborene den lieben langen Tag, ſo lang es hell war, damit, das Kupfer an unſerem Schiff zu reinigen. Es war ſeltſam, ſie ſo unermüdlich an der Arbeit zu ſehen, ſo vollkommen zu Hauſe im Waſſer – zum Teil mit der brennenden Pfeife im Mund, zum Teil unter Waſſer arbeitend, während nur der glühende Pfeifenkopf ſich über dem Meeresſpiegel hielt. Seltſamer noch war der Gedanke, daß wir hier die nächſten Verwandten der untüchtigen Marqueſaner vor uns hatten. Aber der Paumote ſpart, knauſert und arbeitet nicht nur, er ſtiehlt auch, oder um mich genauer auszudrücken, er ſchwindelt. Niemals leugnet er eine Schuld, er flieht nur ſeinen Gläubiger. Er iſt immer auf Vorſchuß erpicht und verſchwindet dann, ſobald er ihn in die Hand bekommt. Das Schiff ſeines Gläubigers kennt er genau; ſobald es ſich der einen Inſel nähert, reißt er nach der nächſten Inſel aus. Man glaubt ſeinen Namen zu kennen; doch bis man ihn erreicht, hat er ihn geändert. Eine Verfolgung iſt in dieſem Labyrinth von Inſeln völlig ausſichtslos. Das Reſultat läßt ſich in einer Nußſchale zuſammenfaſſen. Tatſächlich hat die Regierung auch ſchon den Antrag geſtellt, Schulden dadurch ſicherſtellen zu laſſen, daß man den Schuldner photographiert; und erſt vor kurzem gelangten in Papeete den Paumoten gewährte Kredite in Höhe von ſechzehntauſend Pfund für weniger als vierzig Pfund – quatre cent mille francs pour moins de mille francs – zum Verkauf. Selbſt ſo galt das Objekt noch als ein Riſiko, und nur dieſer eine Mann, der es erwarb und beſonders günſtige Gelegenheit hatte, die Forderung zu realiſieren, konnte wagen, ſoviel Geld dafür zu geben.

Der Paumote hängt mit ganzer Seele an ſeinen Blutsverwandten wie an den Mitgliedern ſeines Haushalts. Eine rührende Zuneigung verbindet mitunter Mann und Frau. Ihre Kinder beherrſchen ſie vollſtändig zu ihren Lebzeiten; nach dem Tode werden deren Knochen oder ihre Mumien häufig eiferſüchtig bewacht und im Laufe der Wanderungen der Familie von Atoll zu Atoll mitgeſchleppt. Man erzählte mir, in Fakarava gäbe es viele Häuſer, in denen Kindermumien in Seemannskiſten aufbewahrt würden; von dem Augenblick an betrachtete ich die Kiſten neben meinem Bett mit etwas wie Unbehagen; vielleicht ſteckte auch in jenem Schrank dort ein kleines Skelett.

Die Raſſe ſcheint ſich durchaus erhalten zu ſollen. Bei den fünfzehn Inſeln, deren Einwohnerliſten ich zu prüfen Gelegenheit hatte, fand ich, daß im Jahre 1887 auf ſiebenundvierzig Todesfälle neunundfünfzig Geburten kamen. Wenn man drei von den Inſeln fortließ, kam bei den übrigen zwölf auf zweiunddreißig Todesfälle die hoffungsvolle Geburtsquote von fünfzig. Langgewohnte Entbehrungen und Fleiß ſind zweifellos die Erklärung für dieſen auffallenden Gegenſatz zu den Statiſtiken der Marqueſas. Aber der Paumote zeigt außerdem noch eine gewiſſe Beſorgtheit um ſeine Geſundheit und wenigſtens die Anfangsgründe einer ſanitären Lebensweiſe. Das öffentliche Gerede tritt bei dieſem ungeniert offenherzigen Volke an Stelle der Quarantänevorſchriften. Neuankömmlinge erkundigen ſich ſtets beſorgt danach, ob alles wohlauf wäre, und die Syphilis wird, wo ſie vorkommt, erfolgreich mit einheimiſchen Medizinalpflanzen behandelt. Wie ihre tahitiſchen Nachbarn, von denen ſie dieſen Fehler vielleicht übernommen haben, betrachten ſie den Ausſatz mit relativer Gleichgültigkeit, die Elephantiaſis dagegen mit unvernünftigem Grauen. Aber im Gegenſatz zu den Tahitiern, nimmt ihre Furcht die Form des Selbſtſchutzes an. Wer von dieſer ſchmerzhaften und häßlichen Krankheit befallen iſt, wird an die äußerſte Grenze der Niederlaſſung verbannt, darf weder die Landſtraßen noch die kleineren Wege benutzen und iſt verurteilt, die Strecke zwiſchen ſeinem Haus und ſeinen Kokosbäumen nur auf dem Waſſer zurückzulegen, da ſelbſt ſeine Fußſpur als anſteckend gilt. Da Fe'efe'e ein Erzeugnis der Sümpfe und eine Folgeerſcheinung von Malaria iſt, iſt die Krankheit auf den Atollen nicht endemiſch. Einzig auf der Inſel Makatea, wo die Lagune ſich in einen Sumpf verwandelt hat, hat ſich dieſe Seuche dauernd feſtgeniſtet. Viele leiden hier daran; ſie werden (wenn mein Gewährsmann mir recht berichtet) von den zahlreichen Annehmlichkeiten menſchlicher Geſellſchaft ausgeſchloſſen und ſollen ſich, wie man glaubt, heimlich dafür rächen. Die Exkremente von Kranken gelten als außerordentlich anſteckend. Früh am Morgen, heißt es, ſchleichen ſich alte, böswillige Menſchen in das ſchlafende Dorf und ſchlagen vor den Türen der Häuſer junger Leute das Waſſer ab. So wird die Krankheit verbreitet; ſo vernichten und verpeſten ſie Schönheit und Geſundheit, den Gegenſtand ihres Neides. Ob dies nun ſcheußliche Wirklichkeit oder abſcheuliche Sage iſt, in beiden Fällen iſt es bezeichnend für eine gewiſſe Bitterkeit und Energie, die den Paumoten auszeichnen. In den Archipel teilen ſich in der Hauptſache zwei Lehren: die katholiſche und die mormoniſche. Beide ſuchen ſich voller Hochmut den irreführenden Schein der Stabilität zu geben. Trotzdem ſind beide nur loſe

Gebilde: ihre Mitgliederzahl ſchwankt dauernd. Die Mormonen beſuchen eifrig die Meſſe; die Katholiken hören aufmerkſam einer mormoniſchen Predigt zu, und beide Parteien können morgen ſchon ihren Glauben gewechſelt haben. Es gab einen Mann, der fünfzehn Jahre lang eine Säule der katholiſchen Kirche war; als dann ſeine Frau ſtarb, meinte er, es müſſe eine recht armſelige Kirche ſein, die einem Mann nicht einmal ſeine Frau zu retten vermöchte, und wurde auf der Stelle Mormone. Nach dem was mir ein Eingeweihter ſagte, gilt es als ſchick, wenn man geſund iſt, katholiſch zu ſein; in Krankheitsfällen jedoch hält man es für angebracht, überzutreten. Als Mormone hätte man in fünf Fällen von ſechs die Chance wieder geſund zu werden; als Katholik wäre die Ausſicht nur gering. Dieſe Anſicht ſtützt ſich vielleicht auf das an ſich troſtreiche Sakrament der letzten Ölung.

Wir alle kennen die Katholiken, ob daheim oder auf den Paumotu. Aber der paumotuſche Mormone iſt ein Ding für ſich. Er heiratet nur eine Frau, benutzt fleißig die proteſtantiſche Bibel, hält die proteſtantiſchen Formen des Gottesdienſtes ein, verbietet den Genuß von Alkohol und Tabak, vollzieht die Taufe im Mannesalter durch Untertauchen und tauft nach jedem öffentlichen Vergehen den reuigen Sünder noch einmal. Ich ſprach darüber einmal mit Mahinui, den ich gut in der Geſchichte der amerikaniſchen Mormonen beſchlagen fand, und er erklärte ſich gegen jeden Zuſammenhang. »Pour moi«, ſagte er mit ſuperber Toleranz, »les Mormons içi un petit Catholiques.« Einige Monate ſpäter erhielt ich Gelegenheit, mich mit einem hochorthodoxen Landsmann von mir, einem alten Hochländer, einem der ſchottiſchen Diſſidenten, zu unterhalten, der ſchon ſeit langem auf Tahiti heimiſch war, aber immer noch nach der ſchottiſchen Heide roch. »Weshalb nennen ſie ſich eigentlich Mormonen?« erkundigte ich mich.

»Ja, Lieber, das iſt die Frage!« rief er aus. »Trotzdem läßt ſich nach allem, was ich davon gehört habe, nichts gegen ihre Lehre ſagen, und ihre Lebensführung iſt über jeden Verdacht erhaben.« Aber Mormonen ſind und bleiben ſie, wenn auch von der älteren Kaſte: den ſogenannten Joſephiten, den Anhängern Joſeph Smiths und den Gegnern Brigham Youngs.

Alſo zugegeben, daß die Mormonen Mormonen ſind. Sofort erheben ſich neue Fragen. Was ſind die Iſraeliten und was die Kanitus? Seit langem ſchon zerfällt die Sekte wieder in die eigentlichen Mormonen und in die ſogenannten Iſraeliten; weshalb, konnte ich niemals erfahren. Vor einigen Jahren kam ein reiſender Miſſionar namens Williams hierher, der eine ergebnisreiche Kollekte veranſtaltete und unter Zurücklaſſung reifen Samens der Zwietracht wieder abreiſte. Irgendeine Abweichung in der Art, »den Gottesdienſt zu eröffnen«, erzählte man mir, hätte zu Schismen und zur Verfeindung geführt; die Kirche wurde abermals geſpalten und eine neue Sekte, die Kanitus, ging aus der Spaltung hervor. Seitdem haben die Kanitus und die Iſraeliten, wie die Cameronier und die Vereinigten Presbyterianer, gemeinſame Sache gemacht, und die Kirchengeſchichte der Paumotu iſt zurzeit arm an Ereigniſſen. Sehr bald jedoch wird ſich wieder Neues ereignen, denn dieſe Inſeln geben ſich alle Mühe, das Schottland der Südſee zu werden. Hinter zwei Dinge konnte ich niemals kommen; das eine war die Art der Neuerungen, die Mr. Williams eingeführt hatte, und das andere, die Bedeutug der Bezeichnung Kanitu. Das Wort war nicht tahitiſch, es war nicht marqueſaniſch, und es bildete auch keinen Teil der uralten Paumotuſprache, die jetzt ſehr raſch ausſtirbt. Ein Mann – es war ein Prieſter, Gott hab' ihn ſelig! – meinte, es wäre der lateiniſche Ausdruck für einen kleinen Hund! Ich habe ſeither gefunden, daß es einen Gott dieſes Namens in Neu-Guinea gibt, aber es gehört ſchon mehr Mut dazu, als ich beſitze, um hier auf einen Zuſammenhang hinzuweiſen. Wir haben es alſo mit einer ſonderbaren Sache zu tun: eine funkelnagelneue Sekte entſteht kraft populärer Akklamation und ein ſinnloſer Ausdruck wird zu ihrem Namen erwählt.

Der Wunſch einer Myſtifikation ſcheint ſehr nahe zu liegen, zumal laut dem, was ein ſehr intelligenter Beobachter, ein Mr. Magee aus Mangareva, mir ſagte, das Element des Geheimnisvollen eine der Hauptattraktionen der mormoniſchen Kirche bildet. Dieſe genießt etwa das gleiche Anſehn, wie bei uns die Freimaurerei: der Konvertit empfindet den Reiz des Abenteuerlichen. Dazu geſellen ſich noch andere Lockungen. Eine ſtändige Wiedertäuferei, die eine Reihe von Tauffeſtlichkeiten zur Folge hat, wird ſowohl in geſellſchaftlicher wie in geiſtiger Hinſicht als angenehm empfunden. Noch wichtiger iſt die Tatſache, daß alle Gläubigen ein Amt erhalten, und die Hauptſache iſt wohl die Strenge der Diſziplin. »Das Alkoholverbot«, ſagte

Mr. Magee, »führt ihnen eine Menge Mitglieder zu.« Kein Zweifel, diese Insulaner lieben das Trinken, und ebenso klar ist es, daß sie es sich häufig versagen. So wird zum Beispiel ein Trinkgelage an Feiertagen stets von einer Woche oder einem Monat strenger Enthaltsamkeit abgelöst. Mr. Wilmot schreibt diese Abstinenz dem paumotischen Hang zur Mäßigkeit und Sparsamkeit zu; die Sache geht aber viel tiefer. Ich erwähnte bereits, daß ich an Bord der Casco ein Fest veranstaltete; um das Schiffsbrot und die Marmelade hinunterzuspülen, ließ ich jedem Gaste die Wahl zwischen Rum und Sirup, und von der ganzen Schar entschied sich ein einziger Mann in herausforderndem Tone unter brüllendem Gelächter für »Trum«. Ich war so gemein, dieses Experiment, wenn immer ich die Gelegenheit fand, innerhalb der vier Wände meines Hauses zu wiederholen, und drei zum mindesten, die bei dem Fest den Rum ausgeschlagen hatten, tranken ihn jetzt gierig hinter verschlossenen Türen. Andere dagegen waren streng konsequent. Ich sagte schon, die Tugenden der Rasse wären bourgeois und puritanisch; wie bourgeois, wie puritanisch ist das alles! Wie schottisch! Wie echt yankeehaft! – die Versuchung, der Widerstand, die verlogene Anpassung in der Öffentlichkeit, das Pharisäertum, der fromme Filuzius und die wahren Anhänger! Bei einem derartigen Volke erscheint die Volkstümlichkeit einer asketischen Kirche durchaus begründet; in diesen strikten Regeln, an dieser ständigen Aufsicht finden die Schwachen ihren Halt und die Starken einen gewissen Genuß, und die Lehre des Wiedertaufens, des Herunterbeichtens und von vorne

Anfangens, wird manchen ſtrauchelnden Frommen wieder aufrichten.

Es gibt noch eine andere Sekte oder was man – zweifellos zu Unrecht – als Sekte bezeichnet, die ſogenannten Pfeifer. Duncan Cameron, den die Mormonen ſo ſehr verehren, war nicht weniger energiſch in ſeiner Ablehnung der Pfeifer. Und doch bin ich mir nicht ganz im klaren; ich glaube trotz allem, daß irgendein Zuſammenhang beſteht, wenn auch ein falſcher, den man wahrſcheinlich leugnen wird. Zum mindeſten ſeien hier einige Vorfälle wiedergegeben, die ſich im Hauſe eines israelitiſchen Paſtors (oder Propheten) auf der Inſel Anaa abſpielten, die meiner Überzeugung nach Duncan verleugnen müßte, die die Pfeifer aber als eine Nachahmung ihrer Bräuche begrüßen würden. Mein Gewährsmann, ein Tahitier und Katholik, bewohnte den einen Teil des Hauſes; der Prophet und ſeine Familie den anderen. Nacht für Nacht hielten die Mormonen in dem einen Teil ihren Abendgottesdienſt mit Geſang ab; Nacht für Nacht lag in dem anderen Teil die Frau des Tahitiers wach und lauſchte voll Erſtaunen dem Singen. Endlich konnte ſie nicht länger an ſich halten, ſie weckte ihren Gatten und fragte ihn, was er hörte. »Ich höre verſchiedene Menſchen Kirchenlieder ſingen«, war ſeine Antwort. »Ja,« erwiderte ſie, »aber paß nur auf! Hörſt du nicht auch etwas Übernatürliches?« So aufmerkſam gemacht, vernahm er eine ſeltſame, ſummende Stimme, die, wie er erklärte, dennoch wunderſchön war – und die ganz im Takt und Tonfall die Sänger begleitete. Am nächſten Tage zog er Erkundigungen ein. »Es iſt ein

Geiſt,« erklärte ganz ſchlicht der Prophet, »der es ſich erſt kürzlich zur Gewohnheit gemacht hat, an unſerem Familiengottesdienſt teilzunehmen.« Anſcheinend war das Weſen unſichtbar und ähnlich den uns vertrauteren Geiſtern unſeres degenerierten Zeitalters in der Heimat über die Maßen unwiſſend, denn anfänglich konnte er nur ſummen und hatte erſt vorkurzem gelernt, ſeine Rolle in der Muſik richtig auszufüllen.

Die Veranſtaltungen der Pfeifer ſind aber viel mehr business-like. Ihre Verſammlungen, zu denen »alle herzlich eingeladen ſind«, finden in aller Öffentlichkeit hinter offenen Türen ſtatt. Die Gläubigen ſitzen währenddeſſen, wie mein einer Gewährsmann berichtet, im Zimmer herum; nach dem, was ein anderer mir erzählte, ſingen und pfeifen ſie abwechſelnd. Der Anführer oder Zauberer – oder wollen wir ihn lieber das Medium nennen – ſitzt in ihrer Mitte ſchweigend und in ein Laken eingehüllt; und nach einer Weile ertönt dicht über ſeinem Kopf oder auch von der Mitte des Daches her, ein überirdiſches, für den Neuling erſchreckliches Pfeifen. Das iſt, wie es ſcheint, die Sprache der Toten; der Inhalt wird, wie man mir ſagt, ſo ſchnell wie ein Telegraphenbeamter ticken kann, von einem der Eingeweihten niedergeſchrieben, und die Mitteilungen werden zum Schluß bekanntgemacht. Dieſe ſelbſt ſind über die Maßen banal; vielleicht wird die Ankunft eines Schoners vorausgeſagt oder irgendein müßiger Klatſch über einen der Nachbarsleute verbreitet, oder, wenn der Geiſt bei einem Krankheitsfall zu Rate gezogen wird, es wird ein Heilmittel vorgeſchlagen. Eines dieſer Mittel, nämlich ein Bad in brühheißem Waſſer, erwies ſich nachträglich als tödlich für den Patienten. Die ganze Angelegenheit iſt ungemein langweilig, ungemein albern und ungemein europäiſch. Sie birgt keinerlei maleriſche Einzelheiten, wie etwa ähnliche Beſchwörungen in Neuſeeland. Ihr ſcheint auch nicht der kleinſte Kern von Vernunft innezuwohnen wie anderen Séancen auf den Gilbertinſeln, die ich ſpäterhin noch ſchildern werde. Trotz alledem, erzählte man mir, wären viele tüchtige, intelligente Eingeborene unverbeſſerliche Pfeifer. »Wie zum Beiſpiel Mahinui?« fragte ich, um einen Maßſtab zu erhalten, und die Antwort lautete: »Ja.« Weshalb wundere ich mich aber? Sehr viele Menſchen daheim, die weit aufgeklärter ſind als mein Sträflingskatechet, ſetzen ſich zu ebenſo unfruchtbaren und langweiligen Dummheiten zuſammen.

Das Medium iſt mitunter auch eine Frau. Eine Frau war es, die dieſe Gebräuche an der Nordküſte von Taiarapu zur großen Entrüſtung ihrer Verwandten einführte – ihr eigener Schwager zum Beiſpiel erklärte ſie für betrunken. Allein was auf Tahiti gegen das Allgemeinempfinden verſtößt, mag für die Paumoten noch gut genug erſcheinen, zumal ein Teil der dortigen Frauen von Natur aus mit ganz beſonders eigenartigen und nützlichen Eigenſchaften begabt iſt. Dieſe Perſönlichkeiten erklären ſich für aufrichtige, wohlmeinende Damen, denen ihre unheimliche Gabe zum Teil ſogar unangenehm iſt. In Wahrheit iſt die Unruhe, die durch ſolch eine Begabung verurſacht wird, mitunter auch ſo groß, der Schutz, den ſie genießt, dafür aber ſo unendlich klein, daß ich nicht weiß, ob ich eine derartige Veranlagung als ein Geſchenk oder als einen Fluch anſprechen ſoll. Man darf den betreffenden Damen ruhig ihre Kokospalmen rauben, ihre Kanoes ſtehlen, ihnen das Haus über dem Kopf anſtecken und ihre Familien abſchlachten, ohne dafür beſtraft zu werden; aber niemals darf man Hand an ihre Schlafmatten legen, oder der Bauch ſchwillt einem an, und nur die Damen ſelbſt oder ihre Gatten können einen kurieren. Hier folgt der Bericht eines Augenzeugen, eines geborenen Tasmaniers, der gebildet war und viel Geld verdiente – alſo auf keinen Fall ein dummer Menſch ſein konnte. 1886 wohnte er einmal in einem Hauſe auf Makatea, in dem zwei Damen anfingen auf den Matten allerlei Unſinn zu treiben, worauf ſie, ſoviel ich weiß, hinausgeworfen wurden. Im gleichen Augenblicke begannen ihre Bäuche anzuſchwellen; Schmerzen packten ſie, alle möglichen Hausmittel wurden vergeblich angewendet und Maſſage vergrößerte nur noch ihre Qualen. Daraufhin wurde der Herr des Hauſes gerufen; er ſetzte die Art der Heimſuchung auseinander und bereitete die Heilung vor. Man ſchälte eine Kokosnuß, füllte ſie mit allerlei Kräutern und übergab ſie mit allen Zeremonien eines Stapellaufs und unter zahlreichen paumotiſchen Zauberformeln dem Meere. Von dem Momente an wurden die Schmerzen erträglicher und die Schwellungen ließen nach. Der Leſer wird große Augen machen. Ich kann ihm nur verſichern, wenn er ſich unter den alten Anſiedlern des Archipels bewegte, wäre er gezwungen, eines von zwei Dingen zuzugeben: – – entweder daß doch etwas Wahres an den geſchwollenen Bäuchen iſt oder daß alle Menſchen lügen.

Ich bin dieſen begabten Damen noch nicht begegnet; aber ich habe ſelbſt ein Erlebnis gehabt, denn ich habe nur für eine Nacht die Rolle eines pfeifenden Geiſtes geſpielt. Den ganzen Tag über hatte ein tüchtiger Wind geweht, der indes bei Eintritt der Nacht ſich legte, und der Mond, der damals voll war, ſegelte über einen klaren Himmel. Wir gingen in ſüdlicher Richtung an der Lagunenſeite der Inſel entlang und ſchritten durch langgeſtreckte Waldſchneiſen von Palmen über einen ſchneeweißen Sandboden hin. Keine Spur, kein Laut von Leben war zu entdecken, bis wir an einer freien Stelle die Glut eines Feuers ſahen und dicht daneben von einem dunklen Hauſe her die leiſen Stimmen von Eingeborenen vernahmen. Selbſt in Geſellſchaft und mit einem Dach über dem Haupte bedeutet ohne Licht zu ſitzen für einen Paumoten eine gefährliche Sache. Die ganze Szene – das ſtarke Mondlicht und die kraſſen Schatten auf dem Sand, die verſtreute Kohlenglut, die leiſen Stimmen vom Hauſe her ſowie das Plätſchern der Lagune am Strande lenkte meine Gedanken – ich weiß nicht, warum – auf allerlei Aberglauben. Ich ging barfuß und merkte, daß meine Schritte lautlos waren, und begann daher, indem ich mich dem dunklen Hauſe näherte und mich ganz im Schatten hielt, zu pfeifen. Mit der erſten Note hatte auch ſchon jede Unterhaltung ein Ende; Stille umgab mich, während ich fortfuhr, und als ich auf dem Rückwege wieder dort vorbeikam, fand ich, daß zwar die Lampe angezündet war, die Zungen aber immer noch gelähmt ſchwiegen. Sicherlich werden die armen Kerle die ganze Nacht über ſchweigend und zitternd dageſeſſen haben. Denn, um die Wahrheit zu ſagen, ich ahnte damals noch nichts von der Größe des Schreckens, den ich einflößte, noch mit welch grausigen Geſtalten die Klänge jenes alten Liedes das dunkle Haus bevölkerten.

ENDE DES ERSTEN BANDES

# *R. L. Stevenson*

## *Werke in 12 Bänden*

nach der Edition und Übersetzung
von Curt und Marguerite Thesing

*Die Schatzinsel*
Roman. detebe 20701

*Der Junker von Ballantrae*
Roman. detebe 20703

*Die Entführung*
Roman. detebe 20704

*Catriona*
Roman. detebe 20705

*Die Herren von Hermiston*
Roman (Fragment). detebe 20702

*Der Pavillon auf den Dünen*
*Der seltsame Fall von Dr. Jekyll und Mr. Hyde*
Zwei Geschichten. detebe 20706

*Der Selbstmörderklub*
*Der Diamant des Rajahs*
Zwei Geschichtensammlungen
detebe 20707

*Die tollen Männer*
und andere Geschichten. detebe 20708

*Der Flaschenteufel*
und andere Geschichten. detebe 20709

*Der Leichenräuber*
und andere Geschichten. detebe 20710

*Der gefährliche Archipel*
In der Südsee I. Roman. detebe 21449

*Der Palast der vielen Frauen*
In der Südsee II. Roman. detebe 21450

## *Klassiker und moderne Klassiker der angelsächsischen Literatur im Diogenes Verlag*

### ● Ambrose Bierce

*Die Spottdrossel.* Erzählungen und Fabeln. Auswahl und Vorwort von Mary Hottinger. Aus dem Amerikanischen von Joachim Uhlmann, Günter Eichel und Maria von Schweinitz. Zeichnungen von Tomi Ungerer detebe 20234

### ● James Boswell

*Dr. Samuel Johnson.* Leben und Meinungen. Mit dem Tagebuch einer Reise nach den Hebriden. Herausgegeben und aus dem Englischen von Fritz Güttinger. detebe 20786

### ● John Buchan

*Die neununddreißig Stufen.* Aus dem Englischen von Marta Hackel. Mit Zeichnungen von Edward Gorey. detebe 20210
*Grünmantel.* Roman. Deutsch von Marta Hackel. Mit Zeichnungen von Topor detebe 20771
*Mr. Standfast oder Im Westen was Neues* Roman. Deutsch von Marta Hackel. Mit Zeichnungen von Topor. detebe 20772
*Die drei Geiseln.* Roman. Deutsch von Marta Hackel. Mit Zeichnungen von Tatjana Hauptmann. detebe 20773
*Basilissa.* Roman. Deutsch von Otto Bayer detebe 21249

### ● W. R. Burnett

*Little Caesar.* Roman. Aus dem Amerikanischen von Georg Kahn-Ackermann detebe 21061
*High Sierra.* Roman. Deutsch von Armgard Seegers und Hellmuth Karasek. detebe 21208
*Asphalt-Dschungel.* Roman. Deutsch von Walle Bengs. detebe 21417

### ● Erskine Caldwell

*Wo die Mädchen anders waren.* Ausgewählte Geschichten. Aus dem Amerikanischen von M. Artl, Elisabeth Schnack und Joachim Marten. detebe 21186

### ● Raymond Chandler

*Der große Schlaf.* Roman. Aus dem Amerikanischen von Gunar Ortlepp. detebe 20132
*Die kleine Schwester.* Roman. Deutsch von Walter E. Richartz. detebe 20206
*Das hohe Fenster.* Roman. Deutsch von Urs Widmer. detebe 20208
*Der lange Abschied.* Roman. Deutsch von Hans Wollschläger. detebe 20207
*Die simple Kunst des Mordes.* Essays, Briefe, eine Geschichte und ein Romanfragment Herausgegeben von Dorothy Gardiner und Kathrine Sorley Walker. Deutsch von Hans Wollschläger. detebe 20209
*Die Tote im See.* Roman. Deutsch von Hellmuth Karasek. detebe 20311
*Lebwohl, mein Liebling.* Roman. Deutsch von Wulf Teichmann. detebe 20312
*Playback.* Roman. Deutsch von Wulf Teichmann. detebe 20313
*Mord im Regen.* Frühe Stories. Vorwort von Philip Durham. Deutsch von Hans Wollschläger. detebe 20314
*Erpresser schießen nicht.* Detektivstories I detebe 20751
*Der König in Gelb.* Detektivstories II detebe 20752
*Gefahr ist mein Geschäft.* Detektivstories III detebe 20753
Alle drei deutsch von Hans Wollschläger.
*Englischer Sommer.* 3 Stories und Essays. Vorwort von Patricia Highsmith. Deutsch von Hans Wollschläger, Wulf Teichmann u.a. detebe 20754

Als Ergänzungsband liegt vor:
Frank MacShane
*Raymond Chandler.* Eine Biographie. Aus dem Amerikanischen von Christa Hotz, Alfred Probst und Wulf Teichmann detebe 20960

### ● G. K. Chesterton

*Pater Brown und Das blaue Kreuz.* Erzählungen. detebe 20731
*Pater Brown und Der Fehler in der Maschine.* Erzählungen. detebe 20732
*Pater Brown und Das schlimmste Verbrechen der Welt.* Erzählungen. detebe 20733
Eine Trilogie der besten Pater-Brown-Geschichten. Aus dem Englischen von Heinrich Fischer, Dora Sophie Kellner, Alfred P. Zeller u.a.

## ● Joseph Conrad

*Lord Jim.* Roman. Aus dem Englischen von Fritz Lorch. detebe 20128
*Der Geheimagent.* Roman. Deutsch von G. Danehl. detebe 20212
*Herz der Finsternis.* Erzählung. Deutsch von Fritz Lorch. detebe 20363

## ● Stephen Crane

*Das blaue Hotel.* Erzählungen. Herausgegeben, aus dem Amerikanischen übersetzt und mit einem Nachwort von Walter E. Richartz. detebe 20789
*Die rote Tapferkeitsmedaille.* Roman Deutsch von Eduard Klein und Klaus Marschke. Mit einem Nachwort von Stanley J. Kunitz und Howard Haycraft detebe 21299

## ● Daniel Defoe

*Robinson Crusoe.* Roman. detebe 21364

## ● Walter de la Mare

*Sankt Valentinstag.* Erzählungen. Aus dem Englischen von Elizabeth Gilbert detebe 21197
*Die Orgie – eine Idylle.* Erzählungen Deutsch von Elizabeth Gilbert. detebe 21236

## ● Charles Dickens

*Ein Weihnachtslied in Prosa.* Erzählung. Deutsch von Richard Zoozmann. Mit 16 Zeichnungen von Tatjana Hauptmann Diogenes Evergreens
*Ausgewählte Romane und Geschichten in 7 Bänden.* In der deutschen Übertragung von Gustav Meyrink
*David Copperfield.* Roman. Mit einem Essay von W. Somerset Maugham. detebe 21034
*Oliver Twist.* Roman. detebe 21035
*Nikolas Nickleby.* Roman. detebe 20998
*Bleakhaus.* Roman. detebe 21166
*Drei Weihnachtsgeschichten.* detebe 21241
*Die Pickwickier.* Roman. Mit einem Nachwort von Walter Kluge. detebe 21405
*Martin Chuzzlewit.* Roman. Mit einem Nachwort von Jerôme von Gebsattel detebe 21406

Als Ergänzungsband liegt vor:
*Charles Dickens.* Ein Essay von George Orwell. Deutsch von Manfred Papst detebe 21398

## ● Arthur Conan Doyle

*Sherlock Holmes Geschichten.* Aus dem Englischen von Margarete Nedem. detebe 21211

## ● Ralph Waldo Emerson

*Natur.* Essay. Aus dem Amerikanischen von Harald Kiczka. Kleine Diogenes Evergreens
*Essays.* Herausgegeben und übersetzt von Harald Kiczka. Mit zahlreichen Anmerkungen und einem ausführlichen Index detebe 21071

## ● William Faulkner

*Brandstifter.* Gesammelte Erzählungen I. Aus dem Amerikanischen von Elisabeth Schnack. detebe 20040
*Eine Rose für Emily.* Gesammelte Erzählungen II. Deutsch von Elisabeth Schnack detebe 20041
*Rotes Laub.* Gesammelte Erzählungen III. Deutsch von Elisabeth Schnack detebe 20042
*Sieg im Gebirge.* Gesammelte Erzählungen IV. Deutsch von Elisabeth Schnack detebe 20043
*Schwarze Musik.* Gesammelte Erzählungen V. Deutsch von Elisabeth Schnack detebe 20044
*Die Unbesiegten.* Roman. Deutsch von Erich Franzen. detebe 20075
*Sartoris.* Roman. Deutsch von Hermann Stresau. detebe 20076
*Als ich im Sterben lag.* Roman. Deutsch von Albert Hess und Peter Schünemann detebe 20077
*Schall und Wahn.* Roman. Revidierte Übersetzung von Helmut M. Braem und Elisabeth Kaiser. detebe 20096
*Absalom, Absalom!* Roman. Deutsch von Hermann Stresau. detebe 20148
*Go down, Moses.* Chronik amilie. Deutsch von Hermann Stresau und Elisabeth Schnack. detebe 20149
*Der große Wald.* Jagdgeschichten. Deutsch von Elisabeth Schnack. detebe 20150
*Griff in den Staub.* Roman. Deutsch von Harry Kahn. detebe 20151
*Der Springer greift an.* Kriminalgeschichten. Deutsch von Elisabeth Schnack detebe 20152
*Soldatenlohn.* Roman. Deutsch von Susanna Rademacher. detebe 20511
*Moskitos.* Roman. Deutsch von Richard K. Flesch. detebe 20512
*Wendemarke.* Roman. Deutsch von Georg Goyert. detebe 20513
*Die Freistatt.* Roman. Deutsch von Hans Wollschläger. detebe 20802
*Licht im August.* Roman. Deutsch von Franz Fein. detebe 20803

*Wilde Palmen und Der Strom.* Doppelroman. Deutsch von Helmut M. Braem und Elisabeth Kaiser. detebe 20988
*Die Spitzbuben.* Roman. Deutsch von Elisabeth Schnack. detebe 20989
*Eine Legende.* Roman. Deutsch von Kurt Heinrich Hansen. detebe 20990
*Requiem für eine Nonne.* Roman in Szenen. Deutsch von Robert Schnorr. detebe 20991
*Das Dorf.* Roman. Erster Teil der *Snopes-Trilogie.* Deutsch von Helmut M. Braem und Elisabeth Kaiser. detebe 20992
*Die Stadt.* Roman. Zweiter Teil der *Snopes-Trilogie.* Deutsch von Elisabeth Schnack detebe 20993
*Das Haus.* Roman. Dritter Teil der *Snopes-Trilogie.* Deutsch von Elisabeth Schnack detebe 20994
*New Orleans.* Skizzen und Erzählungen. Deutsch von Arno Schmidt. detebe 20995
*Briefe.* Herausgegeben und übersetzt von Elisabeth Schnack und Fritz Senn detebe 20958

Als Ergänzungsband liegt vor:
*Über William Faulkner.* Essays, Rezensionen, ein Interview, Zeichnungen, Chronik und Bibliographie. Herausgegeben von Gerd Haffmans. detebe 20098

## ● F. Scott Fitzgerald

*Der große Gatsby.* Roman. Revidierte Übersetzung aus dem Amerikanischen von Walter Schürenberg. detebe 20183
*Der letzte Taikun.* Roman. Deutsch von Walter Schürenberg. detebe 20395
*Pat Hobby's Hollywood-Stories.* Übersetzt und mit Anmerkungen versehen von Harry Rowohlt. detebe 20510
*Der Rest von Glück.* Erzählungen 1920 detebe 20744
*Ein Diamant – so groß wie das Ritz.* Erzählungen 1922–1926. detebe 20745
*Der gefangene Schatten.* Erzählungen 1926 bis 1928. detebe 20746
*Die letzte Schöne des Südens.* Erzählungen 1928–1930. detebe 20747
*Wiedersehen mit Babylon.* Erzählungen 1930 bis 1940. detebe 20748
Alle Erzählungen in der Übersetzung von Walter Schürenberg und Walter E. Richartz
*Zärtlich ist die Nacht.* Roman. Neu übersetzt von Walter E. Richartz und Hanna Neves. Vorwort von Malcolm Cowley. detebe 21119
*Das Liebesschiff.* Erzählungen. Deutsch von Alexander Schmitz. detebe 21187
*Der ungedeckte Scheck.* Erzählungen Deutsch von Alexander Schmitz detebe 21305

## ● Ford Madox Ford

*Die allertraurigste Geschichte.* Roman Aus dem Englischen von Fritz Lorch und Helene Henze. detebe 20532

## ● Henry Rider Haggard

*Sie.* Roman. Aus dem Englischen von Helmut Degner. detebe 20236
*König Salomons Schatzkammern.* Roman. Deutsch von V.H. Schmied. detebe 20920

## ● Dashiell Hammett

*Der Malteser Falke.* Roman. Aus dem Amerikanischen von Peter Naujack. detebe 20131
*Rote Ernte.* Roman. Deutsch von Gunar Ortlepp. detebe 20292
*Der Fluch des Hauses Dain.* Roman. Deutsch von Wulf Teichmann. detebe 20293
*Der gläserne Schlüssel.* Roman. Deutsch von Hans Wollschläger. detebe 20294
*Der dünne Mann.* Roman. Deutsch von Tom Knoth. detebe 20295
*Fliegenpapier.* Detektivstories I. Deutsch von Harry Rowohlt, Helmut Kossodo, Helmut Degner, Peter Naujack und Elizabeth Gilbert. Vorwort von Lillian Hellman detebe 20911
*Fracht für China.* Detektivstories II. Deutsch von Elizabeth Gilbert, Antje Friedrichs und Walter E. Richartz. detebe 20912
*Das große Umlegen.* Detektivstories III. Deutsch von Walter E. Richartz, Hellmuth Karasek und Wulf Teichmann. detebe 20913
*Das Haus in der Turk Street.* Detektivstories IV. Deutsch von Wulf Teichmann detebe 20914
*Das Dingsbums Küken.* Detektivstories V. Deutsch von Wulf Teichmann. Nachwort von Steven Marcus. detebe 20915

Als Ergänzungsband liegt vor:
Diane Johnson
*Dashiell Hammett.* Eine Biographie. Aus dem Amerikanischen von Nikolaus Stingl. Mit zahlreichen Abbildungen. Leinen

## ● O. Henry

*Die klügere Jungfrau.* Geschichten aus den Zyklen ›Die vier Millionen‹ und ›Die klügere Jungfrau‹. Mit einem Essay von Cesare Pavese. detebe 20871
*Das Herz des Westens.* Geschichten aus den Zyklen ›Das Herz des Westens‹ und ›Die Stimme der Stadt‹. detebe 20872
*Der edle Gauner.* Geschichten aus den Zyklen ›Der edle Gauner‹ und ›Zur Wahl‹ detebe 20873

*Wege des Schicksals.* Geschichten aus den Zyklen ›Wege des Schicksals‹ und ›Wirbel‹ detebe 20874
*Streng geschäftlich.* Geschichten aus den Zyklen ›Streng geschäftlich‹ und ›Sechser und Siebner‹. detebe 20875
*Rollende Steine.* Geschichten aus den Zyklen ›Rollende Steine‹ und ›Strandgut‹. Mit einem Nachwort von Heinrich Böll. detebe 20876
Aus dem Amerikanischen von Annemarie und Heinrich Böll, Hans Wollschläger, Thomas Eichstätt, Wilhelm Höck, Theo Schumacher, Wolfgang Kreiter

## ● James Joyce

*Das James Joyce Lesebuch.* Auswahl aus ›Dubliner‹, ›Porträt des Künstlers‹ und ›Ulysses‹. Aus dem Englischen von Dieter E. Zimmer, Klaus Reichert und Hans Wollschläger. Nachwort von Fritz Senn detebe 20486

## ● Ring Lardner

*Geschichten aus dem Jazz-Zeitalter.* Herausgegeben und mit einem Nachwort von Fritz Güttinger. Aus dem Amerikanischen von Fritz Güttinger, Elisabeth Schnack und Ingeborg Hucke. detebe 20153

## ● D. H. Lawrence

*Mr. Noon.* Roman. Aus dem Englischen von Nikolaus Stingl. Leinen
*Der preußische Offizier.* Sämtliche Erzählungen I. detebe 20184
*England, mein England.* Sämtliche Erzählungen II. detebe 20185
*Die Frau, die davonritt.* Sämtliche Erzählungen III. detebe 20186
*Der Mann, der Inseln liebte.* Sämtliche Erzählungen IV. detebe 20187
*Der Fremdenlegionär.* Autobiographisches und frühe Erzählungen, Fragmente. Sämtliche Erzählungen V. detebe 20188
*Der Fuchs / Der Marienkäfer / Die Hauptmanns-Puppe.* Sämtliche Kurzromane I detebe 20189
*Der Hengst St. Mawr.* Sämtliche Kurzromane II. detebe 20190
*Liebe im Heu / Das Mädchen und der Zigeuner / Der Mann, der gestorben war.* Sämtliche Kurzromane III. detebe 20191
Deutsch von Martin Beheim-Schwarzbach, Georg Goyert, Marta Hackel, Karl Lerbs, Elisabeth Schnack und Gerda von Uslar. Im Anhang des letzten Bandes Nachweis der Erstdrucke, Anmerkungen und Literaturhinweise
*Liebe, Sex und Emanzipation.* Essays Deutsch von Elisabeth Schnack detebe 20955
*John Thomas & Lady Jane.* Roman. Deutsch von Susanna Rademacher. detebe 20299
*Briefe.* Deutsch von Elisabeth Schnack, Einleitung von Aldous Huxley, Nachwort von Elisabeth Schnack, Personenverzeichnis, Chronik und Bibliographie. detebe 20954
*Mexikanischer Morgen.* Reisetagebücher Deutsch von Alfred Kuoni. detebe 21311
*Das Meer und Sardinien.* Reisetagebücher Deutsch von Georg Goyert. detebe 21312
*Etruskische Stätten.* Reisetagebücher. Deutsch von Oswalt von Nostitz detebe 21313
*Italienische Dämmerung.* Reisetagebücher Deutsch von Georg Goyert. detebe 21314
*Die gefiederte Schlange.* Roman. Deutsch von Georg Goyert. detebe 21464

Außerdem liegt vor:
Robert Lucas
*Frieda von Richthofen*
Ihr Leben mit D.H. Lawrence, dem Dichter der Lady Chatterley. detebe 21356

## ● Carson McCullers

*Wunderkind.* Erzählungen I. Aus dem Amerikanischen von Elisabeth Schnack detebe 20140
*Madame Zilensky und der König von Finnland.* Erzählungen II. Deutsch von Elisabeth Schnack. detebe 20141
*Die Ballade vom traurigen Café.* Novelle. Deutsch von Elisabeth Schnack. Diogenes Evergreens. Auch als detebe 20142
*Das Herz ist ein einsamer Jäger.* Roman Deutsch von Susanna Rademacher detebe 20143
*Spiegelbild im goldnen Auge.* Roman Deutsch von Richard Moering. detebe 20144
*Frankie.* Roman. Deutsch von Richard Moering. detebe 20145
*Uhr ohne Zeiger.* Roman. Deutsch von Elisabeth Schnack. detebe 20146

Als Ergänzungsband liegt vor:
*Über Carson McCullers.* Essay von und über Carson McCullers. Deutsch von Elisabeth Schnack und Elizabeth Gilbert. Mit Chronik und Bibliographie. Herausgegeben von Gerd Haffmans. detebe 20147

## ● A.E.W. Mason

*Die vier Federn.* Roman. Aus dem Englischen von Thomas Schlück. detebe 21167

## ● W. Somerset Maugham

*Die besten Geschichten von W. Somerset Maugham.* Ausgewählt von Gerd Haffmans
Diogenes Evergreens
*Honolulu.* Gesammelte Erzählungen I
detebe 21372
*Das glückliche Paar.* Gesammelte Erzählungen II. detebe 20332
*Vor der Party.* Gesammelte Erzählungen III
detebe 20333
*Die Macht der Umstände.* Gesammelte Erzählungen IV. detebe 20334
*Lord Mountdrago.* Gesammelte Erzählungen V. detebe 20335
*Das ewig Menschliche.* Gesammelte Erzählungen VI. detebe 21365
*Ashenden oder Der britische Geheimagent.* Gesammelte Erzählungen VII. detebe 20337
*Entlegene Welten.* Gesammelte Erzählungen VIII. detebe 20338
*Winter-Kreuzfahrt.* Gesammelte Erzählungen IX. detebe 20339
*Fata Morgana.* Gesammelte Erzählungen X
detebe 20340
Aus dem Englischen von Felix Gasbarra, Marta Hackel, Ilse Krämer, Claudia und Wolfgang Mertz, Wulf Teichmann, Friedrich Torberg, Kurt Wagenseil, Mimi Zoff. u.a.
*Rosie und die Künstler.* Roman. Deutsch von Hans Kauders und Claudia Schmölders
detebe 20086
*Silbermond und Kupfermünze.* Roman
Deutsch von Susanne Feigl. detebe 20087
*Auf Messers Schneide.* Roman. Deutsch von N. O. Scarpi. detebe 20088
*Theater.* Ein Schauspielerroman. Deutsch von Renate Seiller und Ute Haffmans
detebe 20163
*Damals und heute.* Ein Macchiavelli-Roman. Deutsch von Hans Flesch und Ann Mottier
detebe 20164
*Der Magier.* Ein parapsychologischer Roman. Deutsch von Melanie Steinmetz und Ute Haffmans. detebe 20165
*Oben in der Villa.* Ein kriminalistischer Liebesroman. Deutsch von William G. Frank und Ann Mottier. detebe 20166
*Mrs. Craddock.* Liebesroman. Deutsch von Elisabeth Schnack. detebe 20167
*Der Menschen Hörigkeit.* Roman. Deutsch von Mimi Zoff und Susanne Feigl
detebe 20298
*Südsee-Romanze.* Roman. Deutsch von Mimi Zoff. detebe 21003
*Liza von Lambeth.* Ein Liebesroman
Deutsch von Irene Muehlon. detebe 21307
*Der bunte Schleier.* Roman. Deutsch von Anna Kellner und Irmgard Andrae
detebe 21461

## ● Herman Melville

*Moby-Dick.* Roman. Aus dem Amerikanischen von Thesi Mutzenbecher und Ernst Schnabel. detebe 20385
*Billy Budd.* Erzählung. Deutsch von Richard Moering. detebe 20787

## ● Thomas Morus

*Utopia.* Aus dem Lateinischen von Alfred Hartmann, Nachwort von Erasmus von Rotterdam. detebe 20420

## ● Sean O'Casey

*Purpurstaub.* Komödie. Aus dem Englischen von Helmut Baierl und Georg Simmgen
detebe 20002
*Dubliner Trilogie.* Tragödien. Deutsch von Maik Hamburger, Adolf Dresen, Volker Canaris und Dieter Hildebrandt
detebe 20034
*Ich klopfe an.* Autobiographie I. Deutsch von Georg Goyert. detebe 20394
*Bilder in der Vorhalle.* Autobiographie II
Deutsch von Georg Goyert. detebe 20761
*Trommeln unter den Fenstern.* Autobiographie III. Deutsch von Werner Beyer
detebe 20762
*Irland, leb wohl!* Autobiographie IV. Deutsch von Werner Beyer. detebe 20763
*Rose und Krone.* Autobiographie V. Deutsch von Werner Beyer. detebe 20764
*Dämmerung und Abendstern.* Autobiographie VI. Deutsch von Werner Beyer
detebe 20765
*Das Sean O'Casey Lesebuch.* Eine Auswahl aus den Stücken, der Autobiographie und den Essays. Mit einem Vorwort von Heinrich Böll und einem Nachwort von Klaus Völker. Herausgegeben mit Anmerkungen, einer Chronik und Daten zur irischen Geschichte von Urs Widmer. detebe 21126

## ● Frank O'Connor

*Und freitags Fisch.* Gesammelte Erzählungen I. detebe 20170
*Mein Ödipus-Komplex.* Gesammelte Erzählungen II. detebe 20352
*Don Juans Versuchung.* Gesammelte Erzählungen III. detebe 20353
*Eine unmögliche Ehe.* Gesammelte Erzählungen IV. detebe 20354
*Eine selbständige Frau.* Gesammelte Erzählungen V. detebe 20355
*Brautnacht.* Gesammelte Erzählungen VI
detebe 20356

*Die Reise nach Dublin.* Roman. Leinen
*Einziges Kind.* Biographie I. detebe 21021
*Meines Vaters Sohn.* Biographie II
detebe 21022
Alle Bände aus dem Englischen übersetzt von Elisabeth Schnack

## ● Sean O'Faolain

*Sünder und Sänger.* Ausgewählte Erzählungen I. Aus dem Englischen von Elisabeth Schnack. detebe 20231
*Trinker und Träumer.* Ausgewählte Erzählungen II. Deutsch von Elisabeth Schnack
detebe 20741
*Lügner und Liebhaber.* Ausgewählte Erzählungen III. Deutsch von Elisabeth Schnack
detebe 20742

## ● Liam O'Flaherty

*Zornige grüne Insel.* Roman. Aus dem Englischen von Hubert Roch
Diogenes Evergreens
*Armut und Reichtum.* Ausgewählte Erzählungen. Deutsch von Elisabeth Schnack
detebe 20232
*Ich ging nach Rußland.* Reisebericht
Deutsch von Heinrich Hauser. detebe 20016
*Der Denunziant.* Roman. Deutsch von H. Hauser. detebe 21191
*Tiergeschichten.* Gesammelt und übersetzt von Elisabeth Schnack. detebe 21253

## ● George Orwell

*Die besten Geschichten von George Orwell*
Ausgewählt von Christian Strich
Diogenes Evergreens
*Erledigt in Paris und London.* Bericht. Aus dem Englischen von Alexander Schmitz
detebe 20533
*Tage in Burma.* Roman. Deutsch von Susanna Rademacher. detebe 20308
*Eine Pfarrerstochter.* Roman. Deutsch von Hanna Neves. detebe 21088
*Die Wonnen der Aspidistra.* Roman. Deutsch von Nikolaus Stingl. detebe 21086
*Der Weg nach Wigan Pier.* Sozialreportage. Deutsch von Manfred Papst. detebe 21000
*Mein Katalonien.* Bericht über den Spanischen Bürgerkrieg. Deutsch von Wolfgang Rieger. detebe 20214
*Auftauchen, um Luft zu holen.* Roman
Deutsch von Helmut M. Braem
detebe 20804
*Farm der Tiere.* Ein Märchen. Neu aus dem Englischen übersetzt von Michael Walter. Mit Zeichnungen von F. K. Waechter und einem neuentdeckten Nachwort des Autors ›Die Pressefreiheit‹. Diogenes Evergreens
Auch als detebe 20118
*1984.* Roman. Deutsch von Kurt Wagenseil. detebe 21089
*Im Innern des Wals.* Ausgewählte Essays I. Deutsch von Felix Gasbarra und Peter Naujack. detebe 20213
*Rache ist sauer.* Ausgewählte Essays II. Deutsch von Felix Gasbarra, Peter Naujack und Claudia Schmölders. detebe 20250
*Charles Dickens.* Ein Essay. Deutsch von Manfred Papst. detebe 21398
*Das George Orwell Lesebuch.* Herausgegeben und mit einem Nachwort von Fritz Senn. Deutsch von Tina Richter. detebe 20788
*Denken mit Orwell.* Sätze für Zeitgenossen, zusammengestellt von Fritz Senn. Deutsch von Felix Gasbarra und Tina Richter. Mit 8 Zeichnungen von Tomi Ungerer. Kleine Diogenes Evergreens

Zur Ergänzung liegen vor:
*Über George Orwell.* Herausgegeben von Manfred Papst. Deutsch von Matthias Fienbork. detebe 21225
George Woodcock
*Der Hellseher.* George Orwell's Werk und Wirken. Deutsch von Matthias Fienbork
Leinen

## ● Edgar Allan Poe

*Die schwarze Katze* und andere Verbrechergeschichten. detebe 21183
*Die Maske des roten Todes* und andere phantastische Fahrten. detebe 21184
*Der Teufel im Glockenstuhl* und andere Scherz- und Spottgeschichten. detebe 21185
*Der Untergang des Hauses Usher* und andere Geschichten von Schönheit, Liebe und Wiederkunft. detebe 21182
Alle Bände herausgegeben von Theodor Etzel. Aus dem Amerikanischen von Gisela Etzel, Wolf Durian u.a.

## ● Saki

*Die offene Tür.* Ausgewählte Erzählungen. Aus dem Englischen von Günter Eichel
Illustrationen von Edward Gorey
detebe 20115

## ● Olive Schreiner

*Geschichte einer afrikanischen Farm.* Roman. Aus dem Englischen von Elisabeth Schnack
detebe 20885

## ● Walter Scott

*Ivanhoe.* Roman. Aus dem Englischen von Benno Tschischwitz. Mit einem Nachwort von Hermann Meier. detebe 21321

## ● William Shakespeare

*Dramatische Werke in 10 Bänden*
In der Übersetzung von Schlegel/Tieck. Als Vorlage diente die Edition von Hans Matter. Jeder Band mit einer editorischen Notiz des Herausgebers und Illustrationen von Heinrich Füßli aus der Ausgabe von 1805
*Romeo und Julia / Hamlet / Othello*
detebe 20631
*König Lear / Macbeth / Timon von Athen*
detebe 20632
*Julius Cäsar / Antonius und Cleopatra Coriolanus.* detebe 20633
*Verlorene Liebesmüh / Die Komödie der Irrungen / Die beiden Veroneser / Der Widerspenstigen Zähmung.* detebe 20634
*Ein Sommernachtstraum / Der Kaufmann von Venedig / Viel Lärm um nichts / Wie es euch gefällt / Die lustigen Weiber von Windsor*
detebe 20635
*Ende gut, alles gut / Was ihr wollt / Troilus und Cressida / Maß für Maß.* detebe 20636
*Cymbeline / Das Wintermärchen / Der Sturm.*
detebe 20637
*Heinrich der Sechste / Richard der Dritte*
detebe 20638
*Richard der Zweite / König Johann Heinrich der Vierte.* detebe 20639
*Heinrich der Fünfte / Heinrich der Achte Titus Andronicus.* detebe 20640
*Shakespeare's Sonette.* Deutsch und englisch, Nachdichtung von Karl Kraus. Statt eines Nachworts ein Essay von Karl Kraus aus der *Fackel:* »Sakrileg an George oder Sühne an Shakespeare?« detebe 20381

## ● Laurence Sterne

*Tristram Shandy.* Roman. Aus dem Englischen von Rudolf Kassner. Anmerkungen von Walther Martin. detebe 20950

## ● R. L. Stevenson

*Werke in 12 Bänden.* Nach der Edition und Übersetzung aus dem Englischen von Curt und Marguerite Thesing
*Die Schatzinsel.* Roman. detebe 20701
*Der Junker von Ballantrae.* Roman
detebe 20703
*Die Entführung.* Roman. detebe 20704
*Catriona.* Roman. detebe 20705
*Die Herren von Hermiston.* Roman (Fragment). detebe 20702
*Der Pavillon auf den Dünen / Der seltsame Fall von Dr. Jekyll und Mr. Hyde*
Zwei Novellen. detebe 20706
*Der Selbstmörderklub / Der Diamant des Rajahs.* Zwei Geschichtensammlungen
detebe 20707
*Die tollen Männer* und andere Geschichten
detebe 20708
*Der Flaschenteufel* und andere Geschichten
detebe 20709
*Der Leichenräuber* und andere Geschichten
detebe 20710
*Der gefährliche Archipel.* In der Südsee I
Roman. Deutsch von Marguerite Thesing
detebe 21449
*Der Palast der vielen Frauen.* In der Südsee II
Roman. Deutsch von Marguerite Thesing
detebe 21450

## ● Henry David Thoreau

*Walden oder Leben in den Wäldern.* Aus dem Amerikanischen von Emma Emmerich und Tatjana Fischer. Mit Anmerkungen, Chronik und Register und mit einem Vorwort von W.E. Richartz. detebe 20019
*Über die Pflicht zum Ungehorsam gegen den Staat* und andere Essays. Auswahl, Übersetzung und Nachwort von W.E. Richartz
detebe 20063

## ● Mark Twain

*Gesammelte Werke* in 5 Bänden. Herausgegeben, mit Anmerkungen und einem Nachwort von Klaus-Jürgen Popp. detebe 21338
*Tom Sawyers Abenteuer.* Roman. Aus dem Amerikanischen von Lore Krüger. Mit einem Nachwort von Jack D. Zipes. detebe 21369
*Huckleberry Finns Abenteuer.* Roman
Deutsch von Lore Krüger. Mit einem Essay von T.S. Eliot. detebe 21370
*Kannibalismus auf der Eisenbahn* und andere Erzählungen. Deutsch von Günther Klotz
detebe 21488
*Der gestohlene weiße Elefant* und andere Erzählungen. Deutsch von Günther Klotz
detebe 21489
*Die Eine-Million-Pfund-Note* und andere Erzählungen. Deutsch von Ana Maria Brock und Otto Wilck. detebe 21490

## ● Lewis Wallace

*Ben Hur.* Eine Erzählung aus der Zeit Christi. Aus dem Amerikanischen und mit einem Nachwort von Hugo Reichenbach
detebe 21291

## ● Evelyn Waugh

*Auf der schiefen Ebene.* Roman. Aus dem Englischen von Ulrike Simon. detebe 21173
*Der Knüller.* Roman. Deutsch von Elisabeth Schnack. detebe 21176
*Lust und Laster.* Roman. Deutsch von Ulrike Simon. detebe 21174

*Tod in Hollywood.* Roman. Deutsch von Peter Gan. detebe 21175
*Charles Ryders Tage vor Brideshead* Erzählungen. Deutsch von Otto Bayer detebe 21276
*Wer zuerst kommt, mahlt zuerst.* Erzählungen. Deutsch von Otto Bayer. detebe 21277
*Eine Handvoll Staub.* Roman. Deutsch von Matthias Fienbork. detebe 21348
*Schwarzes Unheil.* Roman. Deutsch von Irmgard Andrae. detebe 21402
*Mit Glanz und Gloria.* Roman. Deutsch von Matthias Fienbork. detebe 21465

## ● H. G. Wells

*Der Krieg der Welten.* Roman. Aus dem Englischen von G. A. Crüwell und Claudia Schmölders. detebe 20171
*Die Zeitmaschine.* Roman. Deutsch von Peter Naujack. detebe 20172

## ● Walt Whitman

*Grashalme.* Nachdichtung von Hans Reisiger Mit einem Essay von Gustav Landauer detebe 21351

## ● Oscar Wilde

*Der Sozialismus und die Seele des Menschen.* Ein Essay. Aus dem Englischen von Gustav Landauer und Hedwig Lachmann detebe 20003
*Sämtliche Erzählungen.* Mit Zeichnungen von Aubrey Beardsley. Herausgegeben und mit einem Nachwort von Gerd Haffmans detebe 20985
*Das Bildnis des Dorian Gray.* Roman Deutsch von W. Fred. detebe 21411

## ● P. G. Wodehouse

*Promenadenmischung.* Lustige Geschichten I Aus dem Englischen von Günter Eichel detebe 21056
*Der Pennymillionär.* Lustige Geschichten II. Deutsch von Günther Eichel. detebe 21226

# *Phantastische und Science-Fiction-Literatur im Diogenes Verlag*

● **John Bellairs**
*Das Haus, das tickte*
Roman. Aus dem Amerikanischen von Alexander Schmitz. Mit Zeichnungen von Edward Gorey. detebe 20368

● **Ambrose Bierce**
*Die Spottdrossel*
Ausgewählte Erzählungen und Fabeln. Auswahl und Vorwort von Mary Hottinger. Aus dem Amerikanischen von Joachim Uhlmann, Günter Eichel und Maria von Schweinitz
Mit Zeichnungen von Tomi Ungerer
detebe 20234

● **Ray Bradbury**
*Die Mars-Chroniken*
Roman in Erzählungen. Aus dem Amerikanischen von Thomas Schlück. detebe 20863

*Der illustrierte Mann*
Erzählungen. Deutsch von Peter Naujack
detebe 20365

*Fahrenheit 451*
Roman. Deutsch von Fritz Güttinger
detebe 20862

*Die goldenen Äpfel der Sonne*
Erzählungen. Deutsch von Margarete Bormann. detebe 20864

*Medizin für Melancholie*
Erzählungen. Deutsch von Margarete Bormann. detebe 20865

*Das Böse kommt auf leisen Sohlen*
Roman. Deutsch von Norbert Wölfl
detebe 20866

*Das Kind von morgen*
Erzählungen. Deutsch von Hans-Joachim Hartenstein. detebe 21205

*Die Mechanismen der Freude*
Erzählungen. Deutsch von Peter Naujack
detebe 21242

*Familientreffen*
Erzählungen. Deutsch von Jürgen Bauer
detebe 21415

● **Fredric Brown**
*Flitterwochen in der Hölle*
SF- & Schauergeschichten. Aus dem Amerikanischen von B. A. Egger. Mit Illustrationen von Peter Neugebauer. detebe 20600

● **Karel Čapek**
*Der Krieg mit den Molchen*
Roman. Aus dem Tschechischen von Eliška Glaserová. detebe 20805

● **Wilkie Collins**
*Ein schauerliches fremdes Bett*
Gruselgeschichten. Aus dem Englischen von Elizabeth Gilbert und Peter Naujack. Zeichnungen von Bob van den Born. detebe 20589

● **Guy Cullingford**
*Post mortem*
Roman. Aus dem Englischen von Helmut Degner und Peter Naujack. detebe 20369

● **Walter de la Mare**
Phantastische Erzählungen. Herausgegeben und aus dem Englischen von Elizabeth Gilbert
Mit Zeichnungen von Edward Gorey

*Sankt Valentinstag*
detebe 21197

*Die Orgie – eine Idylle*
detebe 21236

● **Alexandre Dumas Père**
*Horror in Fontenay*
Roman. Aus dem Nachlaß herausgegeben von Alan Hull Walton. Deutsch von Alexander Schmitz. detebe 20367

● **Lord Dunsany**
*Smetters erzählt Mordgeschichten*
Fünf Kriminalgeschichten. Aus dem Englischen von Elisabeth Schnack. Zeichnungen von Paul Flora. detebe 20597

*Jorkens borgt sich einen Whisky*
Zehn Clubgeschichten. Deutsch von Elisabeth Schnack. Zeichnungen von Paul Flora. detebe 20598

**● Egon Friedell**
*Die Rückkehr der Zeitmaschine*
Phantastische Novelle. detebe 20177

**● Gespenster**
Englische Gespenstergeschichten von Daniel Defoe bis Elizabeth Bowen. Herausgegeben von Mary Hottinger. Mit 13 Zeichnungen von Paul Flora. detebe 20497

**● Mehr Gespenster**
Die besten Gespenstergeschichten aus England, Schottland und Irland. Herausgegeben von Mary Hottinger. detebe 21027

**● Noch mehr Gespenster**
Die besten Gespenstergeschichten aus aller Welt, von Balzac bis Čechov. Herausgegeben von Dolly Dolittle. detebe 21310

**● Rider Haggard**
*Sie*
Roman. Aus dem Englischen von Helmut Degner. detebe 20236

*König Salomons Schatzkammern*
Roman. Deutsch von V. H. Schmied
detebe 20920

**● W. F. Harvey**
*Die Bestie mit den fünf Fingern*
Gruselgeschichten. Aus dem Englischen von Günter Eichel und Peter Naujack. Mit Zeichnungen von Peter Neugebauer. detebe 20599

**● Patricia Highsmith**
*Der Schneckenforscher*
Gesammelte Geschichten. Vorwort von Graham Greene. Aus dem Amerikanischen von Anne Uhde. detebe 20347

*Leise, leise im Wind*
Erzählungen. Deutsch von Anne Uhde
detebe 21012

*Keiner von uns*
Erzählungen. Deutsch von Anne Uhde
detebe 21179

**● Joris-Karl Huysmans**
*Gegen den Strich*
Roman. Aus dem Französischen von Hans Jacob. Einführung von Robert Baldick
Essay von Paul Valéry. detebe 20921

**● Gerald Kersh**
*Mann ohne Gesicht*
Phantastische Geschichten. Aus dem Englischen von Peter Naujack. detebe 20366

**● Sheridan Le Fanu**
*Carmilla, der weibliche Vampir*
Vampirgeschichte. Aus dem Englischen von Helmut Degner. detebe 20596

*Der ehrenwerte Herr Richter Harbottle*
Unheimliche Geschichten. Deutsch von Helmut Degner und Elisabeth Schnack
detebe 20619

**● W. Somerset Maugham**
*Der Magier*
Ein parapsychologischer Roman. Aus dem Englischen von Melanie Steinmetz und Ute Haffmans. detebe 20165

**● Hans Neff**
*XAP oder Müssen Sie arbeiten? fragte der Computer*
Ein fabelhafter Tatsachenroman
detebe 21052

**● Edgar Allan Poe**
*Die schwarze Katze*
und andere Verbrechergeschichten
detebe 21183

*Die Maske des roten Todes*
und andere phantastische Fahrten
detebe 21184

*Der Teufel im Glockenstuhl*
und andere Scherz- und Spottgeschichten
detebe 21185

*Der Untergang des Hauses Usher*
und andere Geschichten von Schönheit, Liebe und Wiederkunft. detebe 21182
Alle Bände herausgegeben von Theodor Etzel. Aus dem Amerikanischen von Gisela Etzel, Wolf Durian u.a.

*Die denkwürdigen Erlebnisse des Arthur Gordon Pym*
Roman. Deutsch von Gisela Etzel. Mit einem Nachwort von Jörg Drews. detebe 21267

**● Herbert Rosendorfer**
*Der Ruinenbaumeister*
Roman. detebe 20251

**● Saki**
*Die offene Tür*
Ausgewählte Erzählungen. Aus dem Englischen von Günter Eichel. Mit einem Nachwort von Thomas Bodmer und Zeichnungen von Edward Gorey. detebe 20115

**● Hermann Harry Schmitz**
*Buch der Katastrophen*
Tragikomische Geschichten. Vorwort von Otto Jägersberg. Holzstichmontagen von Horst Hussel. detebe 20548

**● Science-Fiction-Geschichten des Golden Age**
Von Ray Bradbury bis Isaac Asimov. Herausgegeben von Peter Naujack. detebe 21048

**● Klassische Science-Fiction-Geschichten**
Von Voltaire bis Conan Doyle. Herausgegeben von William Matheson. detebe 21049

**● Bram Stoker**
*Draculas Gast*
Sechs Gruselgeschichten. Aus dem Englischen von Erich Fivian und H. Haas. Mit Zeichnungen von Peter Neugebauer
detebe 20135

**● Roland Topor**
*Der Mieter*
Roman. Aus dem Französischen von Wolfram Schäfer. detebe 20358

**● Jules Verne**
*Werke*
in 24 Bänden. Diverse Übersetzer. detebe

**● H. G. Wells**
*Der Krieg der Welten*
Roman. Aus dem Englischen von G. A. Crüwell und Claudia Schmölders. detebe 20171

*Die Zeitmaschine*
Eine Erfindung. Deutsch von Peter Naujack
detebe 20172

**● Cesare Zavattini**
*Liebenswerte Geister*
Erzählung. Aus dem Italienischen von Lisa Rüdiger. Mit einem Vorwort von Vittorio de Sica und Illustrationen von Corina Steinrisser
detebe 21058